Heerma van Voss
&
Heerma van Voss
Zeuge des Spiels

Thriller

Aus dem Niederländischen
von Ulrich Faure

Schöffling & Co.

Der Verlag dankt dem Nederlands Letterenfonds für die freundliche Förderung der Übersetzung dieses Buches.

Nederlands
letterenfonds
dutch foundation
for literature

Erste Auflage 2018

Originaltitel: *Ultimatum*
Originalverlag: 2015 Prometheus Amsterdam

Satz: Fotosatz Amann, Memmingen
Druck: Pustet, Regensburg
ISBN 978-3-89561-208-4

www.schoeffling.de

»I believe whatever doesn't kill you,
simply makes you … stranger.«

– The Joker, *The Dark Knight*

ERSTER TEIL

4. März

Am Aschermittwoch würde das Gedenken, das Fasten und das Nachsinnen beginnen. Heute wurde gesündigt.

Vor dem Café du Monde standen lange Schlangen; Männer und Frauen, aufgedonnert mit Boas, bunten Perücken, endlos vielen Perlenketten. Etwas weiter oben, in der Bourbon Street, schoben sich Touristen und Einheimische über das nasse Pflaster. Bänder mit roten Lämpchen und Lampions hingen zwischen den Häusern, Cocktails in grünen Bechern gingen von Hand zu Hand, Frauen mit entblößtem Oberkörper ließen ihre Brüste anfassen im Tausch gegen einen Absinth. Und als die soundsovielte Windhose über die Stadt raste, zogen sich alle in die Cafés zurück oder stellten sich unter ein Vordach. Alles Chaos, das man in einem Menschenleben finden kann, kam hier zusammen, an diesem einen Abend. Mardi Gras, Fastnachtsdienstag in New Orleans.

Es war kurz nach elf, als sich Nathalie Underwood in einer weißen Jeans und einem weißen Hemdchen mit Flitter auf den Schultern an einer Gruppe von Studenten vorbei zur Bar des Café du Monde zwängte. Sie bestellte einen Sazerac mit extra Bourbon. Als sie eine Hand auf ihrer Schulter spürte, erstarrte sie und drehte sich um.

Ein paar Sekunden standen sie einander reglos mitten in all dem Lärm gegenüber, Nathalie und der als Skelett verkleidete Mann. Schwarzer Stoff bedeckte seinen Körper, die aufgemalten Knochen waren fluoreszierend weiß. Um seinen

Hals hing eine Kette mit abgebrannten Streichhölzern. Langsam zog er sich die Maske ab.

Nathalie sah sich ängstlich um, niemand beachtete sie. »Ich wusste nicht, dass du es warst«, sagte sie.

»Wo ist deine Maske?«

»Da hatte ich keine Lust drauf. Warum wolltest du dich hier treffen?«

»Ich möchte dir etwas in der Gegend zeigen. Ein halbes Stündchen Autofahrt, höchstens. Mein Wagen steht in einer Seitenstraße.«

Um sie her klang »When the Saints Go Marching In«, eine Schunkelfassung.

»In einer Stunde will ich zurück sein«, sagte sie. »Ich will so wenig wie möglich verpassen.«

»Du wirst nichts verpassen, das verspreche ich.« Er zog seine Maske wieder über den Kopf, Nathalie ließ ihren Sazerac auf der Theke stehen und verabschiedete sich von niemandem.

Louisiana. Bäche und Flüsse schlängeln sich wie anschwellende Adern durch die Täler, im Hintergrund die Tag und Nacht rauchenden Fabrikschornsteine. Leere Ackerflächen, Schilf wächst gerade so hoch, bis die Dünung es umknickt. Und ganz selten durchkreuzt ein einsames Auto die Landschaft wie eine Fliege, die über eine Landkarte krabbelt.

»Kannst du mit der Maske überhaupt was sehen?«, fragte sie.

»Meine Augen sind frei.«

Sie ließen die vibrierende Stadt hinter sich, in ihren Ohren rauschte es, als sie auf die Schnellstraße fuhren. Nach zehn

Minuten bogen sie auf eine Landstraße ab. Kaum noch Laternenpfähle, blattlose Bäume.

»Ist das ein neues Auto?«

»Geliehen.«

»Wo genau fahren wir hin?« Sie stellte das Radio an: Fats Domino. Aber ehe sie den Song erkannt hatte, schaltete er wieder ab, und es war wieder still.

»Du hast gesagt, dass du mich in Ruhe lassen würdest«, sagte sie. »Daran erinnerst du dich doch wohl noch? Und ich nehme mal an, du weißt auch, dass Erpressung strafbar ist? Eigentlich hätte ich dich anzeigen müssen.«

»Komm, das würdest du nie tun«, sagte er. Seine weißen Finger umklammerten das Lenkrad. »Dann müsstest du viel zu viel erklären, und wer dich kennt, weiß, dass das das Letzte ist, was du willst.«

Das Auto hielt an. Ohne etwas zu sagen, stieg er aus und ging zum Kofferraum. Ein penetranter Modergeruch drang durch die offen stehende Tür herein. Sie wusste nicht, wo sie war, sie wusste nur, dass sie noch niemals zuvor hier gewesen war.

»Wo sind wir?« Sie schaute in den Rückspiegel und sah nichts. Sie beschloss auszusteigen. Er kam gleich auf sie zu und streichelte über ihren Rücken. Seine rechte Hand glitt sanft nach unten, zwischen den Schulterblättern hinunter bis an die Pobacken. Seine linke Hand hielt er schräg hinter den Rücken.

»Was tust du?« Vorsichtig trat sie einen Schritt von ihm weg.

Er machte ihre Bewegung mit, seine Hand weiterhin auf ihren Pobacken. Das einzige Licht kam von seinem Kostüm, dem vollen Mond, der genau über ihnen zu hängen schien, und den hellroten Punkten im Wasser – Alligatoraugen.

Sein Griff wurde fester.

Sie versuchte, sich loszumachen. »Warum sind wir hier?«, fragte sie. »Ich glaube, es fängt gleich wieder an zu regnen.« Sie sah hoch in die dunkle Luft, als ob sie ihre Behauptung damit bekräftigen könnte. »Lass uns zurückgehen.«

Dann sah sie es. In seiner linken Hand, ein metallisches Glitzern. Noch ehe sie wusste, was da genau passierte, entwand sie sich ihm und begann zu rennen – weg von dem Auto, sie musste den Sumpf durchqueren, um wieder auf die Schnellstraße zu gelangen.

Er kam ihr sofort nach. Seine Schritte klangen dumpf auf dem Sumpfboden. Sie sah flüchtig hinter sich, um abzuschätzen, wie viele Meter Vorsprung sie hatte. Aber sie sah nur die leuchtende Gestalt im Dunkel, die Knochen auf dem Kostüm.

Sie zerrte ihr Handy aus der Hosentasche. Es gelang ihr nicht, das Gerät zu entsperren, und als es dann endlich doch geglückt war, rutschte es ihr aus der Hand. Sie war unschlüssig, ob sie sich bücken und es suchen sollte, denn das würde sie wertvolle Sekunden kosten.

Links und rechts von ihr tauchten die hellroten Augenkreise auf. Sie rannte weiter, schob Zweige beiseite, riss ihre Arme auseinander. Er rief. Eine harte, schrille Stimme, die zwischen beruhigend und feindselig schwankte. Sie verstand nichts von dem, was er sagte, nur ihr Name drang bis zu ihr durch, erschallte zwischen den Bäumen und dem Wasser.

Nichts zurückrufen. Nicht umsehen. So schnell wie möglich rennen.

Er beschloss, Abstand zu halten, den richtigen Moment abzuwarten. Seine Kondition war gut genug, und er kannte die

Gegend. Sie war schnell, wusste aber nicht, wo sie hinrannte. Sie sah sich um. Ihr Gesicht, das gewöhnlich gute Laune ausstrahlte, war verkrampft vor Angst. Er spürte eine Welle von Erregung durch seinen Körper gehen und fasste die Klinge fester.

An einigen Stellen hatte sich der Boden mit Wasser vollgesaugt. Das abgelaufene Profil ihrer Turnschuhe bot den glatten Blättern wenig Widerstand. Ihr Fuß glitt weg, sie taumelte und versuchte dennoch, ihr Tempo zu halten. Er verminderte seine Geschwindigkeit nicht, sie hörte ihn springen und weiterlaufen.

Vier, fünf Meter zwischen ihnen, mehr konnten es nicht sein. Sie hatte recht gehabt, es fing an zu regnen. Harte, große Tropfen.

Von der Schnellstraße noch immer keine Spur; nirgendwo brennende Scheinwerfer in der Ferne.

Sie hätte niemals mit ihm hierhin gehen dürfen. Sie hätte wissen müssen, dass etwas nicht stimmte mit dieser Abmachung. Sie hatten so viele.

Ihr Fuß blieb hängen. Sie verlor ihren rechten Turnschuh. Sie lief weiter, aber es wurde immer mühsamer. Tränen liefen über ihre Wangen. Sie wusste, dass sie zu langsam war, dass sie es nicht schaffen würde.

Der erste Stich verursachte einen schreienden Schmerz in ihrer Schulter. Blut rann, unvermutet kalt, an ihrem Arm entlang. Alle Kraft floss aus ihr heraus, jeder Schritt bedeutete mehr Anstrengung. An einem dicken Baum, dessen Wurzeln im Wasser verschwanden, blieb sie stehen. Sie drehte sich um und sah das Skelett an.

Sie streckte ihre blutige Hand nach ihm aus, mit der anderen umklammerte sie hinter ihrem Rücken einen spitzen Ast. Die roten Augen waren jetzt rechts von ihr, glühend, lauernd.

»Warte«, sagte sie. Ihre Stimme klang schrill, sie kam ihr vor wie die von jemand anderem, so hoch und fremd. »Ich werde niemandem etwas verraten. Echt nicht. Du kannst noch zurück.«

Sie beachtete seine Maske kaum noch. Sie hörte nur noch seine tonlosen Worte. »Ich weiß, dass du es niemandem erzählen würdest.«

In dem Moment, als er näher kam, streckte sie ihren Arm aus und versuchte, ihn zu verletzen. Aber er schlug ihren Ast einfach weg. Ihre fuchtelnde Hand brach ein Streichholz von seiner Kette, und mit ihren letzten Kräften presste sie es in ihre Handfläche. Sie brach zusammen. »Sie werden herauskriegen, wer du bist«, keuchte sie.

Der nächste Messerstich traf ihre Lunge, riss ihre Stimme entzwei. Vom dritten und vierten Messerstich spürte sie nur noch wenig.

6. März

So vorsichtig, als wolle er an seinem Peugeot keine Fingerabdrücke hinterlassen, öffnet Aron Mulder die Autotür. Er dreht den Schlüssel und fährt aus dem Bungalowpark. Bald erreicht er Egmond-Binnen. Ein Dorf mit mehr Bremsschwellen als Ausschanklizenzen. Ein Dorf, in dem die Außenwelt keine Bedeutung hat, wo keine Vergangenheit existiert.

Übermorgen, zwischen sechs und halb sieben, werden die Gäste eintreffen. Er ist es nicht mehr gewöhnt, für andere einzukaufen. Normalerweise geht er einmal in der Woche zum Supermarkt, um das Allernötigste zu kaufen. Brot. Kaffee. Gemüse. Und natürlich Leber für den Hund.

Aber diesmal muss er sich ins Zeug legen, Imbiss und Getränke besorgen, von denen er annimmt, dass die anderen sie mögen. Damit sie zufrieden essen und trinken können, ein bisschen zu viel vielleicht. Damit sie sich hinterher bei Aron bedanken für den Abend, dass sie ihn als einen ganz gewöhnlichen Mieter sehen und ansonsten in Ruhe lassen.

Der grauhaarige Eigentümer der Snackbar sitzt auf der Türstufe vor seinem Geschäft. Der Mann nickt Aron zu, wie das hier üblich ist. Aron nickt zurück, vermeidet aber Blickkontakt. Er biegt um eine Ecke und parkt sein Auto in einer leeren Straße, schräg vor der Kirche, die er nie besucht.

Zweimal kontrolliert er, ob er das Auto auch abgeschlossen hat. Dann geht er, den Kopf gesenkt, in den Supermarkt.

In den letzten Jahren hat er sich angewöhnt, seine unberechenbaren Launen zu verbergen. Er hat sich immer als freundlicher, loyaler Nachbar gezeigt. Er hat Werkzeug und Olivenöl geborgt. Aber er merkte, dass es den Nachbarn nicht gelingen wollte zu vergessen. Für unschuldig befunden zu werden ist etwas anderes, als unschuldig durchs Leben zu gehen. Die Anwohner, die Angestellten in den Geschäften – sie sahen ihn immer noch misstrauisch an. Selbst wenn sie fragen, wie es ihm geht: Ihr Blick wahrt Abstand. Als ob sie ihn nicht sähen, sondern auf die Geschichten achteten, die über ihn die Runde machen. Über ihn, über Nora, über den Mord.

Oliven, Käsestangen. Chipstüten und Wein, ausreichend Wein: Alles legt er sorgsam in seinen Einkaufswagen. Heute Morgen, als er im Garten saß, hat er eine Einkaufsliste gemacht, die er jetzt fest in der Hand hält. Klammheimlich hofft er, dass die anderen ihn sehen würden, wie sie ihn früher gesehen haben. Ruhig, verantwortlich, vielleicht zuverlässig. Jemand, der nicht bei irgendetwas erwischt werden kann.

»Mann, Sie lassen sich heute nicht lumpen.« Das Mädchen an der Kasse hat blondes Haar, hellrote Wangen und ein kantiges Gesicht. Routiniert zieht sie Arons Einkäufe über den Scanner. »Feiern Sie eine Party?«

»Ja«, sagt er. »So was ähnliches.«

Zurück im Bungalowpark parkt er den Peugeot am Waldrand, wie immer. Mit drei vollen Einkaufstaschen überquert er den Kiesweg, vorbei an Dutzenden Holzhäusern, die durch Hecken und Eichenbäume voneinander getrennt werden. Das ist sein Haus. Nachmittags dreht er mit dem Hund immer dieselbe Runde im Wald, am Wochenende sieht er manchmal stundenlang spielenden Kindern zu, und am Freitagabend sieht er jetzt schon seit mehr als einem Jahr dieselbe Frau. Marie.

Sie ist die Einzige, mit der er regelmäßig spricht. Vergangene Woche sagte sie noch, als er ausnahmsweise für sie gekocht hatte, dass sie sich benähmen »wie ein normales Paar«. Obwohl ihn die Bemerkung rührte, sagte er nichts dazu. Verbundenheit kann sich auch in Stille ausdrücken.

Marie stellt keine schmerzenden Fragen nach früher, sie schneidet keine Themen an, die er lieber ruhen lässt. Sie kennt ihre Rolle. Vielleicht kennt sie ihre Rolle sogar besser als er, der noch immer nicht ganz begreift, warum eine attraktive, geistreiche, gesellschaftlich erfolgreiche Brünette wie sie sich die Mühe macht, ihn jede Woche zu treffen.

Ihre etwas nasale Stimme beruhigt ihn; ihr Körper wärmt ihn, wenn die Winterkälte hereinbricht und der Ofen des Ferienhäuschens nicht ausreicht. Und sie hat die angenehme Gewohnheit, am Ende des Tages zwei Gläser Famous Grouse einzuschenken, eins für ihn und eins für sich selbst. Es ist eine Ermunterung, von seinem Tag zu berichten, sie fängt an, er macht weiter. Und es funktioniert. An einem solchen Abend verliert die Welt ihre Bedrohung, eine Stunde lang, länger muss es auch nicht sein. Als würde sie ihm zeigen, wie ein normales Leben aussehen könnte, sollte er jemals bereit sein, sich dafür zu entscheiden.

In weniger als achtundvierzig Stunden werden die ersten Gäste an die Tür klopfen: die anderen Mieter. Freunde sind es nicht. Eher halbe Bekannte. Sie kommen nur in den Ferien in den Park oder, wie jetzt, an einem sonnigen Winterwochenende. Aron ist der Einzige, der tatsächlich hier wohnt, was gegen die Vorschrift ist. Der Aufseher duldet das stillschweigend, aber wenn er wollte, könnte er Aron rausschmeißen. Dann würde Aron sich eine neue Wohnung suchen müssen, raus aus seiner Isolation – ein Gedanke, den er nicht ertragen kann.

Hinten am Weg liegt seine Wohnung. Ein dunkelbraunes, ebenerdiges Haus mit drei Zimmern. Kein Internet, Fernsehen oder Telefon. Natürlich ist es eher ein Provisorium, in einem Ferienhäuschen zu leben, mit den ganzen Erinnerungen, wie er eigenhändig das Haus gestrichen und seine schwangere Frau ihm dabei zugesehen hat. Aber diese Bilder bedrängen ihn immer weniger.

Manchmal träumt Marie laut vom Zusammenwohnen, sie sagt, dass sie ihr Haus umbauen wird, damit er ein eigenes Zimmer hat. Was spricht dagegen? An manchen Tagen hat Aron nichts mehr dagegen, aber wenn er am nächsten Tag aufwacht, scheint alle Tatkraft aus seinem Körper geflossen zu sein.

Der Wind säuselt, Kinderstimmen kommen aus einigen Häusern, weiter entfernt ruft eine Mutter, ob jemand den Tisch decken wolle. Niemand bemerkt, dass Aron sein Haus betritt und die Einkäufe auf der Arbeitsplatte ausbreitet. Nur der Hund kommt auf ihn zugetrottet. Aron streicht ihm sanft durch das dicke, braune Fell und gibt dem Tier Futter. »Hier, Milo«, sagt er. »Hier, nimm, so viel du willst.«

Schon seit fünf Jahren lebt er so, wie ein zurückgelassenes Urlaubssouvenir.

6. März

Der Linoleumfußboden des forensischen Instituts in der Tulane Avenue gibt bei jedem ihrer Schritte ein gedämpftes Geräusch von sich. Sieben Uhr morgens, Hanna Vincennes ist höchstens seit einer halben Stunde wach. Sie hatte noch im Bett gelegen, als das Telefon klingelte. Sie sollte ihre Termine Termine sein lassen und gleich ins Büro kommen. Die Verabredung mit dem Chief Inspector am Mittag, um die sie vor Wochen gebeten hatte, wurde bis auf Weiteres verschoben.

Das ist einer der unangenehmsten Aspekte ihrer Arbeit, auch wenn sie inzwischen gegen die grauenhaftesten Fotos abgehärtet ist und kaum noch auf durchgeschnittene Kehlen oder auf in Fetzen geschossene Gesichter achtet. Aber es bleibt problematisch: Was mal ein Mensch war, ist nun ein vielfach verstümmeltes Opfer. Sie streicht eine Locke hinter ihr Ohr – es ist immer öfter eine Neufärbung nötig, um dieses Blond zu behalten – und geht durch den fensterlosen Korridor. An dessen Ende wartet der Pathologe auf sie. Steve, mit zurückweichendem Haaransatz, und selbst bei dieser Leichentemperatur Crocs an den Füßen.

Hanna schüttelt seine Hand, sie begrüßen sich und beugen sich über den Körper.

»Nathalie Underwood«, liest der Pathologe von einem Clipboard ab. »Mindestens vor vierundzwanzig Stunden ermordet. Fünfundzwanzig Jahre alt, heute früh von einem neunjährigen Mädchen, das mit ihrem Vater spazieren war, in einem der *Bayous* bei Lake Lery aufgefunden.« Er legt das

Clipboard weg und zeigt auf die Leiche. »Ihr Portemonnaie steckte noch in der Hosentasche, ihr Handy wurde ein Stück weiter im Morast gefunden. Aber wegen des Wasserschadens können wir keine Daten auslesen.«

»Ein außer Kontrolle geratener Raubüberfall ist also ziemlich unwahrscheinlich.«

Sie ziehen Latexhandschuhe an, die ein kurzes klatschendes Geräusch in der Stille des Raumes hinterlassen.

Es gelingt Hanna immer besser, bei solcherart Verrichtungen nicht an frühere Opfer zu denken. Oder an den Fall, der ihre Karriere fast beendet hätte. Das ist inzwischen drei Jahre her. Das Gesicht des Opfers, Anna Morales, eine vierzigjährige Frau mit eingeschlagenem Schädel – Hanna hat es noch immer nicht von sich abgeschüttelt.

»Gibt es Besonderheiten?« Sie betrachtet die Stichwunden.

Der Pathologe geht zu einer Leuchtwand, an der vier Röntgenfotos hängen, zwei von Nathalies Körper – seitlich und von vorn – und zwei von ihrem Schädel und ihrem Gehirn. »Die Lunge ist durchlöchert«, sagt er. »Das Opfer ist erstickt. Das geht auch aus den Hirnscans hervor.«

»Weiß man schon mehr über die Schnittwunde? Was für ein Messer?«

»Die Stichwunden haben kurze ausgefranste Ränder: Es handelt sich um ein Messer mit Wellenschliff, nicht übertrieben groß.«

»So ein Messer kann man überall kaufen. Gibt es Spuren von Gewaltanwendung?«

»Nein.« Er zeigt auf die Arme des Opfers. »Sie wurde nicht geknebelt oder gewürgt, sie war bei Bewusstsein. Außerdem: kein Hinweis auf Raub oder Vergewaltigung.

»Vermutlich hat sie ihren Verfolger gekannt.«

»Es war auf jeden Fall jemand, der sie quälen wollte. Er hat insgesamt achtmal zugestochen. Die Wunde an der Schulter ist die älteste. Danach erhielt sie noch einige Stiche in den Rücken, und dann ist sie sehr schnell erstickt.« Der Finger des Pathologen gleitet über das Foto des Schädels. Er hält am Hals an. »Wahrscheinlich konnte sie nach den Messerstichen nicht mehr rufen oder schreien, soll heißen, sich verteidigen, aber sie lebte noch.«

»Toxikologie?«

»Wird noch untersucht. Ein Teil des DNA-Materials ist vom Regen weggespült worden. Ich habe am Körper Samenspuren, Fingerabdrücke und ein paar Haare gefunden. Die laufen gerade durch die Datenbank. Und dann ist da noch das hier, das habe ich entdeckt, kurz bevor du reinkamst.« Steve hebt die linke Hand des Opfers an und beugt sich nach vorn. »Guck, hier unter dem Nagel ihres Zeigefingers. Nicht länger als vier, fünf Millimeter.« Mit einer Pinzette holt er einen kleinen dunklen Gegenstand hervor. »Es ist fast ganz schwarz, nur am Ende sieht man noch eine hellbraune Färbung.«

»Kommt das nicht einfach vom Morast?«

Der Pathologe schüttelt entschieden den Kopf. »Nein, dann würde es nicht so tief unter dem Nagel sitzen. Das ist höchstwahrscheinlich von Hand hinzugefügt.«

»Bewusst?«

»Allem Anschein nach, ja.«

»Was könnte das bedeuten? Warum sollte der Mörder das dahin getan haben?«

»Wir schicken es ins Laboratorium. Das kann ein paar Wochen dauern. Ich würde auch eine genauere Blutuntersuchung machen. Weißt du übrigens, dass der Täter im Internet schon einen Namen hat?«

»Jetzt schon?«, fragt Hanna. »Die Leiche ist gerade erst gefunden worden.«

»Es ist die Rede vom Mardi Gras-Mörder. Und dann der Vollmond … So was stachelt die Phantasie an. Sie reden vom *Loop garoo*.«

»Märchen interessieren mich nicht. Wenn du was hörst, ruf mich an. Niemanden sonst.«

Im Büro wird eine provisorische Zentrale eingerichtet, wo auch das erste Briefing stattfindet. Die unübersichtliche Menge an halben Fakten, Aussagen von Spinnern und unzuverlässigen Tipps von Leuten, die ihren Nachbarn oder Kollegen verdächtigen, wird aufgeteilt in *sachdienlich* und *nicht sachdienlich*. Alles, was *sachdienlich* ist, landet im Tagesrapport. Es werden Informationswege festgelegt, der älteste Polizist des Büros fährt Pinnwände in den Raum. Halb zwei am Mittag ist der Mord an Nathalie Underwood ein Fall mit einer eigenen Nummer geworden.

Hanna Vincennes wird vom Chief Inspector zur Chefermittlerin ernannt. Seit dem letzten Abgang von zwei herausragenden Kollegen, beide entlassen wegen Suffs, ist sie die Einzige im Büro, die Erfahrungen mit einem Fall dieses Ausmaßes hat. Sie beschließt, nicht mehr an die Gründe ihres Termins zum Mittagessen mit dem Chief zu denken. Heute wollte sie eigentlich um Versetzung bitten. Das ist es, worauf Chris und sie sich geeinigt haben. Sie würde nicht ganz bei der Polizei aufhören, aber nicht mehr als Detective arbeiten. Und jetzt kann sie nicht mehr zurück: Der Fall dieser ermordeten jungen Frau, die, wie die Kollegen meinen, ihr ähnlich sieht, erfordert auf einmal ihre ganze Aufmerksamkeit. Außerdem hat sie etwas gutzumachen.

Die übrigen Polizisten werden in Zweier-Einheiten eingeteilt. Der Chief Inspector selbst wird den Fall koordinieren – New Orleans ist eine Stadt, die ihre Probleme selbst löst.

Entlassen.

Es gibt Gescharre mit den Stühlen, nervöse Blicke machen die Runde. Vor allem Connor, ein junger Polizist mit mehr Ambition als Talent, wirkt unzufrieden über die Aufgabenverteilung. Hanna geht direkt auf ihn zu, »Gibt's Probleme?«

Er will ausweichen, aber sie versperrt ihm den Weg.

»Hör zu«, sagt er mit niedergeschlagenen Augen. »Jeder hat viel Respekt vor deinem Standing in der Dienststelle. Aber der letzte große Fall ist lange her, und wir wissen alle, wie er ausgegangen ist. Über dich wird geredet.«

»Wer redet? Und was sagen sie?«

»Die Jungs halt. Sie sagen, dass du es vielleicht nicht mehr drauf hast.«

Hanna durchforstet das System, ob in den zurückliegenden Jahren weitere Morde bei Vollmond verübt wurden. Sie sucht nach dem Alter des Opfers, dem Fundort der Leiche, der Anzahl der Messerstiche. Aber keiner der Fälle, die sie findet, gleicht dem jetzigen grundlegend.

Die weitaus meisten Morde werden mit Schusswaffen verübt und ereignen sich in großen Städten, der Sumpf ist eine Ausnahme. Ein Mord wie dieser, bei dem eine Frau so zugerichtet wird, ist in der Regel immer das Werk eines Mannes, und Hanna sieht keinen Grund zu der Annahme, dass dieser Fall eine Ausnahme darstellt. Die Pause zwischen dem ersten Messerstich und dem Todeszeitpunkt verrät Wollust.

Er wollte sehen, dass sie leidet. Hanna kennt die Theorien – hinter so einem Mord stecken vermutlich pathologische Motive, Minderwertigkeits- oder Rachegefühle, vielleicht Groll auf Frauen.

Die Wahl des Opfers kann willkürlich gewesen sein, aber das ist unwahrscheinlich. Das undeutliche Autobahnfoto, aufgezeichnet von einer Überwachungskamera, das gestern auftauchte, zeigt zwei Personen in einem schwarzen Toyota Corolla. Sie sitzen ruhig nebeneinander, Nathalie Underwood auf dem Beifahrersitz, am Steuer ein Mann in Voodookostüm, um seinen Hals eine Kette mit Streichhölzern. Menschen, die einander kannten. Er wollte sie.

*

Einen Tag später wird der schwarze Toyota ausgebrannt auf einem Parkplatz im Norden der Stadt, beim South-Shore-Hafen, aufgefunden. Wie sich herausstellt, ist der Wagen in der Woche zuvor in der derselben Gegend gestohlen worden, auf dem Parkplatz eines Walmart. Die Polizei hat das Autobahnfoto inzwischen im Internet verbreitet, sie hofft auf verwertbare Reaktionen. Und natürlich spricht Hanna auch mit so vielen Mitarbeitern der Bars und Mardi Gras-Feiernden wie möglich. Aber niemand hat konkrete Hinweise: Jeder kennt natürlich jemanden, der sich als Skelett verkleidet hat, solche Voodooanzüge gibt es überall. Nathalies bescheidene Aufmachung ist gleich gar keinem aufgefallen – und Erinnerungen, die jemand möglicherweise hätte haben können, sind eingetrübt durch Gedränge oder Alkohol.

Am Ende des Nachmittags wird Hanna angerufen. Die Fingerabdrücke und Samenspuren, die auf Nathalie Underwoods Körper gefunden wurden, sind nicht in der Datenbank aller Verdächtigen früherer Verbrechen in Louisiana registriert. Aber über die FBI-Datenbank, die auch Informationen von Bürgern speichert, die nicht mit dem Gesetz in Konflikt gekommen sind, gibt es einen *perfect match*. Hanna Vincennes hat ihren ersten Namen: Alexander van Zandt.

8. März

Egmond bietet nicht viele Gelegenheiten für Sozialkontakt, außer den täglichen Ritualen, die die Dorfbewohner absolvieren, vom Bäcker bis zur Kirche. Und es gibt das abgelegene Nachbarschaftszentrum, wo Anfang 2012 eine Reihe von sechs Vorträgen über Witwen- und Witwerschaft gehalten wurden, Aron las darüber zufällig im Lokalblatt. Er war unschlüssig, ob er da hingehen sollte, einmal wenigstens, um es zu auszuprobieren. Er gehörte zwar in eine Sonderkategorie von Witwern – eigentlich gab es für das, was er hinter sich hatte, überhaupt keine Kategorie –, aber was er mit anderen Witwern und Witwen gemein hatte, war das Bedürfnis nach einem neuen Leben. *Neu anfangen*, diese beiden Worte waren in dem Artikel mehrmals zu lesen. Endlich, nach langem Zögern, schrieb er sich ein.

Aron verteilt Käsestangen auf zwei Schälchen. Marie, die neben ihm steht, Mozzarellakügelchen in Parmaschinken. Ihre Handgelenke sind schlank und zierlich, mit dem Zubereiten von Delikatessen vertraut.

Die erste Zusammenkunft hatte er geschwänzt. Es hatte geregnet, und Milo war krank gewesen. Bei der zweiten Zusammenkunft saß er ihr, Marie, gegenüber, einer Frau, die drei Jahre jünger als er war. Lederstiefel, eine elegante Regenjacke. Sie sprach ihn an, und sie kamen ins Gespräch. Sie tranken Rotwein aus Plastikbechern und witzelten darüber, wie erbärmlich es war: eine Zusammenkunft von Witwen und Witwern als erstes Date. Es war Jahre her, dass jemand über

Aron gelacht hatte. Im gleichen Moment schnitt etwas in seinen Kummer hinein, irgend etwas zwischen Frust und Erleichterung.

Es war fast zwei Uhr nachts, als sie sich auszog und sich auf dem Bett an seiner Taille festklammerte. Sie nahm sein Gesicht in die Hände, als er in sie eindrang.

Wenn Marie neben ihm lag, konnte er seine Tränen kaum zurückhalten. Er hatte tatsächlich wieder jemanden gefunden, der es wagte, in seiner Nähe einzuschlafen. Marie war die Erste nach Nora, mit der er ins Bett gegangen war.

Beim Frühstück mit braunen Butterbroten und Senseokaffee erzählte sie ihm, dass sie in Egmond-Binnen als Beraterin arbeitete. Sie wohnte am Dorfrand, keine zehn Minuten zu Fuß von Arons Haus entfernt. Ungefragt erzählte sie, dass sie immer besser klarkam mit dem Verlust ihres Mannes, der vor Jahren an Knochenkrebs gestorben war. Sie hatte gelernt, die Einsamkeit zu ertragen, aber es war doch angenehm, wenn sie manchmal jemand verscheuchte. Aron wollte dasselbe von ihr: in regelmäßigem Turnus eine Injektion aufrichtiger lieber Worte, um ihn daran zu erinnern, wie es einst gewesen war, wie es vielleicht irgendwann einmal wieder sein konnte.

»Hast du Lust drauf?«, fragt sie.

Er schreckt hoch. »Auf das Fest? Nicht wirklich. Aber ich tue alles, um die anderen Bewohner bei Laune zu halten. Ich muss hierbleiben können.«

»Das weiß ich.«

Draußen geht die Sonne hinter dem Blätterwerk unter. Aron weiß, dass ihn dieser Anblick nie langweilen wird, wie lange er hier auch wohnen wird.

Halb sieben. Die Gäste können jeden Moment kommen. Unwillkürlich gleiten Arons Gedanken zurück in die Vergangenheit – sein Haus in Amstelveen, das Leben, das er geführt hatte, so angenehm und übersichtlich, bis eines Abends zwei Polizisten vor der Tür standen. Ein kurzer, heftiger Stich geht durch seinen Magen. Er atmet tief ein, schluckt eine Magentablette und rührt sich keinen Millimeter vom Fleck. Er kennt diesen Schmerz, der bei jedem Geburtstag und bei jedem Jahreswechsel wieder aufflammt. Niemand kennt diesen Schmerz so gut wie er.

Eine Stunde später stehen zwischen fünfzehn oder zwanzig Leute in Arons Haus herum. Die meisten kennt er nur gerade so vom Sehen, mit einigen er plaudert er auch manchmal. Auch jetzt bemüht er sich um Gespräche – tastende Fragen und höfliche Gemeinplätze. Eine grau gewordene Frau, die ein paar Häuser weiter wohnt, macht ihm Komplimente für die Einrichtung, die sie »authentisch« nennt. Er schaut sich um, sieht genau denselben Raum, den er vor fünf Jahren bezogen hat. Dieselben Stühle und Bilder, dieselben Strandklamotten im Wandschrank: alte Schwimmsachen, einst liebevoll von Nora zusammengelegt, ein paar kaum gebrauchte Slipper, ein verblichener Strandball, mit dem er früher mit seinem Sohn gespielt hat.

»Ach ja: Noch herzlichen Glückwunsch zum Geburtstag«, sagt die Frau.

»Danke.« Es ist ihm nicht die Mühe wert zu sagen, dass sein Geburtstag schon Monate zurückliegt, als fast alle Häuser im Bungalowpark dunkel und leer waren. Siebenundfünfzig ist er geworden. Keiner, der Argwohn hegte, für die Leute hier existiert er sowieso erst wenige Jahre – alle, die etwas von seiner Vergangenheit wissen, Freunde, Familie, Frau, Kind, sind aus seinem Leben verschwunden. Nora kannte ihn seit seiner Studentenzeit. Nach dem Tod von Arons Mutter war sie die älteste Zeugin. Die einzige Zeugin, denkt er manchmal.

»Schön, dass du endlich auch mal feierst. Erik und ich«, sie zeigt auf einen ergrauten Mann an der anderen Seite des Zimmers, »waren uns schon fast sicher, dass du am liebsten alle Tag allein durchbringst.« Bei den letzten Worten bricht sie in Gelächter aus.

Milo streicht an Arons Beinen entlang, der in die Knie geht, um den Hund zu streicheln, und als er dann wieder hochkommt, ist die Frau mit jemand anderem im Gespräch. Während er sich ein Glas Wein einschenkt, lauscht er den Gesprächsfetzen um sich herum; irgendwer redet über das Trainingsspiel der niederländischen Mannschaft, ein anderer erzählt mit großem Enthusiasmus von der Scheune, die er kürzlich ausgebaut hat.

Aron betrachtet seine Gäste der Reihe nach. All die sich bewegenden Münder, in die Wein gegossen wird, die ölige Oliven essen, die reden, vielleicht nun auch über ihn. Er spürt es, sie wollen wissen, was von den Geschichten stimmt. Wozu er fähig ist. Manchmal fragt er sich das selbst. In dem Moment sieht er Noras Gesicht vor sich. Die Wochen in der Untersuchungshaft sind Aron noch immer im Gedächtnis geblieben, die zuschlagenden Türen, die nächtlichen Schreie aus anderen Zellen. Er weiß, wie es ist, alles in ein paar Stunden zu verlieren.

Er schenkt Marie, die sich mit dem Aufseher des Bungalowparks unterhält, ein Glas Wein ein. Aber bevor er es ihr geben kann, schrickt er von einem lauten, klirrenden Geräusch zusammen. Zuerst glaubt er, dass jemand ein Tablett mit Maries Häppchen hat fallen lassen. Dann sieht er in der Zimmerecke, dass es einer seiner Bilderrahmen ist, der kaputt auf dem Boden liegt. Im Rahmen eine alte Zeitung, die vorn ein großes Foto eines inzwischen vergessenen Politikers zeigt. Die Zeitung vom 15. Mai 1987.

»Sorry«, sagt ein Mann mittleren Alters. Aron hat keinen Schimmer, wer das ist. »Ich habe es nicht gesehen.« Ohne Arons Reaktion abzuwarten, geht der Mann zur Spüle, nimmt einen Besen und fegt die Scherben zusammen. In Aron kocht eine plötzliche Wut hoch. Wie unachtsam der Mann mit anderer Leute Sachen umgeht, wie nachlässig er dieses greifbare Stück Vergangenheit zerstört hat.

Aron räuspert sich. »Ich räume es schon weg«, sagt er so ruhig wie möglich.

»Nein, nein«, sagt der Mann. »Ich mach das schon.«

»Ich räume es schon weg«, sagt Aron jetzt lauter. Um ihn herum verstummen die Gespräche. Er spürt, wie die Gäste ihn anschauen, wahrscheinlich versuchen sie, an seinem Gesicht abzulesen, was in ihm vorgeht. Der Mann kommt aus der Hocke hoch. »Noch mal sorry«, sagt er, zeigt auf den Scherbenhaufen und die Zeitungsseite neben sich.

Aron nickt. Als er merkt, dass die Leute ihn weiter anstarren, sagt er: »Kann passieren. Kein Problem.« Er hebt die Zeitung vom Boden auf und legt sie ins Schlafzimmer, entzieht sie dem Blick der Gäste.

Als er wieder im Wohnzimmer ist, sagt der Mann: »Noch mal Entschuldigung. Ich habe einen langen Tag hinter mir. Ich sollte jetzt gehen.«

Vielleicht ist es der Versuch, Aron sagen zu lassen: Bleib doch noch. Aber der schweigt. Und in diesem Moment machen andere Gäste auch Anstalten, aufzubrechen, sie flüstern miteinander und suchen ihre Jacken. Aron versucht nicht, jemanden aufzuhalten. Er steht an der Tür und nimmt einige Dankeschöns entgegen. Er isst zwei von Maries Mozzarellakügelchen mit Parmaschinken und sieht zu, wie die Gäste aufbrechen.

»Geht es?«, fragt Marie, als alle weg sind.

»Ich bin nur müde.« Mit Handfeger und Kehrblech, die er zitternd festhält, beseitigt er die letzten Scherben vom Boden.

»Hey, ich habe es doch gesehen. Du bist ganz still geworden. Und du hast geschaut wie … wie du in letzter Zeit öfter schaust. Starr, jedem ausweichend. Auch mir. Das ist nicht schön.«

»Ich bin so viele Menschen nicht mehr gewöhnt, das ist alles. Lass mich einfach.«

»Wir können doch einen neuen Rahmen kaufen.«

Darum geht es nicht, denkt er, aber er möchte kein Gespräch, bei dem jede Antwort eine neue Frage provoziert, über früher, über Amstelveen. Deshalb sagt er: »Gut. Ja, ja, natürlich, du hast recht.«

Später am Abend, als sie in seinem Bett liegen, sagt Marie: »Dein Haus ist kein Museum.«

»Das weiß ich, das weiß ich.« Aron gibt ihr einen Kuss, sie schließt die Augen. Er spürt, dass er nicht so bald einschlafen wird und nimmt sich ein Kreuzworträtsel vor. Das einzige Wort, das er einträgt, ist »Ehe«. 15. Mai 1987. Er erinnert sich noch so gut daran, wie sie dastanden an diesem Tag, wie hübsch Nora in ihrem Rock aussah, gebrochenes Weiß – noch vor ihrer Schwangerschaft, noch vor diesem Haus, ehe sich alles veränderte. Sie war auf die Idee gekommen, die Zeitung dieses Tages einzurahmen.

Und da ist er wieder, der scharfe Schmerz in seinem

Magen. Aron nimmt eine weitere Tablette und bleibt ruhelos liegen. Seine Augen geschlossen, seine Gedanken auf vertrautem, aber dunklem Gebiet. Er muss abwarten. Er weiß, dass nichts dagegen auszurichten ist – nichts außer warten, warten und hoffen, dass der Schmerz nachlässt.

12. März

Der Highway 301 führt über den Mississippi, vorbei an verfallenen Industriebauten und dichter Bewaldung. Zweige hängen bis auf den Asphalt, das spiegelnde Sonnenlicht hängt so tief, dass es im Fluss zu verschwinden scheint. Mit Route 90 senkt sich die Autobahn langsam Richtung Sumpfgebiet, wo die Luft immer feuchter wird.

Hanna Vincennes parkt ihren bordeauxroten Chrysler, den sie vor einem Jahr zusammen mit Chris auf Raten gekauft hat, am Anfang der Straße. Letzte Woche war ein Kollege von Hanna bei Nathalies Eltern, um die schlimme Nachricht zu überbringen, jetzt ist es an ihr, die erforderlichen Fragen zu stellen.

Die Eltern wohnen in Houma, einem stillen Städtchen, eine Stunde von New Orleans entfernt. Kinder verkaufen Wassermelonenschiffchen auf der Straße, die Sonne bescheint die Dächer der Veranden. Hanna nimmt die *Times-Picayne*, die sie heute Morgen an einer Tankstelle gekauft hat. *Wer ermordete Nathalie Underwood?* titelt das Blatt. Mehrere Artikel beschäftigen sich mit dem Mord, einer tendenziöser als der andere. Hanna studiert alles sorgfältig. Reaktionen alteingesessener Nachbarn, ein Foto von Nathalie auf der weiterführenden Schule, ein kurzes Profil, das ihre überdurchschnittlichen, aber nicht außergewöhnlichen akademischen Leistungen beleuchtet. Und natürlich die beiden Details, die gleich nach dem Mord durchgesickert sind und mit denen jeder Journalist seinen Bericht zu würzen versucht. Das Skelettkostüm und der Tag des Mordes: Mardi Gras, das Fest, das New Orleans in der ganzen Welt bekannt gemacht hat.

Zum Glück haben die Medien von der Verhaftung van Zandts noch keinen Wind gekriegt. Nicht allein wegen der Fingerabdrücke und der Samenspuren, auch bei den Haaren hat sich schnell erwiesen, dass sie von ihm stammen. Heikel ist, dass van Zandt Nathalies Freund gewesen zu sein scheint, schon jahrelang. Sie kannten einander von der Universität, wo er Geschichte studierte und sie Philosophie. Er hatte gute Noten, so steht es im Dossier.

Hanna hatte van Zandt zu einem Gespräch ins Büro gebeten, aber er war nicht aufgetaucht. Als sie zu seiner Wohnung auf dem Campus kam, stellte sie fest, dass er unauffindbar war. Schließlich wurde er an der Grenze zwischen Louisiana und Texas aufgegriffen, leichenblass und ängstlich. Eine Vorstrafe hatte er nicht, aber sein Alibi stand auf schwachen Füßen. Er erklärte, dass er zur Zeit des Mordes im Café Cabanaz in der Nähe des Campus' einen Film gesehen hatte. Doch niemand hatte ihn dort gesehen.

Langsam begannen sich die Konturen eines Motivs abzuzeichnen: eine zerbrechende Liebe. Freunde und Freundinnen von Nathalie erzählten von wachsenden Spannungen zwischen Alexander und Nathalie. Campusnachbarn behaupteten, »regelmäßig heftigen Streit« gehört zu haben, »wobei Drohungen ausgestoßen wurden«. In Nathalies Kalender stand für den Tag des Mordes nur ein Termin, eigentlich nur ein Name, aufgeschrieben in kleinen blauen Buchstaben: Alexander. Van Zandt selbst blieb bei seiner Behauptung, dass Nathalie und er einander an diesem Abend nur kurz gesehen hatten, weil sie plötzlich etwas »erledigen« musste und deshalb eher als geplant ins Zentrum der Stadt aufgebrochen war.

Gestern, am Tag nach der Festnahme von van Zandt, wurde ein zweiter Verdächtiger festgenommen: Kemal Johnson. Ein praktizierender Moslem mit Familie in Saudi-Arabien. Er ist der Letzte, mit dem Nathalie gesehen wurde, am Nachmittag des Mordes in der Raststätte *The Big Cajun*, wo sie nach Aussagen der Bedienung »einen verliebten Eindruck machten«, unter anderem weil sie »sich wiederholt gegenseitig fütterten«. Zuerst behauptete Johnson, Nathalie noch nie gesehen zu haben, aber, mit diesen Aussagen konfrontiert, passte er bei der zweiten Vernehmung seine Geschichte an: Nathalie und er waren Freunde, sie hatten einander zufällig kennengelernt und verstanden sich gut. Während er das alles preisgab, fing Johnson an zu schwitzen, seine Stimme klang zunehmend nervöser. Er sagte, dass er den Mord nicht begangen haben konnte, weil er an diesem Abend gar nicht in der Stadt gewesen war – denn sein neues Auto musste eingefahren werden. Also kein Alibi, schlussfolgerte Hanna, worauf Johnson um einen Anwalt bat. »Bis dahin sage ich nichts mehr.«

Johnsons Vorstrafenregister sprach nicht für ihn. Vor Jahren, als er noch bei seinen Eltern in Georgia wohnte, war er wegen Misshandlung verurteilt worden. Das Opfer: seine damalige Freundin. Die Strafe: sechs Monate auf Bewährung, eine stattliche Geldbuße und eine Anzahl von Pflichtbesuchen beim Psychiater. Bei keinem Verbrechen ist die Rückfallquote so hoch wie bei häuslicher Gewalt.

Vorerst leugnen beide Verdächtige.

Hanna steigt aus dem Wagen. Der Zettel, den sie in der Hand hält, hilft nicht weiter: die Häuser haben keine Nummern. Auf der anderen Seite läuft ein Mann mit einem ausgefransten Cowboyhut, Hanna fragt ihn nach der Familie von Nathalie. Er murmelt, dass sie am Ende der Straße wohnen. »In der Bruchbude.«

Der Kinderlärm nimmt ab, die Lücken zwischen den Häusern werden größer. Zwei Hunde tauchen neben Hanna auf, laufen mit ihr mit. Der älteste, am schlimmsten zugerichtete Hund, blafft sie an.

Die Gittertür knarrt, als wäre sie jahrelang nicht geöffnet worden. Hanna steigt die Veranda hinauf. Im Garten gibt es keine Pflanzen – nur harte Erde, kahle Flecken und dürr gewordene Grasbüschel.

Neben der halb eingesackten Tür, die hauptsächlich aus Gaze besteht, hängt ein großes vergoldetes Kreuz. Sie versucht, sich vorzustellen, wie beklemmend es für Nathalie gewesen sein muss, hier aufzuwachsen, wie schnell sie wahrscheinlich aus dem Haus gewollt hatte. Für Hanna war der Glauben einer der wichtigsten Gründe gewesen, so schnell wie möglich in die große Stadt zu ziehen, weg von ihren texanischen Eltern und den sonntäglichen Kirchgängen. Sie hatte einen Pick-up gekauft und war zu einer Freundin in New Orleans gefahren. Sie träumte von einem Leben ohne Bibel, sah sich schon in einem zentral gelegenen Appartement mit Holzfußboden, einer guten Kaffeemaschine, Blick über den Mississippi.

Die Polizeischule schien der beste Platz, um irgendwohin zu flüchten. Nie war für sie das Elternhaus weiter weg, als wenn sie sich in Verbrechen und Mörder vertiefte.

Sie klopft an die Haustür. Nathalies Mutter kommt, Hanna

sieht Augen, die denen von Nathalie gleichen. Weiter: runde Wangen, dicke Adern am Hals.

Die Tür wird nur einen Spalt geöffnet: »Was wollen Sie?«

»Nur reden.« Sie hält ihre Dienstmarke hoch. Einen Moment denkt sie an das Motto des Police Departments von New Orleans, *get behind the badge.* »Hanna Vincennes. Detective der Mordkommission.«

»Einer Ihrer Kollegen war schon da. Ich habe nichts zu sagen. Unser Glaube ...«

»Darf ich kurz hereinkommen?«

Gepolter im Hintergrund. Die Mutter schaut nach drinnen. »Wieder die Polizei«, sagt sie, wahrscheinlich zu ihrem Mann. Offensichtlich macht er ein zustimmendes Zeichen, auf einmal öffnet sich die Tür, die Mutter geht zurück in den Flur.

Der Flur riecht nach Wasserleitungen, die lange nicht gereinigt wurden. Die Mutter führt Hanna ins Wohnzimmer. Fotos von ihrer Tochter hängen an allen Wänden. Als Baby, als Kleinkind, als Kindergartenkind, als Schülerin, als junge Frau. Aber das wichtigste Foto, das seit Tagen bei Hanna auf dem Schreibtisch liegt und auf dem Nathalie bleich und blau ist, werden sie nie zu sehen bekommen.

Nathalies Vater, ein stämmiger Mann mit zotteligem Bart und einer abgetragenen Truckermütze, holt die Kaffeekanne, schenkt, ohne Hanna etwas angeboten zu haben, drei Tassen ein und stellt die Kanne ab. Auf dem runden Esstisch liegt eine Bibel aus schmuddeligem Leder und gelbem Papier.

»Was wollen Sie?« Der Ton der Mutter ist weicher als an der Tür.

»Zuallererst möchte ich Ihnen mein Beileid aussprechen.

Es tut mir leid, dass ich Sie noch einmal stören muss, auch wenn mein Kollege schon hier war.«

»Was ist das: Leid?« Der Mann zieht einen Stuhl nach hinten, setzt sich zu ihnen. Etwas unverkennbar Aggressives drückt sich in seinen Bewegungen aus. Früher hätte Hanna ihre Hand vorsichtig in Richtung Holster geführt. Aber aggressiv ist etwas anderes als gewalttätig. Diese Leute hier trauern. Schmerz und Wut schaukeln sich gegenseitig hoch. Hanna weiß nicht, was sie sagen soll, die Mutter kommt ihr nicht zu Hilfe. »Haben Sie auch Kinder?«, fragt der Vater.

Natürlich muss sie nicht darauf antworten, vermutlich ist es sogar besser, es nicht zu tun. Professioneller. Aber sie sagt: »Nein.« Die Geschichte zu diesem »nein« geht die Leute nichts an.

»Erst, wenn es so weit ist und Sie Ihr Kind unter die Erde bringen müssen, dürfen Sie etwas über Leid und Schmerz sagen.« Die Verbissenheit seiner Worte. So viel Wut. Mit einem Ruck steht der Mann auf und geht in ein anderes Zimmer, ohne etwas zu sagen.

»Achten Sie nicht auf ihn«, sagt die Mutter. »Es ist eine so merkwürdige Zeit. All die Journalisten, die anrufen oder einfach vorbeikommen, so unverschämt. Und sie ist noch nicht einmal beerdigt. Warum sind Sie hier?«

Hanna trinkt den ersten Schluck Kaffee. »Ich möchte wissen, ob Sie ein gutes Verhältnis zu Nathalie hatten.«

»Sie war unsere Tochter.«

»Haben Sie sie regelmäßig gesehen? Kam sie gern hierher?«

Die Mutter schaut zur Seite nach den Fotos an der Wand. »Um ehrlich zu sein, kaum. Jedenfalls nicht in den letzten Jahren.«

»Wieso?«

Wieder Stille. »Ich glaube, es kam durch ihre Freunde. Ach, sie hat einfach ihre Wahl getroffen, und ihre Wahl tat weh.«

»Ihr Freund Alexander van Zandt.«

»Ich weiß nicht, wie er heißt. Das einzige Mal, dass er hier war, hat er sich nicht einmal vorgestellt.«

»Gut. Erzählen Sie weiter, was immer Sie wollen.«

»Vor allem mein Mann hatte seine Schwierigkeiten damit, dass sie aus dem Haus ging. Es ist doch New Orleans. Er hat sie immer gewarnt vor den Gefahren und Verführungen der großen Stadt, aber sie wollte nichts davon wissen. Die letzten Jahre haben Nathalie und er nur wenig miteinander gesprochen. Sie wollte für sich allein wohnen. Beweisen, dass sie es ohne uns in einer anderen Stadt aushalten kann. Er hatte immer die Vorstellung«, ihre Stimme wird fast unhörbar leise, »dass er noch Zeit haben würde, das wieder geradezubiegen.«

»Und haben Sie beide noch Kontakt gehabt? Wissen Sie, mit wem sie eigentlich Umgang hatte?«

Die Mutter zuckt mit den Schultern. »Normal. Kommilitonen. Was meinen Sie genau?«

»Glauben Sie zum Beispiel, auch wenn es merkwürdig klingt, dass sie Feinde hatte?«

»Nathalie? Feinde? Sie war nur ein Mädchen. Mein Mädchen.«

Hanna fällt es schwer zu schlucken. »Menschen, die Böses im Sinn hatten. Menschen in ihrem Umfeld, die manchmal aufbrausend waren, die labil wirkten. Menschen, mit denen etwas nicht stimmt.«

Die Mutter schaut sich um, beugt sich vor, dann wieder zurück, sieht auf.

»Da ist was, oder?«, fragt Hanna. »Alles kann helfen. Wie wenig es auch sein mag.«

Noch immer hat die Mutter Bedenken, aber sie scheint etwas zu beschließen. »Sehen Sie, ich sage nicht, dass er zu so etwas imstande gewesen wäre.«

»Wer?«

Die Blicke der Mutter wandern zum Kühlschrank. Sie steht auf und kommt mit zwei Fotos zurück, eins von einem Baby, lachend, vor sich eine aufgeschlagene Bibel, die es noch nicht lesen kann. Eins von einer jungen Frau, die ernst in die Linse blickt. »Mein kleines Mädchen«, sagt die Mutter im Flüsterton.

Hanna konzentriert sich auf das zweite Foto. »Was ist mit diesem Bild passiert?«

Die Mutter schaut beschämt. »Wir haben ihn abgeschnitten.«

»Wen?«

»Ihren Freund. Irgendwann letzten Monat standen sie plötzlich vor der Tür. Sie hatten eine Autopanne, ihre Handys waren leer, sie wollten telefonieren. Eine halbe Stunde haben sie zusammen auf dem Sofa gewartet. Er hat überhaupt nichts gesagt. Nathalie saß ein bisschen bedröppelt daneben. Aber wir haben sie in der Zeit so selten gesehen, dass ich gleich ein Foto geschossen habe. Und ich bin froh darüber, es war das letzte Mal, dass ich sie gesehen habe.« Sie zeigt auf das Bild ihrer Tochter. »Sie hatte an diesem Tag etwas Bekümmertes im Blick, etwas, das ich an ihr überhaupt nicht kannte. Aber sie war wunderschön. Sehen Sie, wie schön sie war.«

Hanna schweigt.

»Er war ein komischer Junge«, fährt die Mutter fort. »Das

fanden wir beide, Mick und ich. Abwesend. Mit so einem Blick in den Augen.«

»Was für einem Blick?«

»Voller Spannung. Konzentration. Aber nicht Konzentration auf den Moment, er schien mit dem Kopf irgendwo anders zu sein.«

»Beschreiben Sie es genauer.«

»Ähm ... Zurückhaltend. Und feurig zugleich.« Der Blick der Mutter hellt sich auf. »Deshalb habe ich ihn abgeschnitten. Diese Augen will ich nicht an meinem Kühlschrank haben. Ich brauche ihn nicht zu sehen, ich will auch nicht wissen, was er alles getan hat. Das tut viel zu weh.« Sie zeigt auf das Buch auf dem Tisch. »Unser Glaube schreibt uns vor, dass wir so wenig wie möglich Kontakt zur Außenwelt haben. Wir lesen keine Zeitungen, wir haben seit Kurzem keinen Fernseher mehr. Eine Erleichterung, kann ich Ihnen sagen. Natürlich will ich, dass der Mörder büßen soll, aber Mick sagt, dass ich dem Herrn vertrauen muss.«

»Glauben Sie, dass Alexander van Zandt imstande war, um ...«

»Ich weiß es nicht. Nathalie war nicht gesprächig, wenn es um ihre Freunde ging.« Sie reibt sich die Augen. »Sie hat eigentlich über alles geschwiegen.« Die Mutter erhebt sich, offenbar ein Zeichen für Hanna, das Haus zu verlassen. Trauer hat ihr eigenes Gesicht.

Hanna steht auf, die Mutter begleitet sie zur Tür.

»Soll ich Ihrem Mann noch Auf Wiedersehen sagen?«

»Lassen Sie ihn mal. Sie müssen etwas anderes tun. Nicht für ihn, aber für mich.« Hanna schaut die Frau erwartungsvoll an. »Versprechen Sie mir, dass Sie ihn kriegen. Den Mörder. Bitte.«

»Ich verspreche es«, sagt Hanna flüsternd. Und ärgert sich unmittelbar darauf über ihre Worte.

*

Einen Tag später fährt sie wieder nach Houma. Der Trauerzug ist nicht zu übersehen, Gruppen schwarzgekleideter Leute sind auf dem Weg zum Magnolia Cemetery, auch eine kleine Anzahl an Studenten. Hanna ist die Einzige, die allein geht. Dunkelgraue Wolken haben sich träge über dem Himmel ausgebreitet.

Die Trauernden auf dem Friedhof bilden ein Spalier um den Sarg, der auf einem erhöhten Gestell neben dem offenen Grab im Boden steht. Drei Reihen Stühle, die Eltern sitzen vorn, fast alle anderen Anwesenden stehen: eine klare Hierarchie. Hanna steht ganz hinten zwischen zwei Grabsteinen.

Der Wind bläst Hannas Hosenbeine beharrlich um ihre Knöchel. Eine fest zusammengehörende Studentengruppe kommt erst jetzt. Fünf Jungen, zwei Mädchen. Gesprächsfetzen dringen an Hannas Ohr. »Den Mut, dass sie gedacht haben, nur so …« »Und ihre Eltern?« »Überhaupt keinen Respekt.«

Einer von Nathalies Dozenten ergreift das Wort, erinnert an ihre guten Noten, als ob die sie hätten beschützen müssen. Nach ihm kommt ein Onkel nach vorn, der Erinnerungen auskramt und sie mit christlicher Deutung versieht. Der Onkel wird von einer jungen Frau in Nathalies Alter abgelöst. Rote Haare, zu einem straffen Pferdeschwanz zusammengebunden, die Stirn jung und faltenlos, kein Make-up, keine Ohrringe. Sie stellt sich als Jennifer vor, eine gute Freundin. Einige Studenten murmeln missbilligend, aber niemand protestiert.

»Nathalie und ich«, sagt sie, »haben im vergangenen Jahr seltener miteinander gesprochen. Ich hatte mit dem Studium zu tun, und sie hatte andere Prioritäten. Wenn ich sie gefragt habe, womit sie so beschäftigt ist, sagte sie: mit leben. Und dann wusste ich, dass sie meinte: mit Alexander.« Niemand weint mehr. Stille. »Es tut mir leid, aber jemand muss doch über ihre Liebe sprechen. Es ist unglaublich, was geschehen ist, und es ist unglaublich, dass Alexander verdächtigt wird von ...« – ein suchender Blick –, »von wem auch immer er verdächtigt wird. Aber wir dürfen seine guten Seiten nicht verschweigen, weil er in den vergangenen Jahren einen so großen Teil ihres Lebens ausgemacht hat. Wenn ich mich mit ihr verabreden wollte, checkte sie meist zuerst, ob er an diesem Abend etwas zu tun hatte. Wirklich, mit niemandem konnte sie so glücklich sein wie mit Alexander.«

Die Jungengruppe nickt Jennifer zu, so leicht, dass es fast nicht zu erkennen ist. Nathalies Eltern schütteln den Kopf, sie geben ein Zeichen, und der Pfarrer geht nach vorn. Jennifer stammelt noch, wie sehr sie Nathalie vermissen wird, dann ergreift der Geistliche das Wort. Staub bist du gewesen, und zu Staub sollst du wieder werden.

Wie Vögel, die genau wissen, wie man sich bewegt, ohne einander zu berühren, lösen sich die Trauergäste auf. Sie flattern Richtung Ausgang, nehmen Autos oder ein Taxi. Die Eltern werden gestützt wie Kriegsveteranen. Der dunkle Himmel reißt auf, ein Nieselregen bringt die Mäntel zum Glitzern. Hannas Augen folgen Jennifer. Zehn Jahre Altersunterschied zwischen ihnen – ein Diplom, eine Hypothek, eine Polizeimarke. Als die Studentin sich aus der Menge gelöst hat, spricht Hanna sie an.

Sie zeigt ihre Marke und stellt sich vor. »Ich möchte mehr über Nathalie wissen. Ihre Verbindungsdaten sagen, dass sie in den letzten Monaten kaum telefoniert hat, außer mit Alexander und ein paarmal mit Ihnen. Ich muss sie verstehen.«

»Was wollen Sie wissen?«

»Zum Beispiel, ob sie Schulden hatte.«

»Schulden? Wie kommen Sie darauf? Ich glaube nicht. Sie hat gut für sich selbst gesorgt.«

»Und hatte sie Feinde?«

Jennifer massiert ihre Handgelenke. Muttermale und helle Härchen. »Nein, nein ... Nathalie war eine ausgesprochene Persönlichkeit, aber Feinde? Das kann ich mir nicht vorstellen. Ich kann es nicht mit Sicherheit sagen. Nathalie und ich haben uns in der letzten Zeit wenig gesehen, das sagte ich schon. Wir wohnten zwar beide auf dem Campus, haben aber nebeneinanderher gelebt. Aber in den Jahren davor haben wir uns sicher jede Woche gesprochen.«

»Was war der Grund für die Veränderung?«

»Alexander. Er war total in seiner Liebe. Sie war das nicht gewöhnt.«

»Erklären Sie.«

»Irgendwann in den ersten Monaten, also vor drei Jahren, hat sie mal einen anderen Jungen geküsst, einen total nichtssagenden Burschen. Nur um zu sehen, was Alexander tun würde.«

»Und dann?«

Jennifer zögert. »Er ist echt ausgerastet. Ich weiß noch, dass sie sich unsicher fühlte. Aber gleichzeitig hat sie ihn verteidigt, seine Eifersucht vor allem als Zeichen von Liebe gesehen. Manchmal hatte sie plötzlich Angst, ihn zu enttäuschen, das schon.«

»Wie hätte sie ihn enttäuschen können?«

»Das habe ich mich auch immer gefragt. Sie ist da nie konkret geworden.«

»Und was wissen Sie von seiner Vergangenheit?«

»Alexanders? Keine Ahnung. Niemand kannte seine Geschichte so ganz genau. Europäer sind merkwürdig. An manchen Abenden spuckte er große Töne, aber meistens war er still, und ganz sicher hat er nie von früher gesprochen. Ein spezieller Junge. Sehr freundlich. Etwas melancholisch manchmal. Er zog sich zurück, studierte und hat eigentlich immer gelesen. Viele Biografien.«

Hanna nickt. Das hat sie in dem Dossier, das über ihn angelegt worden ist, gelesen. Alexander hat sich in seinem Studium im letzten Jahr auf historische Morde spezialisiert. Er schrieb Essays über den Einfluss berühmter Mörder auf die amerikanische Massenkultur – Figuren wie John Wilkes Booth, Lee Harvey Oswald und Ted Bundy. Die Essays wurden ausnahmslos gut beurteilt, und als Hanna sie heute früh durchgelesen hat, fand sie nichts Beunruhigendes; kein Hinweis von Identifikation mit dem Mörder, keine heimliche Bewunderung seiner Taten. Van Zandts Sprachgebrauch war sachlich und kühl.

»Nathalie wird zweifellos mehr über Alexanders Vergangenheit gewusst haben«, sagt Jennifer. »Aber ich habe mit ihr nie darüber gesprochen.«

Eine Gruppe von Trauergästen winkt Jennifer mitzukommen.

»Eigentlich war er das Beste, was ihr je passiert ist. Das hat sie selbst mal gesagt.«

»Eigentlich?«

Jennifer nickt und gesellt sich zu der Trauergesellschaft.

23. März

»Du musst wirklich mal aus dem Haus. Und nicht nur, um mit Milo im Wald spazieren zu gehen. Du musst dein Sicherheitsdenken abschalten. Ich weiß, dass dir das hier ein lieber Platz ist, und ich verstehe deine Situation, nachdem das alles passiert ist. Wirklich. Aber das ist kein Leben so. Du weißt doch, wie wichtig es ist, Dinge loszulassen, du warst ja schließlich selbst Psychiater.«

Es waren ruhige Monate gewesen, aber seit dem Fest hält sich Marie nicht länger zurück. Aron kann es ihr kaum verübeln, und doch bleibt er still. Natürlich hätte er erklären können, dass Alexander andauernd in seinem Kopf herumgeistert und dass eben das der Grund ist, warum es ihm schwerfällt, über seinen Sohn zu sprechen – wenn er einmal anfängt, wo soll er aufhören?

Seine Erfahrung als Psychiater hat seinen Kummer nicht abgestellt. Anderen konnte er helfen, aber als er selbst Hilfe brauchte, schwand sein Vertrauen in Handbücher, die Theorien überzeugten ihn nicht.

Zum ersten Mal seit Tagen sehen sie einander wieder, Marie und er. Sie steigen den Sandweg vor seinem Haus hinauf. Als er heute Abend von seiner Waldwanderung mit Milo zurückgekommen war, hatte Marie schon auf ihn gewartet. Sie sagte: »Wir essen gleich zusammen. Bei mir.« Nun, Arm in Arm zwischen den anderen Bungalows, redet sie unentwegt. Sie sagt, dass er sich nicht zu sehr isolieren darf, dass er gut daran täte, zu sagen, was ihn beschäftigt.

»Das weiß ich.« Er gibt ihr einen Kuss auf die Wange. Ihr Parfüm ist süß und angenehm.

Sie überqueren eine Weide mit vielen Sandflecken und Unkraut. Milo läuft vorneweg, er zieht die rechte Vorderpfote ein wenig nach. Der Tierarzt meint, das sei normal in seinem Alter. Jede Strecke, die er mit dem Hund geht, hat er früher mit Nora und Alexander schon einmal zurückgelegt, jeden Spaziergang haben sie damals zu viert gemacht. Sie kommen an der Baumhütte vorbei, die Aron mal mit seinem Sohn gebaut hat, aber er schaut nicht auf.

Bei Marie zu Hause ist der Tisch schon gedeckt. »Setz dich«, sagt sie. »Mach's dir bequem. Das Essen ist so gut wie fertig. Ich habe heute Mittag einen Auflauf gemacht.«

Obwohl er schon Dutzende Male in diesem Haus gewesen ist, fühlt er sich hier immer noch als Fremder. Vielleicht sind es ihre Sachen, die überquellenden Schränke mit Büchern über Liebe und Einsamkeit, die Aron niemals lesen würde, der Flatscreen-Fernseher neben dem Sofa, das Radio. Auf seiner Stirn bildet sich ein dünner Schweißfilm.

Als sie die Schüssel auf den Tisch gestellt hat – eine Quiche mit Möhren und Spinat –, schaltet sie das Radio ein. Zu ihren ersten Bissen erklingt eine Cellosonate. Es fällt nicht auf, dass sie wenig reden, sie lauschen der Musik wie ein normales Paar.

Aber die Musik, schön in ihrer Schlichtheit, endet. Dann kommen die Nachrichten: Ein Politiker hat etwas Dummes gesagt, eine Telefongesellschaft entlässt zweitausend Arbeitnehmer, ein bekannter Sportler hat sich den Knöchel gebrochen. Dann, kurz vor dem Wetterbericht, gibt es Auslandsnachrichten. Im Süden von Amerika ist ein Niederländer Verdächtiger in einer Mordsache. Ein Geschichtsstudent von der University of New Orleans. Alexander van Zandt. Der Name des Verdächtigen scheint fast geflüstert zu werden.

*

Hakan. Manchmal, mitten in der Nacht, ist der Name wieder da. Aron hat tagelang nicht daran gedacht, oder er hat vergessen, dass es ein Name ist und keine dunkle Melodie, die bis in alle Ewigkeit spielt.

Er steigt aus dem Bett, ohne Marie zu wecken. Leise geht er aus dem Schlafzimmer durch das dunkle Haus. Milo schläft auf einer Wolldecke an der Haustür.

Tastend findet Aron den Weg ins Bad. Vor dem Spiegel betrachtet er die Umrisse seines Körpers. Sein Bäuchlein, nach anderen Definitionen auch eine kleine Wampe, hätte ihn früher ganz bestimmt unsicher gemacht. Er kann sie sich noch zurückrufen, diese zweifelsvollen Tage. Die Mühe, die es ihn kostete, Nora aus der Studentengruppe in dem Seminar, in dem sie zusammen saßen, loszueisen, um einmal mit ihr allein sprechen zu können. Das damals wichtigste Ziel seines Lebens war, Nora bei sich zu haben und sie nicht mehr gehen zu lassen.

Wegen der geringen Attraktivität seines Körpers war er damals zögerlich in seinen Bewegungen und bei dem, was er fühlte. Er hasste die schreiende Unsicherheit, die Frauen bei ihm hervorriefen. Nora änderte das. Aus dem einen oder anderen Grund glaubte er ihr, wenn sie sagte, dass sie ihn schön fand. Es war zu unglaubwürdig, um gelogen zu sein. So hatte er seine Unsicherheit von einem auf den anderen Tag wie einen Lendenschurz abgelegt.

Unter ihren Fittichen blühte er auf zu einem selbstsicheren Mann, an manchen Abenden neigte er gar zum Übermut. Einmal hatte er ihr im Restaurant unter den Rock gegriffen. Er war über sich selbst erschrocken, ließ sich aber nichts anmerken. Ein halbes Jahr später fragte er, ob sie ihn heiraten wollte, zu einer Zeit, in der sie noch zu jung waren, um absehen zu können, was eine Heirat genau bedeutete.

Das Schuldgefühl, dass er bei Marie liegt und an Nora denkt, ist immer da. Dass Marie alles für ihn hergibt und er, während sie ihm zärtliche Worte zuflüstert, schweigt und in Gedanken zahllose Fragen an Nora stellt. Schon lange vermisst er Nora nicht mehr. Vermissen, das Wort klingt zu einfach, zu alltäglich. Die Erinnerung an sie ist beschmutzt, nicht losgelöst zu betrachten von der Art und Weise, wie ihr gemeinsames Leben endete.

Er setzt sich auf einen Stuhl im Bad. Sein Atmen klingt wie das seines Vaters, alt und schnaufend. Van Zandt. Er kennt niemanden, der so heißt. Natürlich ist das Hören des Namens Alexander, der einem Niederländer in Amerika gehört, ein Schock für Aron. Es lässt sich alles analysieren, es ist nichts Ungewöhnliches. Und doch hat Aron kein Auge zugetan und schwitzt noch immer. Er erinnert sich noch zu gut, wie er diesen Vornamen aufgeschrieben hat: zum ersten Mal in der Geburtsanzeige, das zweite Mal auf dem Standesamt. Er spürt, wie ein pummliges Händchen seinen Zeigefinger umklammert, er riecht den nahen Duft von Babyhaut.

28. März

Am 6. März (05:43) wurden an der Fundstelle Tatortfotos von Nathalie Underwood gemacht, die ihre Verletzungen deutlich zeigen. In den Erklärungen des Pathologen Steve Mann ist die Rede von Quetschungen am Hals und perforierter Lunge. Das Opfer ist erstickt und stand nicht unter Drogeneinfluss. Der Alkoholpegel lag unter 0,2. DNA-Material: Samenspuren und Haare des Verdächtigen A. van Zandt, Sexualpartner des Opfers. Die Fingerabdrücke stammen von derselben Person. Von dem Verdächtigen K. Johnson wurde kein DNA-Material gefunden. Unter dem Nagel des linken Zeigefingers des Opfers steckte die Kuppe eines Streichholzes. Kurz vor oder kurz nach der Tat dort angebracht: Der Körper war noch warm, die Haut geschmeidig, so dass das Streichholz tief eindringen konnte.

Hanna liest das Dossier des Pathologen mehrmals. Die letzten Sätze lassen sie nicht los. Selbstverständlich kennt sie die Studien über Täter, die Spuren hinterlassen, sie hat genügend gelesen über das tief verwurzelte Verlangen von Mördern, sich mit Einzelheiten hervorzutun. Aber warum eine Streichholzkuppe?

Vergiss nie, wie es sich anfühlen würde, das Opfer zu sein. Der erste Grundsatz. Übernommen von dem Polizisten, dessen Nachfolge sie angetreten hat, an einem seiner letzten Arbeitstage, als sie zusammen nach den langen Kähnen, die den Mississippi hinunterfuhren, Ausschau hielten. Aber wäre es nicht besser, Distanz zu bewahren, fragte sie, wie es in der Ausbildung gelehrt wurde? Der Polizist hatte den Kopf geschüttelt. Die wirklich komplizierten Fälle ließen sich nur von innen knacken. Durch ein Detail, das man allein aus der Perspektive des Opfers entdeckt. Dessen Gesichtswinkel, dessen letzte Gedanken, ein mögliches Signal, versteckt zwischen anderen, sie warten auf deinen Blick.

Manchmal stellt Hanna sich vor, wie es sich abgespielt haben muss. Vielleicht hat Nathalie Underwood ihren Mörder angesehen, kurz bevor sie das letzte Mal ihre Augen schloss.

Hanna macht die Jalousien in ihrem Zimmer zu. Das Sonnenlicht ist zu grell. Obwohl sie Nathalies Gesicht in den letzten Tagen andauernd vor sich sieht, gelingt es ihr nicht, das Leben des Opfers zu überblicken. Die Eltern, das Liebesglück, das Liebesunglück, der Sumpf, die tödlichen Stiche; Hanna erkennt nur noch Fragmente. Die Verhöre von Nathalies Freundinnen, Mitstudenten und Dozenten brachten nichts: Alle haben das Bild von Nathalie als neugieriger und lebendiger junger Frau bekräftigt, und fast niemand hat Alexander verteidigt. Hanna hat Nathalies Zimmer durchsucht. Das war fast leer und eingerichtet wie alle Zimmer auf dem Campus; etwa zwölf Quadratmeter, niedrige Decke, als einzige Besonderheit ein Poster von »Le Chat Noir« auf einer gekalkten Wand. Das Zimmer von van Zandt war noch nackter. Ein Uraltcomputer, eine Dartscheibe, eine Reihe Schulhefte, Studienmappen.

Sie nimmt van Zandts Dossierfotos zur Hand. Sein Blick ist einmal freundlich, dann wieder kalt. Weiter: Zeugnisse und Darstellungen von Studenten und Dozenten. Alles aus der Zeit nach 2009. Von davor hat sie nur den Geburtsort und eine Jahreszahl. Amsterdam, 1991. Als Hanna den Vernehmungsraum betritt, sitzt Alexander van Zandt schon auf einem eisernen Stuhl. Sein Gesicht ist müde und fahl. Es ist das dritte Verhör. Heute wird Hanna es ihm einfach machen, ihm das Gefühl geben, dass sie auf seiner Seite steht.

»Goedemiddag.« Sie hat diese niederländische Standardbegrüßung aus einem Wörterbuch herausgesucht, um endlich eine Veränderung in seinem Gesichtsausdruck zustande zu bringen. Und tatsächlich erfolgt ein einfaches Wiedererkennen, kurz blitzt etwas in seinen Augen.

»Wissen Sie schon, wer es getan hat?«, fragt er.

»Reden wir erstmal darüber, wie es um Sie steht.«

»Was wollen Sie hören? Ich bin nicht hübsch genug, um fortwährend belästigt, und nicht hässlich genug, um dauernd beschimpft zu werden. Und würden Sie bitte meine Frage beantworten?«

Hanna zögert einen Moment, dann entschließt sie sich, die Wahrheit zu sagen – das kann nicht schaden, vielleicht ist aus seiner Reaktion etwas zu entnehmen.

»Es gibt noch einen anderen Verdächtigen.«

»Wen?«

»Darüber darf ich nichts sagen.«

Er lässt seine Hand über die Aluminiumfläche des Tisches wandern, als wolle er sie streicheln. Auch Mörder können zärtlich sein. Gesichter aus der Vergangenheit ziehen an Hannas innerem Auge vorüber: Harvey Vines, der die Zehennägel seiner Opfer lackierte, Malcolm Combs, der zu Hause eine Perücke aus dem Haar seiner Opfer machte. Aber das waren Serienmörder. Dieser bleiche Junge hat höchstens einen Fehler begangen, vielleicht hat er keinen anderen Ausweg gesehen. Seine Geliebte hatte sich zu weit von ihm entfernt, er suchte nach einer letzten Möglichkeit, sein Gesicht nicht zu verlieren.

Hanna wartet einen Moment, nimmt aber auf seinem Gesicht keine Veränderung wahr. »Sie würden es uns und sich selbst ein wenig einfacher machen, wenn Sie mitarbeiten würden. Wirklich.«

»Ich arbeite mit.« Die Worte kriechen aus seinem Mund.

»Hat sie Sie eifersüchtig gemacht?«

»Ich habe sie geliebt. Wirklich, Sie haben keine Vorstellung, wie sehr.«

»Sie haben keine Vorstrafen, oder genauer noch, über Sie ist kaum etwas herauszufinden aus der Zeit vor Ihrem Achtzehnten. Wie sind Sie auf die Universität gekommen?«

»Ich habe eine Zulassungsprüfung abgelegt. Und wegen davor: Rufen Sie in den Niederlanden an, wenn Sie es wirklich wissen wollen.«

»Schon erledigt. Keine einzige niederländische Gemeinde kennt einen Alexander van Zandt. Und Ihr Alibi stimmt nicht.«

»Zum hundertsten Mal: Ich war in diesem Café. Café Cabanaz. Fragen Sie die Barbedienung. Es lief ein Film mit Vin Diesel auf Fox.«

»Kommen Sie, das ist kein Alibi, das wissen Sie selbst. Und niemand hat Sie da gesehen. Warum haben Sie nicht mitgemacht bei Mardi Gras?«

»Ich finde das blöd. Das ist aber doch sicher kein Verbrechen.«

»Sie haben sie am letzten Abend gesehen, auf dem Campus.«

»Das habe ich doch schon alles gesagt! Wir haben uns kurz bei mir zu Hause gesehen, und dann musste sie plötzlich weg, um irgendwas zu tun, irgendwen zu treffen, sie hatte es eilig.«

»Irgendeine Idee, wo sie hin musste?«

»Nein, das weiß ich wirklich nicht. Seit dem Abend frage ich mich das immer wieder: Wo musste sie hin, wen hat sie an diesem Abend in diesem Moment getroffen? Ich weiß es wirklich nicht.«

»Warum sind Sie abgehauen? Warum sind Sie weggefahren, als Sie vorgeladen wurden?«

»Ich war nicht eingesperrt, war ein freier Mann, konnte tun und lassen, was ich wollte.« Etwas leiser: »Panik, glaube ich. Dumm. Ich hätte einfach kommen müssen. Ich will gern helfen, wirklich, aber ich kapiere immer noch nicht ganz, was los ist. Es ist alles so schnell gegangen. Das Einzige, was ich sicher weiß, ist, dass ich Nathalie für immer verloren habe.«

Hanna legt eine Pause ein. »Es sieht nicht gut für Sie aus«, sagt sie. »Der Mörder war ein Bekannter von Nathalie. Und wer kannte sie besser als Sie?« Sie schiebt ihren Stuhl nach hinten. Sie muss einen Seitenweg einschlagen, etwas in ihm auslösen, was ihn erschreckt. »Vermissen Sie sie?«

Sein Gesicht verfinstert sich, seine Augen werden feucht. »Ich warte auf meinen Anwalt.«

Stunden später, unter dem Schein des fahlen Mondes, fährt Hanna Vincennes nach Hause.

Diese Gegend, das Ninth Ward, strahlt trotz vieler Renovierungen große Verwundbarkeit aus. Viele vernagelte Wohnungen, viele Schilder ZU VERMIETEN und ZU VERKAUFEN. Es ist das Warten auf den nächsten Sturm.

Sie stellt ihr Auto in die Garage. Sie bleibt einen Moment zwischen Schraubenschlüsseln und Schuhcremedosen stehen. Chris arbeitet viel zu Hause, seine Chemiestunden bereitet er am Esstisch vor. Der Trost nach langen Tagen: zusammen einschlafen, zusammen wieder wach werden. Sie schnuppert den Duft des Abendessens: Spargel. Ihr Mann, ihr Haus. Sie geht hinein. Chris steht am Herd, er wirkt unverschämt froh, dass sie da ist.

Sie hatte Chris auf dem Geburtstag einer gemeinsamen Freundin kennengelernt. Unabhängig voneinander waren sie auf den Balkon gegangen. Sie wollte ein Gespräch anfangen, aber er sagte: »Hör mal, die Stille.« Sie musste ihn küssen. Zärtlich. Ihre Gesichter waren taub vor Kälte. Vier Wochen später zog sie bei ihm ein. Monate voller Zuversicht und Vertrauen brachen an, Monate, die jahrelange Wiederholung verdienten. Die zweite Grundregel des Polizisten: *Sorge dafür, dass das Opfer die wichtigste Person in deinem Leben ist.* Sie hat wirklich versucht, diese Regel zu beherzigen. Aber ein lebendiger Mensch gewann Oberhand über die Toten.

»Setz dich«, sagt er. »Das Essen ist fast fertig.«

Sie macht, was er sagt und sieht zu, wie er ihr auftut. Er nimmt ihr gegenüber Platz, kaut mit offenem Mund auf einem Spargel herum.

»Geht es nicht voran mit deinem Fall?«, fragt er dann mit hörbarem Widerwillen.

»Es geht schon.«

»Dass der Termin beim Chief Inspector nicht stattgefunden hat, ist eine Sache, und ich verstehe, dass dir deine Arbeit jetzt wieder viel abverlangt, aber du musst keine Mappen mit Fotos hier herumliegen lassen. Ich muss nicht wissen, wie das Opfer und wie die Verdächtigen aussehen.«

»Es ist ein schwerer Fall. Dieser van Zandt … Die Beweise widersprechen sich. Und er selbst sagt wenig Brauchbares –

sowohl zu mir als auch zu den Kollegen. Seine Freundin ist ermordet worden, aber gerade deshalb. Da schreit man. Da wird man wütend.«

»Du bist noch am Anfang«, sagt er. Er schaut ihr direkt ins Gesicht. »Mir gefällt dein Blick nicht. So abwesend. Du bist doch keine Träumerin.«

»Also?«

»Also sind deine Gedanken bei jemand anderem. Bei jemandem da draußen. Wird dir das nicht zu viel?«

»Was?«

»Sorry. Ich weiß, dass du es hasst, wenn ich solche Sachen sage.«

»Warum tust du's dann?« Hanna legt ihr Besteck zur Seite.

»Schau mal. Du hast sogar eine Faust geballt.«

Hanna sieht auf ihre Hand, öffnet sie. »Ist nicht so schlimm. Es wird mir nicht noch einmal passieren. Ich bin darauf vorbereitet. Ich erkenne die Anzeichen.«

»Komm, das *sind* doch die Anzeichen. Deine Augen sind rot, du schläfst nicht gut, bist längst auf, wenn ich aufwache. Du isst schlecht. Wir haben so oft darüber gesprochen. Du solltest es langsamer angehen. Ich sehe ein, dass dieser Fall jetzt dazwischengekommen ist, aber trotzdem. Du scheinst jeden Tag ein bisschen weniger da zu sein, Hanna, merkst du das überhaupt noch? Wie siehst du unsere Zukunft, willst du überhaupt noch Kinder?«

»Bitte, lass uns heute das Thema nicht berühren. Ich bin genau da, wo ich sein muss. Es ist ein großer Fall. Nach dem Zusammenbruch habe ich nicht geglaubt, dass ich das noch könnte.«

»Ich auch nicht. Aber jetzt, da es so weit ist, frage ich mich, ob diese Überwindung von dir selbst auch ein Sieg ist, von dem wir beide etwas haben.« Er sieht lange auf ihre Finger, die auf der Tischplatte verharren. »Und wen halten wir nun für verrückt? Ein Zusammenbruch. Du warst völlig ausgebrannt. Du konntest dich kaum ohne Rückenschmerzen bewegen, jede Nacht musste ich dich wecken, wenn du geschwitzt und geschrieen hast. Meinst du, es gefällt mir, dich so zu sehen?« Er holt tief Luft. »Was hat dir das alles gebracht, dass du deinen Job über dein Leben gestellt hast? Das sind die Augenblicke, die dich am meisten gezeichnet haben. Dein Burn-Out ...«, er beginnt zu flüstern, »die Schwangerschaft ...« Er legt seine Hand auf die ihre und zieht sie langsam wieder zurück. Sein Lächeln ist blass. »Werd bitte nicht so wie deine Kollegen. Schlaflos, ungesund. Mit einem Schlachtfeld an zerbrochenen Beziehungen.«

2. April

Arons Vorstellungen von dem, was sich auf der anderen Seite der Welt abspielt, beschäftigen ihn von Tag für Tag mehr. Während seines wöchentlichen Besuchs im Supermarkt macht er am Kiosk halt. Er blättert die ausländischen Zeitungen durch, schaut sich die Fotos an und sichtet die Überschriften. Nirgends eine Spur von Alexander van Zandt.

Während Marie arbeitet, setzt er sich an ihren Schreibtisch. Zögernd bewegt er den Cursor über den Bildschirm. Selbst hat er schon seit Jahren keinen Computer mehr – eine Art Selbstschutz, er würde endlos weiter suchen, nach Nora, nach Hakan, nach dem, was genau passiert ist.

Er öffnet Google und fängt an, mit zwei Fingern zu tippen.

Auf dem Bildschirm erscheint ein A. Es werden allerlei Wörter angezeigt: der Routenplaner ANWB, Albert Heijn, Alexandrium. Er denkt an den Tag zurück, an dem Nora und er Namenslisten studierten: Apfelkuchen und leise Musik, Schwangerschaft im sechsten Monat. Sie setzten sich an den Küchentisch, aber das B zogen sie nicht in Betracht. Ihre Gesichter wandten sich im gleichen Moment einander zu. Das sollte er sein, so sollte er heißen. Alexander.

»Van Z«, tippt Aron weiter, und Google füllt automatisch aus: »Van Zandt«. Ein Foto erscheint auf dem Bildschirm. Eine Nahaufnahme eines Männergesichts; Stoppelbart, markante Wangenknochen, Aron erkennt ihn nicht gleich. Aber doch: Der Blick ist derselbe geblieben. Aron schaltet den Bildschirm aus und ringt nach Atem.

Am Abend, als Marie eingeschlafen ist, schlüpft Aron aus dem Bett. Er knipst Maries Schreibtischlampe an und macht da weiter, wo er am Nachmittag aufgehört hat. »Alexander van Zandt Mörder«. Das erste Suchergebnis: ein Artikel der *Times-Picayune*. Obendrüber dasselbe Foto wie am Nachmittag, darunter ein kurzer Text.

> *15. März, New Orleans* – In den vergangenen beiden Tagen wurden zwei Verdächtige wegen Mordes an Nathalie Underwood, der 23jährigen Philosophiestudentin, verhaftet, die letzte Woche während der Mardi Gras-Feiern brutal ums Leben gebracht wurde. In beiden Fällen handelt es sich um Bekannte des Opfers: der 23jährige Niederländer Alexander van Zandt, Geschichtsstudent an der University of New Orleans, und der 32jährige Kemal Johnson, ein Amerikaner arabischer Herkunft.

Aron klickt die Seite schnell weg. Sein Sohn heißt nicht mehr Mulder, er hat den Familiennamen abgelegt. Wie betäubt sucht Aron weiter. Mehr Nachrichtenseiten, mehr Versionen desselben Berichts, alle kurz nach dem Mord geschrieben. Sein Blick fliegt über die Absätze, über die immer anders formulierten Fakten. In einem Bericht von letzter Woche auf einer obskuren Seite findet er endlich mehr Informationen. Über den Vollmond am Abend des Mordes. Über die Mordwaffe. Über das Opfer. Über die Untersuchungshaft der beiden Verdächtigen. Bilder von seinem Sohn drängen sich auf, von dem Abend, als er durch den Amsterdamse Bos lief und Noras Namen rief. Der Regen, der immer wieder aufkam, die Polizisten, die vor seiner Tür standen.

»Was machst du?«

Aron schreckt hoch. Marie steht in der Tür, zum Glück weit genug weg, um zu sehen, welche Seiten er sich anschaut.

»Nichts«, antwortet er schnell, während er den Bildschirm ausmacht. »Ich musste nur eine Kleinigkeit suchen.«

»Das kannst du morgen auch noch. Komm wieder ins Bett.« Ihre Augen sind noch halb geschlossen, langsam geht sie in Richtung Bad.

Aron wartet auf das Geräusch des Spülkastens, Marie geht zurück ins Schlafzimmer. Er schaltet den Bildschirm wieder an und liest weiter. Je mehr er über den Fall findet, desto mehr entwirren sich die Zusammenhänge: ein weibliches Opfer, ein abgelegener Tatort. Aron hat nie an einen Gott geglaubt, aber plötzlich bekommt er eine Vorstellung von der Erbsünde. Ob sein Sohn dieselben Magenschmerzen spürt wie er damals? Ob er dasselbe fühlt wie Aron während der Wochen in Haft? Die Gedanken, die sich nicht abschütteln lassen: über das letzte Mal, dass man sie geküsst, Guten Tag gesagt hat – all die Handlungen, von denen man erst im Nachhinein weiß, dass sie nie wieder stattfinden werden.

Er findet die Seite des County Jail von New Orleans, wo Alexander festgehalten wird. Da gibt es ein Minidossier über ihn. *Van Zandt, Alexander (Z/männl./geb.:19/4/1991).* Datum der Arrestierung: 10. März. Zeit: 11:50:05. Die Angabe der genauen Sekunde bereitet Aron merkwürdigerweise zusätzlichen Schmerz, als habe man mit der Inhaftierung seines Sohnes ein besonderes Vergnügen gehabt, und dem genauen Zeitpunkt kann niemand entgehen. Es ist keine Kaution festgelegt.

Und die wichtigste Information: Alexander wird des vorsätzlichen Mordes beschuldigt.

Aron klickt das Fenster weg und geht zu den *Abbildungen.*

Er sieht ein ausgefranstes Foto von einem schwarzen Auto: ein Mädchen, laut Bildtext Nathalie Underwood, sitzt neben einem Mann in einem Voodookostüm. Ist das sein Sohn? Aron kann es sich nicht vorstellen. Er scrollt weiter, an Dutzenden Fotos von Alexander vorbei, fast alle dasselbe wie das von heute Nachmittag. Aber hier und da findet er ein anderes Bild, auf dem Alexander weniger mager ist, weniger niedergeschlagen. Aron sieht seinen Sohn mit einigen Jungs Anfang zwanzig, deren Gesichter unkenntlich gemacht wurden; sie stehen vor der Bibliothek der University of New Orleans, Alexander mit gekreuzten Armen auf einem Basketballfeld, Alexander an der Bar eines vollen Studentencafés sitzend, Alexander, der starr in die Kamera schaut; er ist noch jung auf diesem Foto, das muss kurz nach seiner Abreise aus den Niederlanden gewesen sein.

Aron sieht seinen Sohn sich verändern, neue Leute treffen, ein schmaleres Gesicht bekommen, ein einziges Mal lachen – aber schließlich taucht immer wieder dasselbe Foto auf, das auf allen Nachrichtenseiten zu sehen ist.

Die Nahaufnahme.

Der wehrlose Junge.

Ein letzter Bericht lässt Aron aus seiner Betäubung aufwachen. »Die Polizei führt die Ermittlungen einer Pressemitteilung zufolge mit Hochdruck. Der Verdächtige Alexander van Zandt erklärt weiterhin, dass er unschuldig ist.«

9. April

Hanna betritt das zweite Wohnheim auf dem Campus, läuft durch schlecht geweißte Flure und klopft an die Tür von Alexanders Apartment. Kurz nach Nathalies Ermordung sind Alexanders Mitbewohner durch einen von Hannas Kollegen vernommen worden. Da aber sehr wenig Bewegung in die Sache gekommen ist, hat Hanna das Bedürfnis, selbst mit ihnen zu sprechen. Sie muss die Lebensverhältnisse von Alexander verstehen, um sein Leben zu begreifen.

Richard Sykes öffnet, sie erkennt ihn aus dem Dossier über Alexanders Kommilitonen. Dreiundzwanzig Jahre, nicht einfach einzuordnen in den klassischen Kategorien Sportskanone oder Stubenhocker, studiert Theologie – zu Hannas Zeiten wurde das Studium hier nicht einmal angeboten – und hat ausschließlich gute Beurteilungen. Seine Bachelorarbeit hatte das Thema *»Die Vollkommenheit des Kindes im Werk von Jean-Jacques Rousseau«*. Die beiden anderen Mitbewohner, Ben Pulastra und Harry Harte, studieren Geografie beziehungsweise Ökonomie.

Sykes' Rollkragenpulli wirkt alt, sein Augenaufschlag ist sanft. Er führt sie in den Gemeinschaftsraum. Pulastra sitzt vor dem Fernseher und isst Chips. Seltsame Idee, dass man hier immer noch wohnt, dass es hier am Morgen immer noch nach Kaffee riecht und abends nach Bier, dass Filme angesehen werden, Gäste eingeladen, geredet. »Das Leben geht weiter, wie ich sehe«, sagt Hanna. Es klingt vorwurfsvoll, aber sie nimmt ihre Worte nicht zurück.

»Das ist genau das, was uns alle geraten haben«, sagt Sykes. »Weiterleben. Geht nicht anders.« Er schiebt ihr ein Glas Cola hin, um das sie nicht gebeten hat.

»Waren Sie deshalb nicht auf der Beerdigung?«

Einen Moment scheint er zusammenzuzucken.

»Ich habe ein gutes Personengedächtnis.«

Von draußen kommt das Geräusch eines leichten Regens; Gelächter von Studenten, die sich unterstellen, weht durch ein offenes Fenster herein. »Ich fand es zu hart«, sagt er. »Aber ich war nicht der Einzige. Harry, zum Beispiel, war auch nicht da.«

»Und wo ist er heute?«

Sykes nimmt einen Schluck von seiner Cola, die Kohlensäure steigt in seine Nasenlöcher. »Football. Entschuldigen Sie, aber: Ich weiß, dass ich keinen Hausdurchsuchungsbeschluss gesehen habe, dass ich die Tür nicht aufmachen musste. Was tun Sie hier? Wollen Sie auch eine Zigarette?«

»Ich versuche, nicht mehr zu rauchen.«

Er zündet sich eine Zigarette an und wiederholt das Wort »versuchen«, als hätte er es vorher noch nie gehört, als würde seine Welt ausschließlich aus »nicht tun« und »doch tun« bestehen. »Hören Sie, dieses Elend mit Alexander dauert nun schon ein ganzes Weilchen, und, verstehen Sie mich richtig, ich finde es schrecklich, er ist ein guter Freund.«

Man hört Schritte im Flur, zwei Leute, wenn sie sich nicht irrt. »Als ein Kollege Sie befragt hat«, sagt Hanna, »haben Sie gesagt, Sie halten Ihren Freund Alexander für unschuldig.«

»Das denke ich immer noch. Aber was kann ich tun?«

»Wer von euch hat einen Führerschein?«

»Den haben wir alle.«

Keinen Moment des Zögerns, kein abgewandter Blick,

keine durchsichtigen kleinen Lügen. Muss sie weiterbohren? »Glauben Sie wirklich, dass ein Kind im Wesentlichen perfekt ist?«

Er schaut fragend.

»Ich habe mir Ihre Bachelorarbeit angesehen. Über Rousseau.«

»Wie komme ich zu der Ehre?«

»Ich mache einfach meine Arbeit. Haben Sie Nathalie gekannt?«

»Natürlich«, sagt er. »Sie kam oft hierher. Und ich glaube nicht an die Perfektion von welchem Menschen auch immer. Es ist nur eine Bachelorarbeit.«

Die Tür knarrt, Harry Harte kommt mit einem Jungen herein; ihr Gelächter verstummt, als sie Hanna sehen. »Was ist hier los?«

»Die Polizei«, sagt Sykes.

»Schon wieder?«, fragt Harte.

Ben Pulastra erhebt sich vom Sofa und stellt sich neben Sykes. »Tatsächlich. Schon wieder.«

Harte wendet sich Hanna zu. »Alles, was wir zu sagen haben, steht in Ihrem Dossier. Für den Rest bitte ich Sie, sich an unseren Anwalt zu wenden. Nichts mehr sagen, Richard.«

»Anwalt?«, fragt Hanna. »Wofür brauchen Sie den?«

»Es ist keine Frage der Notwendigkeit«, sagt Harte, »sondern eine des Rechts. Wir haben das Recht, uns selbst zu schützen.«

Am Ende des Nachmittags blättert sie wieder durch das Englisch-Niederländisch Wörterbuch, das noch beim Buchstaben *G* offen daliegt. Intuitiv blättert sie zum *M*: *match* wird mit *lucifer* übersetzt. Wörtlich bedeutet Lucifer, also das

Streichholz, »Lichtbringer«, liest sie danach am Computer. Gespannt beugt sie sich nach vorn. *Lucifer ist ein klassisches Symbol für den Tod. In manchem Stillleben kann man ein Streichholz oder als gebräuchliche Alternative ein Schwefelhölzchen finden. Eine Erinnerung daran, dass unsere Zeit auf Erden kurz ist und dass wir alle sterben müssen.*

Und: *Das Streichholzsymbol wird regelmäßig insbesondere von Serienmördern verwendet, aber immer mit unmittelbaren Verweisen (durch Tattoos, Bekenntnisse etc.), womit sich der Mörder entweder als Abkömmling des gefallenen Engels Lucifer stilisiert oder als Botschafter, der uns daran erinnert, dass jedermann sterblich ist. In beiden Fällen weist der Gebrauch des Symbols auf eine Persönlichkeitsstörung mit Elementen von Größenwahn hin.* Als Ergänzung findet sie eine Passage, 2. Korinter 11.14: *Und das ist auch kein Wunder; denn er selbst, der Satan, verstellt sich zum Engel des Lichtes …*

Mitten im Satz wird Hanna vom Klingeln ihres Telefons aufgeschreckt. Steve, sieht sie auf dem Display.

»Ich habe etwas gefunden«, sagt er. »Nathalie Underwood. Sie war schwanger.«

Bilder von einem Fötus schießen vor ihr inneres Auge, winzige und doch dicke Beinchen, ein Menschenschädel. »Sie war schwanger, als sie ermordet wurde?«

»Nein, das hätte ich gleich gesehen. Aber jetzt ist die zweite, intensive Blutuntersuchung fertig. Eine kleine Menge HCG wurde in ihrem Blut gefunden. Das ist ein Schwangerschaftshormon.«

»Wie lange dauert es, bis das im Blut nicht mehr nachzuweisen ist?«

»Offiziell zwischen sieben und vierzehn Tagen. Das heißt

also, dass sie vor Kurzem ein Kind bekommen hat, oder es gab eine Fehlgeburt.«

»Oder sie hat eine Abtreibung gemacht, das ist auch möglich.«

Hanna steckt ihr Telefon weg. Warum hat niemand etwas über eine Schwangerschaft gesagt? Hat Nathalie es allen verschwiegen? Sie kann nicht heimlich ein Kind geboren haben, das hätte sie niemals versteckt halten können. Deshalb ist Hanna überzeugt, dass es eine Abtreibung gewesen ist, ein Geheimnis, etwas, das verschwiegen werden musste.

Kurz denkt Hanna an ihre eigenen Beweggründe damals, ihre Panik, dann verscheucht sie ihre Gedanken. Hier geht es um Nathalie. Manchmal scheint eine Abtreibung die einzige Lösung zu sein. Ein religiöser Hintergrund, ein schwieriges Verhältnis zu den Eltern, eine komplizierte Beziehung – es sind sowieso immer die gleichen Gründe für eine Abtreibung. Wer wusste von dem Kind, das nicht geboren werden sollte?

10. April

»Okay«, sagt Marie. »Dieses Schweigen dauert mir lange genug.« Sie steht mit gekreuzten Armen bei ihm im Haus. »Was ist los? Versuch, es mir zu erklären.«

Vom Sofa her schaut er auf ihre Beine, die in engen Jeans stecken.

»Es ist was mit Alexander. Meinem Sohn.«

»Ich weiß, wer Alexander ist.« Ihre Stimme wird weicher. »Und dass er dir trotz allem viel bedeutet.«

Natürlich tut er das. Sein Sohn. Fünfzig Prozent Nora, aber nun schon fünf Jahre allein sein Sohn.

»Was ist mit ihm?«, fragt sie. »Hat er Kontakt mit dir aufgenommen?«

Ein Auto kommt in den Bungalowpark gefahren, sicher eine Familie, die ein paar Tage frei hat. Aron hofft, dass das Reifengeräusch einen Teil seiner Worte übertönt. »Seine Freundin wurde ermordet.«

»Was?«

»Lass es mich nicht noch einmal sagen.«

»Wirklich, ermordet?«

»Ja.«

»Jesusmaria, ich kenne keinen, der ermordet wurde, ich meine: Ich habe nie jemanden gekannt, der ...« Sie atmet tief ein. »Von wem ermordet?«

»Alexander ist der Hauptverdächtige.« Den Fundort der Leiche, den Sumpf, verschweigt er. Marie regt sich schon auf, wenn die Apotheke einfach mal früher schließt, er mag sich nicht vorstellen, wie sie hierauf reagieren würde. Zu düster, zu angsteinflößend. Genau wie andere Details, die er auf ihrem Computer herausgefunden hat. Das Alter des Opfers. Das Messer. Aron wollte wissen, wie viele Einstiche es waren, um was für ein Messer es sich handelt. Aber mehr Informationen wurden nicht preisgegeben. Heute Morgen hat er sich endlich getraut, den Anwalt anzurufen, der ihm vor fünf Jahren erfolgreich zur Seite gestanden hat. Der Anwalt hatte gesagt: »Du kannst davon ausgehen, dass, wenn sie einen Prozess gegen ihn anstrengen, ernsthafte Gründe vorliegen. Aber ich kann dir nicht weiterhelfen. Das kann niemand von den Niederlanden aus.«

Marie schweigt lange. Zu lange. Es ist, als ob er die Gedankenverbindungen, die ihr Hirn herstellt, hören könnte. Nora und Nathalie. Verbindungen, die sich auch ihm aufdrängen, aber solange er sie nicht ausspricht, existieren sie nicht.

Er muss etwas tun. Für Alexander, für sich selbst auch. Er kann nicht zum zweiten Mal nur abwarten. Aber wenn selbst der Anwalt nichts tun kann, was soll Aron dann ausrichten können?

Marie seufzt. Aron glaubt, dass sie eine Frage gestellt hat, die ihm entgangen ist. »Was hast du gesagt?«, fragt er vorsichtig.

Sie wendet den Blick ab. Verlegen, ängstlich. »Nun ja, schau, ich weiß, dass du nicht gern über sie sprichst, aber ich muss es doch fragen: Hat das alles zu tun mit … nun ja, mit ihr …«

Eine Frage ohne Fragezeichen. Aron tut sein Möglichstes, um überrascht zu wirken. »Das Einzige, was ich weiß, ist, dass die Freundin von meinem Sohn ermordet wurde. Und dass er inhaftiert wurde.«

»Natürlich, nicht böse werden.« Marie kommt auf ihn zu und küsst ihn auf den Mund. Er kneift sie zärtlich ins Ohrläppchen. »Wollen wir heute Abend zusammen essen?«, fragt sie. »Oder erst noch mal telefonieren. Dann reden wir über alles. Du bist nicht allein damit.«

Der letzte Satz trifft ihn ins Herz. »Danke«, antwortet er. »Ist gut. Komm her, Milo. Wir gehen spazieren. Den Kopf auslüften.«

Den Rest des Nachmittags arbeitet er im Garten. Er mäht das Gras gründlicher als in den vergangenen Monaten. Es zupft tote Blätter von den Bäumen, jätet Unkraut, bricht lockere Äste entzwei, dass Milo damit spielen kann. Diese Tätigkeiten beruhigen ihn, das haben sie immer getan, der Tod von Nora hat nichts daran geändert. Überhaupt nichts hat sich geändert, dieser Ort hat niemals etwas von den Geschehnissen angenommen, es war den Bäumen gleichgültig, was die Leute über ihn erzählten.

Aber wie lange und wie fanatisch er heute auch beschäftigt ist, Alexander verschwindet nicht aus seinen Gedanken, die Details und Erinnerungen drängen sich immer wieder nach oben.

Vor dem Abendessen läuft er mit Milo eine Runde durch den Wald. Dieses Mal bleibt er an der Baumhütte stehen, die nach all den Jahren immer noch nicht eingesackt ist. Es hat mal mit ein paar Zweigen angefangen: Alexander und Aron standen vor dieser bemoosten, nicht allzu hohen Ulme in dem Teil des Waldes, wohin sich kein Förster verlief. Sein Sohn, elf Jahre alt, hielt ihm die Zweige entgegen und fragte ihn, ob er eine Hütte bauen könnte. »Das können wir zusammen machen«, antwortete Aron. Alexander suchte nach mehr geeigneten Zweigen, die Aron zu verarbeiten versuchte. Sie versprachen einander, Nora nichts zu sagen, bis die Hütte fertig wäre. Nach einigen Monaten war es so weit. Zu dritt liefen sie in den Wald, Alexander zog die Sträucher auseinander, führte seine Mutter zu seinem Heiligtum. Es war nicht klar, wer stolzer war: Mutter, Vater oder Sohn.

Jahrelang suchte Alexander die Hütte gern auf, niemand wusste genau, was er da trieb. Aber um seinen vierzehnten Geburtstag herum erlosch sein Interesse schlagartig daran. »Warum soll ich immer zwischen Brettern sitzen, wenn in nächster Nähe ein richtiges Haus steht?«, sagte er, als Aron ihn danach fragte.

Jetzt schaut Aron lange nach der Hütte. Er fragt sich, ob sein Sohn wohl manchmal noch an sie denkt. Er würde es ihn gern fragen, er würde so viel fragen wollen, aber er hat nicht einmal eine Telefonnummer oder eine Adresse. Bis vor Kurzem wusste er nicht einmal sicher, ob sein Sohn überhaupt in den Vereinigten Staaten war. Er wusste nur, was Alexander an jenem Morgen vor fünf Jahren zu ihm gesagt hatte: »Ich gehe weg. Nach Amerika.« Sie hatten in Amstelveen einander gegenüber am Küchentisch gesessen; Aron war gerade entlassen worden und hatte realisiert, dass das nicht nur Hafturlaub war. Er wollte Alexander auf andere Gedanken bringen, aber das gelang ihm nicht, er wurde dauernd abgelenkt. In der ruhigen, etwas traurigen Stimme seines Sohnes erkannte er immer die Stimme seiner Frau. Sie saß versteckt in den Konsonanten und Sätzen. Es fiel ihm schwer, sich seinen Schmerz nicht anmerken zu lassen.

Ehrlich gesagt, war er davon ausgegangen, dass Alexander ihm irgendwann eine Karte schicken würde, etwas, das bewies, dass er am Leben war. Aber es kam nichts. Erst Monate, dann Jahre. Und jetzt hat Aron keinerlei Möglichkeit, seinen Sohn zu erreichen. Wenn er Alexander helfen will, muss er selbst die Initiative ergreifen.

10. April

Sie stellt ihren Chrysler am Straßenrand ab und nimmt den letzten Schluck aus dem Kaffee-Pappbecher. Überall Flachbauten, maximal drei Etagen, der höchste Punkt ist ein Wasserturm. Der Betongiebel des Gebäudes vor ihr ist erst kürzlich zur Hälfte gestrichen worden – die linke Hälfte frisch weiß, die rechte graffitiverschmiert. Einmal hat sie hier selbst vor der Tür gestanden, es ist Jahre her, Chris wusste noch von nichts. Es war dieselbe Klinik, abgedunkelte Fenster und über der Tür satand: *Nola Women's Clinic.*

Die Tür ist verschlossen. Sie klingelt. »New Orleans Police Departement.«

Ein Summer ertönt, eine Frau mit kurz geschnittenen grauen Haaren kommt ihr entgegen. Hanna sieht Entschlossenheit in ihrem Gesicht, zweifellos hat diese Frau die Klinik im Laufe der Jahre gegen eine Vielzahl von Klagen, Verwünschungen und übler Nachrede verteidigen müssen.

»Ich bin an einem bestimmten Fall interessiert«, sagt Hanna. »An jemandem, der vielleicht in den letzten Monaten hier gewesen ist. Aber ich bin mir nicht sicher.«

»Ich kann nicht so ohne Weiteres Informationen herausgeben.«

»Detective Vincennes. Hanna. Ich würde nicht fragen, wenn es nicht nötig wäre.«

»Wir heben unsere Daten nicht länger als eine Woche auf.« Die Frau hat einen schweren Pennsylvania-Akzent. »Die Erfahrung hat gezeigt, dass es nur Scherereien damit gibt. Aber vielleicht kann ich Ihnen doch irgendwie helfen. Ich heiße übrigens Dot.«

Sie schütteln einander die Hände.

Dot geht voran in ihr Büro. In der Ecke des Zimmers stehen zwei uralte Computermonitore, wie sie sie früher auch in der Polizeidienststelle hatten.

»Wie lange es genau her ist, weiß ich also nicht«, sagt Hanna. »Ich habe hier ein Foto von ihr.« Es ist das Foto aus Nathalies Pass. Sie wirkt jung und unbesorgt, voller Zukunftspläne, bereit, wozu auch immer.

»Hübsches Mädchen«, sagt Dot. Plötzlich steigt ihr eine ängstliche Röte ins Gesicht. »Moment, ich kenne das Bild aus der Zeitung. Ist sie …?«

»Ermordet worden, ja.« Hanna sieht keinen Grund, die Wahrheit schönerzureden, als sie ist, jeder muss inzwischen von dem Fall gehört haben. Es gibt Morde, die die Leute vergessen, wenn sie darüber gelesen haben: das Vorbeiziehen eines Regenschauers im Sommer, kurz und heftig. Und es gibt Morde wie diesen, die eine Zeitlang alles zum Stillstand bringen und sich unmittelbar in das kollektive Bewusstsein einbrennen. »Die Untersuchung hat ergeben, dass sie schwanger gewesen ist. Und ich weiß, dass es in dieser Stadt nicht viele Gelegenheiten gibt, wo sich schwangere Mädchen mit ihren Problemen hinwenden können. Außerdem hat sie hier in der Gegend studiert.«

Dot denkt lange nach, als ließe sie die Gesichter der vergangenen Zeit vor ihrem geistigen Auge vorüberziehen. »Ja, ich erkenne sie. Sie war vor vier Wochen hier, vielleicht fünf. Vergangenen Monat auf jeden Fall. Ich weiß noch, dass sie viel zu früh am Morgen hier war, sie wartete schon am Eingang, als ich kam. Sie hat da nicht so schön gelacht wie auf dem Foto.«

Hannas Herzschlag setzt einen Moment aus. »War sie allein?«

»Nein. Es war jemand bei ihr. Ein junger Mann.«

Hanna holt zwei Fotos aus ihrer Innentasche und zeigt das von Alexander. Es ist zum ersten Mal seit Jahren, dass sie sich ebenso intensiv wie intuitiv mit einem Fall beschäftigt. Beim Morales-Fall hatte sie ab einem bestimmten Moment nur noch ihre Intuition. Nicht einmal das Geständnis eines anderen hatte eine Veränderung bewirkt. Monatelang hatte Hanna heimlich an dem Fall weitergearbeitet, bis sie eines Tages nach Hause geschickt wurde. Der Chief Inspector wollte sie erst wieder an die Arbeit lassen, wenn sie zugab, sich geirrt zu haben. Als sie zurückkam, war ihr Büro ausgeräumt. Ihre Kollegen nahmen sie kaum noch zur Kenntnis, hörten auf zu lachen, wenn sie ein Zimmer betrat. Seither beschränkt sie den Kontakt zu ihnen auf ein Minimum.

Dot betrachtet das Foto an und zuckt mit den Schultern. Als Hanna ihr danach ein Foto von Kemal Johnson zeigt, sagt sie: »Das könnte er sein. Ich bin mir nicht sicher.«

»Sehen Sie genau hin«, sagt Hanna. »Sah der Mann arabisch aus?«

»Ich glaube schon. Na ja, es könnte hinkommen.«

»Erinnern Sie sich, wie sie sich verhalten haben?«

»Sie hatte das Sagen Er kam mir eher gleichgültig vor. Er ging mit ihr mit und hielt ihre Hand fest, aber die Abtreibung war eindeutig ihr Entschluss.«

»Und weiter? Ist Ihnen noch etwas Besonderes aufgefallen?«

»Das Mädchen hatte einen Stempel auf der Innenseite ihres Handgelenks.«

»Wie sah der Stempel aus?«

»Ich weiß es nicht genau.« Sie denkt lange nach. »Ein Tier, glaube ich. Ein Fuchs, ein Wolf, so was.«

Der Vollständigkeit halber lässt Hanna sie den Stempel nachzeichnen. Sie ist sich sicher: Es ist der Stempel vom Nachtclub *Heaven*.

Am selben Nachmittag sitzt sie Alexander van Zandt wieder gegenüber. »Sie müssen gewusst haben, dass sie schwanger war.«

Er ballt seine Faust. »Ich wusste schon eine ganze Weile, dass da was los war. Sie war schweigsam, sie …« Er schluckt kräftig. »Sie haben keine Ahnung, wie sehr mir das wehgetan hat. Und ich bin nicht stolz darauf, aber schließlich bin ich ihr hinterhergegangen. Ich musste wissen, was da los ist.«

»Wo ging sie hin?«

»In einen Nachtclub.«

»Das *Heaven*?«

Seine Augenbrauen heben sich kurz. »Ja.«

»Wie spät?«

»Gegen sechs Uhr abends.«

»Und was haben Sie beim *Heaven* gesehen?«

»Ich sah sie mit jemandem. Einem Typen.«

»Was für einen Typen?«

»Ich kannte ihn nicht.«

Seine Worte sind kraftlos. So sieht ein gedemütigter Liebhaber aus. Sie muss etwas tun, um seine Panzerung zu durchbrechen. »Haben sie sich geküsst? Haben sie sich angefasst?«

»Was?« Er schlägt den Blick nieder. »Ja, sie haben sich geküsst. Sie küssten sich leidenschaftlich, feurig … Wie sie und ich das früher getan haben.«

»Nach dem *Heaven* sind Sie nach Hause gegangen und haben Natalie aufgelauert?«

»Aufgelauert? Sie war meine Freundin.« Er schüttelt den Kopf. »Ich war ihr Freund, keiner, der sie überfällt.«

»War er das?« Sie zeigt ein Foto von Kemal Johnson.

»Ja, wer ist das? Sagen Sie's mir bitte, damit ich weiß, wer das ist.«

»Jemand, den wir beobachten. Erzählen Sie mir, was passiert ist. Erzählen Sie es ganz genau.«

»Ich habe schon alles gesagt.«

»Hören Sie, wenn das so weitergeht, wird Anklage gegen Sie erhoben. Sie haben ihr aufgelauert, und Sie haben Streit mit ihr angefangen.«

»Sie hatte was mit einem anderen Mann, sie hat mich im Stich gelassen.« Alexander klingt, als spräche er zu sich selbst. »Sie hat mich verraten.«

»Wann genau sind Sie dahintergekommen, dass sie schwanger ist?«

»Sie hat es mir irgendwann selbst erzählt. Ich habe nachgebohrt, ich habe es gespürt. Es hat alles erklärt.« Er steht auf, ruhig dieses Mal. Die Füße des Stuhls scharren über den Beton. »Jetzt will ich in meine Zelle zurück.«

»Warum haben Sie uns nichts gesagt?«

»Ich hatte Angst, dass Sie es nur als Motiv sehen würden. Verstehen Sie das nicht? Das Kind war nicht von mir.«

12. April

Aron verbringt seine Zeit abwechselnd im Garten und am Schreibtisch. Er greift nach seinem Stapel Kreuzworträtsel, starrt auf die leeren Kästchen, versucht mit großer Mühe, Wörter zusammenzubringen. Aber die Spannung hinter seinen Schläfen ist zu groß. Marie hält er auf Abstand. Endlos starrt Aron auf die Gegenstände in seinem Haus, all die Reliquien, aber nichts verändert sich, nichts wird deutlich.

Er nimmt fünf Magentabletten pro Tag, kriegt keinen Bissen herunter, immer sieht er Nathalie vor sich, die Freundin seines Sohnes, die er nie treffen wird. Und vor allem sieht er Alexander – nicht das eingefallene Gesicht aus dem Internet, sondern den Sohn, mit dem er so lange zusammengelebt hat; das Baby, aus dem ein Junge wurde, die dicklichen Finger, die lang und dünn wurden. Aus dem Jungen wurde ein Halbwüchsiger mit erstem Bartwuchs, aus dem Jugendlichen ein Mann, der seinen Vater für immer verlassen würde und nun auf der anderen Seite der Welt in Untersuchungshaft sitzt.

Zum ersten Mal seit Jahren hat er das Bedürfnis nach einer Internetverbindung und einem Festnetzanschluss. Abends geht er zu Marie, um ihren Computer zu benutzen. Während sie unter der Dusche steht, findet er die Telefonnummern der Polizei in New Orleans und des niederländischen Konsulats, das für Louisiana zuständig ist. Dann tippt er den Namen seines Sohnes ein, erst fälschlich »Alexander Mulder«, danach verlegen »Alexander van Zandt«. Es gibt keine neuen Nachrichten. Auch nicht, als er nach »Nathalie Underwood« oder

»New Orleans girl killing« sucht. Alexander ist noch immer »einer der Verdächtigen«, die Untersuchung ist noch nicht abgeschlossen, für die Polizei ist »alles offen«.

Die Dusche wird abgestellt, Marie kommt ins Zimmer. Schnell macht Aron den Bildschirm aus. »Ich muss gehen«, sagt er, den Zettel mit den Telefonnummern fest umklammert. Er kann schwerlich behaupten, dass er einen Termin hat, das ist seit Jahren nicht mehr vorgekommen. »Ich fühle mich nicht so gut«, sagt er schließlich – es ist nicht einmal gelogen. Er küsst sie auf den Nacken, ein Hauch ihres Shampoos zieht ihm in die Nase. »Ich muss jetzt mal allein sein. Ausruhen. Morgen trinken wir beide zwei Whisky als Entschädigung.«

Zu Hause angekommen, schaut er eine geschlagene Stunde auf die Ziffern, erst dann wagt er es, die Nummer des Konsulats auf seinem Handy einzutippen. Vielleicht ist da ein Diplomat, der mehr Informationen für ihn hat, beruhigende Worte, eine günstige Prognose. Am anderen Ende wird nicht abgenommen. Eine Viertelstunde später ruft er noch einmal an, dieses Mal lässt er es länger klingeln.

Endlich gibt es eine Antwort. Aron schnellt hoch, aber schon bald wird klar, dass das Konsulat ihm nicht helfen kann. »Wenn ein Niederländer auf amerikanischem Territorium inhaftiert wird, benachrichtigen wir das Außenministerium in Den Haag. Sie informieren dann die Familie. Sie melden sich von selbst bei Ihnen, wenn Sie ein wenig Geduld haben.«

»Ich werde es versuchen«, sagt er, aber gleich, als er aufgelegt hat, ruft er bei der Polizei in New Orleans an. Er wird mehrere Male in andere Büros verbunden, dann bekommt er einen Polizisten mit einem schweren Südstaatenakzent an die

Strippe. Mit knapper Not gelingt es Aron, die Gemeinplätze zu verstehen, mit denen der Mann das Gespräch beendet. »Über laufende Ermittlungen werden keine Auskünfte erteilt.« »Wenn Sie mehr Informationen wollen, können Sie online eine Pressekonferenz zu dem Fall beantragen.« Und, nachdem Aron nach der möglichen Strafe für seinen Sohn gefragt hat: »Lassen Sie uns den Ereignissen nicht vorgreifen, er ist doch noch nicht angeklagt.«

Noch. Die Ankündigung, die in diesem Wort liegt. Wen er auch anruft oder einschaltet, wie lange er auch über die Umstände nachdenkt – sein Sohn ist anderen ausgeliefert.

Es sei denn.

Es sei denn, er fährt hin.

Es sei denn, er lässt sich wirklich auf den Fall ein.

Nein, sagt er gleich zu sich selbst. Das ist ein Gedankenspiel, ein ängstlicher väterlicher Reflex, von dem er sich nicht leiten lassen möchte.

14. April

Die Sonne steht tief, das heiße Nachmittagslicht ist gedämpft. Um zum *Heaven* zu kommen, muss man durch die *projects*: einförmige, graue Apartmenthäuser aus verregnetem Beton, Spielplätzen aus billigen Holzsachen, Abfallcontainern, über denen Staubwolken hängen.

Schon in ihrer Studentenzeit wurden hier Feste gefeiert, wobei nonstop gedealt und getanzt wurde. Sie erinnert sich an ekstatisch geschüttelte Köpfe, Schweiß, Leuchtstoffröhren und Jungs, die noch keine Männer sind. Obwohl das *Heaven* tagsüber geschlossen ist, steht die Tür offen, vermutlich, um das Gebäude auszulüften.

»Wer ist da?« Ein korpulenter farbiger Mann kommt hinter der Bar hervor. Über seine platte Nase zieht sich eine kleine, weiße Narbe.

»Hanna Vincennes, Mordkommission.«

»Was haben Sie gesagt?« Der Mann dreht die Musik leiser, das Wummern der House Music hört auf. Sie riecht Eukalyptus, Putzmittel, um die Kotze und die Bierlachen der vergangenen Nacht aufzuwischen.

»Vincennes. New Orleans Police Department.«

»Wir haben alle nötigen Konzessionen«, sagt er schnell. »Wir sind nicht verantwortlich für das, was Leute in ihrer Freizeit tun oder einwerfen.«

»Deshalb komme ich nicht.«

»Oh, okay, setzen wir uns mal. Lassen Sie mich nachdenken. Dort.« Er zeigt auf ein schwarzes Ledersofa, schräg gegenüber der Tanzfläche, wo sich heute Abend – wie an jedem Tag der Woche – Hunderte junger Leute austoben werden.

Hanna trauert der Zeit, als sie selbst noch zu den Jüngeren gehörte, nicht nach, sie ist froh, dass sie sich bis zu ihrem heutigen Leben durchgeschlagen hat: ein liebenswerter Mann, ein anspruchsvoller Job. Als sie sitzen, fragt sie: »Sie sind der Eigentümer?«

»Wollen Sie was trinken? Wir haben alles.«

»Eine Club Soda. Oder nein. Lieber einen Whisky. Rauchig.«

Er nickt und kommt mit zwei halbvollen Gläsern zurück. »Robert Batiste. Du kannst mich Bob nennen. Und ja, ich bin der Eigentümer.«

Sie holt ein Foto von Nathalie aus ihrer Tasche und legt es auf den Tisch zwischen ihnen. Der Whisky gleitet ihre Kehle hinab. Als Polizistin hat sie Whiskytrinken gelernt. Die Jugendjahre.

Er beugt seinen Kopf über den Tisch. Die schwere Halskette, die eben noch unter seinem schwarzen Hemd war, schlägt auf die Tischplatte. Er nickt wieder.

»Sie erkennen sie?«

»*Bien sûr*. Über ein halbes Jahr hat sie hier gearbeitet, bis zu ihrem Tod. Sie ist auf Umwegen hier gelandet. Anfangs schien sie keine rechte Lust zu haben, aber das ist bei fast allen meinen Angestellten so. Sie brauchen eben das Geld. Die hier entwickelte sich aber zu einer guten Kraft. Vertrauenswürdig, zuverlässig. Und sie konnte sich selbst amüsieren, so was mögen die Gäste.«

»Was meinen Sie damit?«

»Sie wusste, wie man feiert. Den einen Moment war sie vollkommen verantwortungsbewusst und konzentriert, im nächsten konnte sie sich völlig gehen lassen. Perfekt für einen Ort wie diesen.«

Sie kann sich Nathalie Underwood nicht gleich ausgelassen vorstellen. Auf ihrer Netzhaut sind noch immer die Eltern und das Kreuz neben der Tür. Wahrscheinlich ein Grund mehr, um da ausbrechen zu wollen.

»Tragisch, was mit ihr passiert ist«, sagt Batiste. »Echt tragisch, dass so ein Mardi Gras-Mörder sich an jemand so jungem auslebt.« Ein Tropfen Whisky schlängelt sich an seinem Kinn entlang.

»Hat sich Nathalie in letzter Zeit anders verhalten?«

»Jetzt, da du es sagst, eigentlich ja. Abwesend, schnell abgelenkt, sie vergaß Sachen. Aber gut, sie war immer noch besser als eine durchschnittliche Arbeitskraft.«

»Haben diese Jungs auch hier gearbeitet?« Sie nimmt die Polizeifotos von van Zandt und Johnson und legt sie auf den Tisch. Sie tippt auf das Foto von van Zandt. Bobs Aftershave steigt ihr in die Nase.

»Der Weiße? Nö. Aber er ist mal hier gewesen.«

»Woran kannst du dich bei ihm noch erinnern? Überleg mal.«

»Er war still, zurückhaltend. Weiter wüsste ich da wirklich nichts. Der andere kam öfter her.« Er zeigt auf das Foto von Kemal Johnson. »Netter Gast. Ein bisschen anstrengend manchmal. Er kam wegen ihr.«

»Anstrengend?«

»Aggressiv, würdet ihr sagen. Er hat mal mit jemandem Krach gehabt. Aber oft genug hat er einfach nur brav an der Bar gesessen. Ich verstehe ehrlich gesagt nicht, was sie an ihm gefunden hat.«

»Was ist das für einer?«

Er zuckt mit den Schultern. »Ich kenne ihn nicht weiter, hast du eine Ahnung, wie viel Leute am Wochenende hierherkommen.«

»Erzähl.«

»Der halbe Campus, um damit mal anzufangen.«

»Kannst du eine Liste von den Leuten zusammenstellen, mit denen sie engeren Umgang hatte?«

»Ist das eine persönliche Bitte oder ein Polizeibefehl?«

»Heute das Erste, morgen das Zweite.«

Ohne noch etwas zu sagen, geht er an die Bar und nimmt eine Serviette. Als er Hanna wieder gegenübersitzt, schreibt er drei Namen auf.

*

Sie öffnet die Zellentür und blickt in das müde Gesicht von Kemal Johnson. Im ungünstigsten Falle wird er an seiner Taktik von Schweigen, Verzögern und Auf-den-Anwalt-Warten festhalten, wie er es bei früheren Verhören getan hat. Aber vielleicht ist er bei einem unangekündigten Besuch wie diesem weniger auf der Hut. »Ich weiß von ihrer Abtreibung«, sagt Hanna.

»Was habe ich damit zu schaffen?«

»Ein Zeuge hat Sie auf einem Foto erkannt.« Eine kalkulierte Spekulation. »Nathalie und Sie sind zusammen in der Abtreibungsklinik gewesen.«

»Das stimmt.«

Hanna tut ihr Bestes, kein Erstaunen und keinen Triumph erkennen zu lassen. »Warum haben Sie uns nichts darüber gesagt?«

»Es schien mir nicht relevant.«

»Was relevant ist, entscheide ich. Das ist jedenfalls nicht clever. Es kann nämlich auf ein Motiv hinweisen.«

»Das verstehe ich nicht.«

»Das Kind war von Ihnen, oder nicht?«

»Noch mal: Ich war am Abend des Mordes nicht in der Stadt, ich bin mit meinem neuen Auto rumgefahren. Und wenn ich mit der Abtreibung nicht einverstanden gewesen wäre, warum hätte ich dann mit in die Klinik gehen sollen? Wir haben darüber keinen Streit gehabt, sonst hätte Ihnen das Ihr Zeuge berichtet.« Er trommelt auf die Tischplatte. Seine Fingerspitzen hinterlassen fettige Abdrücke. »Fuck, es war nicht einmal mein Kind. Wirklich nicht.«

»Von wem war es denn dann? Alexander van Zandt hat ausgesagt, dass Sie Nathalie im *Heaven* angefasst haben.«

»Angefasst? Das wollte sie doch. Hören Sie, wenn es von ihrem Freund gewesen wäre, hätte sie doch wohl ihn mitgenommen. Ehrlich gesagt, weiß ich nicht, von wem es war. Es hat mir auch nicht viel ausgemacht. Glauben Sie's oder glauben Sie's nicht, meist haben wir Kondome benutzt. Ich habe sie gefragt, ob es mein Kind gewesen ist, und sie hat geschworen: nicht von mir. Ich bin auch nicht der Typ, der insistiert. Ich halte viel vom Recht des Einzelnen auf Geheimnisse.«

»Hatte sie viele Geheimnisse, Nathalie?«

»Jeder hat Geheimnisse.«

»Ich rede nicht von jedem, ich rede von Nathalie.«

»Sie überdurchschnittlich viele, würde ich sagen.«

»Ich will ehrlich zu Ihnen sein.« Sie muss weiterreden, in die Länge ziehen, sie spürt, dass da noch etwas zu holen ist. »Als ich mit diesem Fall angefangen habe, sah ich eine andere Nathalie vor mir als jetzt. Eine arme, niedergestochene junge Frau. Ich hatte keine Vorstellung, dass sie so …«

»Dass sie so viele Geheimnisse hatte?«

»Dass sie mehrere Leben hatte. Was sollte sie denn in Ihrem Leben?« Hanna spekuliert, ist sich aber sicher, dass jemand Nathalie im Schlepptau genommen haben muss. Und Johnson ist nur ins *Heaven* gegangen, um sie zu sehen; das hat Batiste selbst gesagt.

»Welches Leben jetzt genau?«

»Ausgehen, Alkohol, Drogen, das *Heaven*.«

Johnson zeigt keine Reaktion. »Glauben Sie wirklich, dass sie etwas gegen ihren Willen getan, dass ich Macht über sie gehabt hätte?« Sein Lächeln bringt sein Gesicht in eine eigenartige Asymmetrie. »Jesus.«

»Was?«

»Jetzt verstehe ich, warum Sie hier sind. Weil Sie noch immer keinen blassen Schimmer haben, wer da eigentlich ermordet wurde.«

Am späten Abend, wenn der Club mit Sicherheit voll ist, fährt sie wieder zum *Heaven*. Sie parkt ihren Chrysler in einer nahe gelegenen Gasse. Obwohl sie nicht mehr raucht – einer ihrer Versuche, um gesünder zu leben –, hat sie ein Notpäckchen Lucky Strikes im Handschuhfach. Sie nimmt ein paar Züge.

Es ist lange her, dass sie hohe Absätze getragen hat. Ein schwarzer Rock. Handtäschchen. Sie sieht aus, wie sie früher mal ausgesehen hat. Dieselben Beats wie am Nachmittag wummern durch die dicken Mauern des Ladens. Sie steckt dem Rausschmeißer einen Zwanziger zu, um sich nicht anstellen zu müssen.

Drinnen kriegt sie einen Stempel aufs Handgelenk.

Synchron mit den elektronischen Drums schießen Lichter

durch die dunkle Kirche, Geflacker lässt stoßweise junge Gesichter sehen. Hier will sie sein, unter Menschen, mit denen Nathalie dagewesen sein könnte. Batiste ist nirgends zu sehen.

An der Bar bestellt sie einen Whisky. Sie schiebt ein Foto von Nathalie über den Holztresen, der Barmann dreht das Bild schweigend um, schiebt es zurück, schüttelt den Kopf und zuckt die Schultern. Sie geht in eine Ecke des Saals, spürt die Kombination von Lust und Entfremdung, die sie als Zwanzigjährige so gut kannte.

Zwei Jungs kommen auf sie zu. Sie umkreisen sie, lachen, bis einer von ihnen ein neues Opfer ausmacht und von ihr ablässt. Der Übriggebliebene, ein Zwanzigjähriger mit derbem Gesicht und einem Bart, stellt sich hinter sie. Der Geruch von billigem Kokain hängt in seinen Sachen. Sein Atem schlägt in Hannas Nacken, seine Finger berühren ihre Taille. Vielleicht hat er auch mit Nathalie so getanzt, es sind immer die gleichen Jungs, die sich so aufführen.

Die Musik peitscht sich von Höhepunkt zu Höhepunkt. Er fragt, ob sie etwas trinken will. Das will sie. Sie folgt ihm an die Bar. Als er eine Locke von ihrer Stirn wischt, hofft sie, dass er ihre ersten Falten nicht bemerkt. Sie trinkt mit einem Strohhalm; wie lange ist das her mit all diesen Paarungsritualen! Dann, zu früh, versucht er, sie zu küssen, sie dreht den Kopf unschlüssig weg. Seine Lippen landen auf ihrem Hals, mit der flachen Hand schiebt sie ihn an die Wand. Irritiert lässt sie die Hand in ihre Tasche gleiten und holt die Polizeimarke hervor. Das Glitzern des Stahls macht ihn munter. Dann hält sie ihm ein Foto vors Gesicht.

Er lächelt weich, fast trotzig. Er sagt etwas, aber die pumpende Musik lässt nichts von seinen Worten übrig. Als sie ihren Kopf nahe an seinen hält, hört sie: »Gewarnt … Polizist … haben sie gesagt.«

»Was?« Sie zieht ihn mit sich mit zum Gang, der zu den Toiletten führt.

»Ich habe gesagt: Ich bin schon gewarnt worden, dass hier Polizisten rumschnüffeln würden.«

»Von wem?«

»Es war ein Gerücht. Aber ich hatte keine Vorstellung, dass die Polizei so aussehen würde. Die Jungs werden nicht glauben, dass ich versucht habe, eine Polizistin …«

»Schau mich an und trau dich, noch mal zu lachen.«

Angst zeichnet sich in seinen Augen, an seinem Mund ab. »Hören Sie, ich weiß von nichts. Sie können mich nicht zwingen, etwas zu sagen.« Er macht sich los und läuft weg. Sie lässt ihn gehen.

Im Gang bleibt sie stehen.

Das Frauen-WC ist defekt, sie huscht aufs Männerklo. Da sieht sie sie gleich. Nathalie. An einer Wand voller Fotos von Frauen, die mit offenem Mund in Richtung Kamera schreien oder ihre nackten Brüste zeigen, hängt sie, und sie tut beides zugleich.

Hannas Augenlider zittern. Wenn ihre Vorstellung über das Opfer so veränderbar ist, kann der ganze Fall ins Wanken kommen. Sie tritt etwas näher heran, das Foto ist verblasst, die Ränder sind schmuddelig. Es ist Nathalie um ihren Zwanzigsten herum, schätzt sie, es muss gewesen sein, als sie gerade mit Alexander anfing.

Die Toilettentür geht auf, ein Schatten fällt herein. Sie sieht, dass die Silhouette zögert; hat der Mann etwas in der Hand?

Als sich Hanna bewegt, verschwindet er.

Eilig verlässt sie die Toilette, sie sieht noch gerade jemandes Hinterkopf. Auf einmal hat sie das Gefühl, dass ihr jemand folgt. Sie geht zurück zum Dancefloor. Dreh dich um, sagt sie zu sich selbst. Dreh dich um.

Als hätte er sie gehört, schaut er einen Augenblick zur Seite. Sie erkennt kaum etwas von seinem Gesicht, und es ist unmöglich, sein Alter zu schätzen, aber der halb gedrehte Nacken ist genug, um sicher zu sein, dass der Mann sie in der Tat beobachtet.

Sie arbeitet sich durch die Menge – sechs, vielleicht sieben Meter zwischen tanzenden, schwitzenden Körpern hindurch. Er bewegt sich Richtung Ausgang, sie folgt.

Ein schwerfälliger Mann kommt Hanna in die Quere, der Zusammenstoß kostet sie ein paar Sekunden. Die Tür steht offen. Sie rennt hinaus, zieht ihre Schuhe aus, auf nackten Sohlen ist sie schneller. In der aufgebrochenen Straßendecke schimmern Regenpfützen. Er steht am Ende des Parkplatzes. Sie sieht nicht, in welchen Typ Auto er einsteigt; die Rücklichter flammen auf. Sie rennt in die Gasse, schätzt, dass sie keine Zeit hat, das Blaulicht auf ihren Chrysler zu setzen, und rast los.

Sie erreicht den Connelly Boulevard, ihre Augen konzentrieren sich auf die Rücklichter; es ist ein Chevy, ein einfaches, dunkles Modell. Der Kerl kann fahren, er schießt an anderen Autos vorbei, ohne auch nur ein bisschen abzubremsen.

Er rast auf die Canal Street, fährt auf den Straßenbahnschienen, wo Touristen tagsüber viel fotografieren, aber New Orleans ist nachts eine andere Stadt. Sie überholt zwei Autos, kommt aber nicht näher heran, sie fährt schneller als erlaubt, sie muss.

Im Rückspiegel tauchen Sirenen auf, ein Polizeiwagen ist hinter ihr. Sie gibt Gas, sie weiß, dass sie ihn sonst verliert.

Fünfzig Meter Abstand, schätzt sie, vielleicht ein bisschen mehr.

Er fährt eine scharfe Kurve, biegt nach rechts in eine Gasse. Es passt gerade so. Aber genau in dem Augenblick, als Hanna in die Gasse einbiegen will, kommt von der Seite ein zweiter Dienstwagen und stoppt sie. Ein Polizist steigt aus und befiehlt ihr, dasselbe zu tun, er hat zwei irre rasende Autos gesehen – eins davon anzuhalten ist besser als keins. Hanna bleibt nichts weiter übrig, als zu gehorchen. Frustriert schlägt sie ihre Hände auf das Steuer.

Sie hat keine Ahnung, wen sie da eben verfolgt hat. Aber solange Hanna diejenige ist, die beobachtet wird, läuft jemand draußen herum, der mehr weiß als sie.

23. April

Was Aron auch tut, Ablenkung findet er keine mehr. Je länger er darüber nachdenkt, desto enger kreisen die beiden Mordfälle umeinander. Ein Zufall ist viel unglaubwürdiger als die Möglichkeit eines Zusammenhangs. Vielleicht kann er, wenn er sich in diesen Fall vertieft, auch den ersten besser ergründen. Er, ausgerechnet er, soll helfen können, er soll die richtigen Fragen stellen können! Außerdem: Was kann er verlieren, was er nicht vorher schon verloren hat?

Als er am Küchentisch in seinem Bungalow Marie gegenüber sitzt, sagt Aron: »Ich glaube, dass ich da hin muss.«

»Da hin? Was meinst du?«

»Zu Alexander.«

Sie lacht auf, schweigt aber, als sie sieht, dass Aron entschlossen ist. »Aber du sprichst doch nie mit ihm.«

»Er ist mein einziges Kind«, sagt Aron. »Meine Nachkommenschaft. Wer weiß, vielleicht kann ich etwas tun, wenn ich hinfahre. Von hier aus kann ich auf jeden Fall nichts ausrichten. Ich muss doch etwas unternehmen, das würde doch jeder richtige Vater tun?« Einen Moment zweifelt er, ob er diese Frage stellen darf, ob er sich selbst noch mit anderen Eltern vergleichen kann. Er sagt: »Ich bin ganz von allein dahintergekommen, dass es um meinen Sohn geht.«

»Etwas bei Google einzutippen macht noch keinen Detektiv.« Ihr Hals wird rot. »Ich habe die offen gelassenen Webseiten, die du mit meinem Computer besucht hast, gesehen. Ich verstehe, wie schwer das für dich sein muss. Aber sei realistisch. In all den Jahren, die wir zusammen sind, bin ich mit dir nicht weiter als nach Castricum gekommen.«

Aron schüttelt den Kopf. Sie versteht es nicht. Natürlich nicht. Nora, Hakan, das Messer, das sind Zusammenhänge, die allein er herstellen kann. Helfen ist keine Frage von Willen oder Unwillen. Es ist viel gravierender. Entweder versucht er, etwas zu tun, oder er verliert seinen Sohn endgültig; das ist seine letzte Chance. »Er kann es nicht getan haben«, sagt er vor sich hin. Aber wer dann? Die Frage, so einfach und praktisch, drängt sich Aron zum ersten Mal auf: Wer *könnte* diesen Mord verübt haben? Wer kannte die Einzelheiten des Mordes an Nora?

Niemand. Niemand kennt die Geschichte. Jedenfalls nicht so, wie Alexander und Aron sie kennen. Sie kennen die Details, die nicht in der Zeitung standen, sie wissen genau, was sich an dem Abend zutrug.

Wo wird Hakan jetzt sein, ob er vielleicht in Amerika lebt?

»Sie haben einen Fehler gemacht«, sagt Aron. »Jemand versucht, Alexander dafür büßen zu lassen. Einer, der irgendetwas von früher weiß. Alexander kann so etwas nicht getan haben.

»Wieso nicht?«

»Aus so vielen Gründen.«

»Nenn nur einen.«

Unzählige Bilder drängen sich auf. Alexanders Wangen, die bei dem ersten bisschen Kälte gleich rot wurden; die Wollmäntel, die er als Knirps trug, das Baumhaus, das sie zusammen gebaut haben. Aron hat sich seinen Sohn angeschaut und Unschuld gesehen. »Habe ich dir jemals von Mijnheer Holkerson erzählt?«, fragt er endlich.

Sie schüttelt den Kopf.

»Wir hatten eine Mäuseplage. Wir ... Nora und ich. Als wir damals in Amstelveen wohnten. Eines Tages kaufte ich eine tierfreundliche Mausefalle, ohne Bügel, ein kleines Gefängnis. Schon in der ersten Nacht klappte es: Eine kleine graue Maus ließ sich einsperren. Aber Alexander, damals nicht älter als fünf oder sechs, war früher wach als ich. Als ich nach unten kam, kniete er vor dem Käfig, fütterte das Tier mit Käse und erzählte ihm Geschichten. Er ließ mich schwören, die Maus nicht wegzubringen. Alexander nannte sie Mijnheer Holkerson. Verstehst du? Das Ungeziefer, das ich aus dem Wege räumen wollte, wurde sein erstes Haustier. An dem Tag war ich so stolz, so einen lieben Sohn hervorgebracht zu haben. Er kann es nicht getan haben.«

»Aber das hat doch hiermit nichts zu tun?« Sie legt eine Hand auf seine Stirn, als wolle sie seine Temperatur kontrollieren. »Woher willst du wissen, dass er noch derselbe ist, der Knirps und der Erwachsene? Du hast ihn schon so lange nicht gesehen, vielleicht hat er sich radikal verändert.«

»So radikal? Das ist nicht möglich. Alexander ist immer fürsorglich und empfindsam gewesen.« Stille breitet sich im Zimmer aus. Aron sieht Marie durchdringend an. »Was würdest du tun, wenn du ein Kind hättest? Würdest du nicht auch alle Hebel in Bewegung setzen, um zu helfen?«

29. April

Obwohl die Polizeibehörde alles unternommen hat, den Mordfall auf kleiner Flamme zu halten, wie das im internen Sprachgebrauch heißt, muss es doch jemanden gegeben haben, der sich verplappert hat. Immer mehr Informationen gelangen an die Öffentlichkeit. Dass der Verdächtige van Zandt zuerst versucht hat, der Polizei zu entwischen, dass er kein Alibi hat – über die *Times-Picayune* finden diese Informationen ins Internet, und übers Internet landen sie in den überregionalen Blättern. Der *New Yorker*, die *Washington Post*, jede Zeitung hat inzwischen ausführlich über den Fall berichtet.

Heute Morgen ist Hanna das erste Mal von der *New York Times* angerufen worden: »Frau Vincennes, möchten Sie einen Kommentar über die Situation des Hauptverdächtigen Alexander van Zandt abgeben?« Hanna hat ihn korrigiert, aber keinen Erfolg damit erzielt: In den Augen der Öffentlichkeit war Alexander der Hauptverdächtige geworden, und der Fall war jetzt ein nationales Ereignis. Natürlich, in New Orleans geschahen jeden Tag Morde, aber Nathalie war eine junge Frau, die auf den Fotos unschuldig und bildschön aussah. Das typische Mädchen von nebenan, mit einem Leben voller guter Vorsätze und vernünftigen Entschlüssen. Zum Glück sind sie noch nicht dahintergekommen, dass Nathalie vor kurzem schwanger war, das allein würde die Geschichten noch mehr aufheizen.

Hanna hat noch nie erlebt, dass ein Fall plötzlich so viel Aufmerksamkeit bekommt. Sie liest fehlerhafte Profile der

Verdächtigen, jeder, der Nathalie auch nur flüchtig gekannt hat, ist interviewt worden. Die Geschichte von Alexander als ein in seiner Seele getroffener Freund taucht immer öfter auf – für die Polizei ist ein Motiv allein nicht genug, aber die Sensationsblätter sind unersättlich.

Einige Medien gehen noch weiter und tischen tendenziöse Geschichten über den Loup-Garou auf, den Werwolf, der, wie die Überlieferung meint, bei Vollmond in den Sümpfen von New Orleans herumstreicht. Ein alter Cajun-Mythos: der Mensch, der sich in ein verwünschtes Tier verwandelt, das Tier, das nichts anderes kann als morden. Nach anderen Auffassungen überträgt sich der Fluch, wenn der Werwolf einen Menschen verschlingt. Jeder kann ein Loup-Garou sein und gewesen sein.

Hanna steigt in den Fahrstuhl und schaut nach den Dienstnummern, die in den Stahl graviert sind, rechts unten die ihre. 6889. Es fühlt sich wie ein Geburtsdatum an. Der Fahrstuhl rast von der ersten Etage in die zweite, in die dritte.

Sie betritt das Büro des Chief Inspectors. Auf seinem Schreibtisch steht ein großes eingerahmtes Foto von ihm und Barbara Bush, etwa vor zehn Jahren aufgenommen.

»Vincennes, setzen Sie sich.« Seine grauen Augenbrauen sind tadellos geschnitten. Seine Wangen zeigen Lachfältchen: Um Chief Inspector zu werden, muss man viel lächeln.

Sie tut, was er sagt, und nimmt Platz. »Sir.«

»Wollen Sie einen richtigen Kaffee?« Er zeigt stolz auf die italienische Espressomaschine gleich neben der Bronzebüste eines seiner Vorgänger. Seine silbernen Manschettenknöpfe blitzen im Licht, das durch die Jalousien fällt.

Sie kennt den Code. Kaffee angeboten zu kriegen heißt: Keine Gardinenpredigt. »Nein, danke, Sir.«

»Gut. Wie geht es im Fall Underwood voran?«

»Beide Verdächtige haben ein Motiv und einer kein Alibi.«

»Aber die Beweise reichen nicht aus.«

»Noch nicht, ja.« Sie unterdrückt das Bedürfnis, von der Verfolgung zu berichten. Erst muss sie wissen, wem sie hinterhergefahren ist, warum er ausgerechnet sie beobachtet hat, was das alles zu bedeuten hat.

»Stimmt es, dass die Underwood schwanger war?«

»Sie war schwanger, aber sie war es nicht, als sie ermordet wurde.«

»Ein Detail, das Journalisten wenig ausmachen wird. Sie schreiben jetzt alle, dass es um die Sicherheit der Einwohner von New Orleans geht. Der Mardi Gras-Mörder, der Werwolf, ich muss Ihnen nicht sagen, dass das hier die einzige Stadt ist, die ich kenne, in der Aberglaube ebenso stark ist wie Religion. Was sagt Ihr Bauchgefühl?«

»Das hält sich vorläufig zurück.«

Er nickt langsam und faltet die Hände im Nacken. »Gut, brauchen Sie Hilfe? Einen Partner, jemanden, der mit anpackt?«

»Ich arbeite lieber allein, Sir.«

»Das weiß ich, und ich weiß auch, was Sie können, aber Sie müssen aufpassen. Wir haben alle gesehen, was passieren kann, wenn man sich zu sehr in eine Sache verbeißt. Manchmal ist es besser, zusammenzuarbeiten, wir stehen alle unter Druck. Mir sitzt der heiße Atem des FBI im Nacken. Die glauben, dass wir chaotisch zu Werke gehen – Unsinn natürlich, aber sie wollen nichts lieber, als den Fall zu übernehmen und die Lorbeeren zu verdienen. Wir müssen schnellstmöglich Ergebnisse präsentieren. Dieser van Zandt war ihr Freund, sie war schwanger, und aus keiner Aussage geht hervor, dass er der Vater ist. Und er hat auch bei ihr in der Nähe gewohnt, sie sind kurz vor ihrem Tod noch zusammen gesehen worden. Motiv, Mittel und Gelegenheit, da haben Sie sie, die Grundpfeiler für einen erfolgreich ermittelten Mordfall.«

Während sie nickt, geht ihr das Wort »erfolgreich« wie ein Echo durch den Kopf. Sie weiß, dass sie mehr Zeit braucht. Sie zögert, sagt dann aber doch: »Ich glaube, Sie verstehen mich nicht ganz. Ich arbeite lieber allein.«

»Lassen Sie es uns so machen: Sie haben vorläufig Carte blanche, um Ihren Intuitionen nachzugehen, und die anderen werden Ihnen, wo nötig, zuarbeiten. Kein Rummurren, Sie sind nicht der einzige Kommissar, der bei mir auf der Gehaltsliste steht. Halten Sie die Kollegen auf dem Laufenden bei allem, was Sie tun.«

»Gut«, sagt sie.

»Behalten Sie im Hinterkopf, dass wir den anderen, den Johnson, nicht endlos festhalten können. Dafür haben wir zu wenig Beweise.«

»Ich weiß, Sir.«

»Die Staatsanwaltschaft hängt den ganzen Tag am Telefon. In Kürze muss ich wirklich was Konkretes haben, um es an die Presse zu geben. Ich zähle auf Sie.«

1. Mai

Aron nimmt das Telefon, endlich traut er sich, Marie von seinem Vorhaben zu erzählen.

»Denk noch mal eine Woche drüber nach«, sagt sie. »So was sollte man nicht übers Knie brechen.«

»Ich habe schon lange genug darüber nachgedacht. Wir haben es auch längst besprochen.«

Geprassel am anderen Ende der Leitung. »Ist der Mordfall wirklich der einzige Grund, um zu fahren?«

»Was meinst du?«

»Machst du das wirklich für ihn, für Alexander? Ich meine, du hast seit Jahren nicht mehr von ihm gesprochen.«

»Natürlich tue ich es für ihn. Für wen sonst?«

Eine lange Stille folgt. »Versprichst du, dass du nichts tust, was du bereuen wirst?«, fragt Marie, kurz bevor sie auflegt.

»Gut«, sagt er, obwohl er nicht begreift, wie man so etwas versprechen könnte.

In einem alten Telefonbuch findet er die Nummer eines Reisebüros. »In den nächsten Tagen ist alles ausgebucht«, sagt eine hohe Frauenstimme. Er hört flinke Finger über eine Tastatur huschen. »Ende nächster Woche, am Sonntag, gibt es einen Flug. Wie lange wollen Sie bleiben?«

So lange wie nötig, denkt Aron, und er bucht den Hinflug.

Jetzt kann er nicht mehr zurück. Diese Unmöglichkeit beruhigt ihn auf eine eigenartige Art und Weise. Er sieht sich um, bückt sich unters Bett und nimmt den großen Koffer, den er seit fünf Jahren nicht mehr benutzt hat.

Am Abend, beim Essen im chinesischen Restaurant des Dorfes, sagt Marie wenig. Sie vereinbaren, dass sie während seiner Abwesenheit auf Milo aufpasst. Es fällt Aron schwer, den Hund zurückzulassen, aber es geht nicht anders. Marie lächelt. Beim Nachtisch sieht er sogar Tränen in ihren Augen. Er bittet sie, nicht zu weinen, sie drückt seine Hand. Beim Öffnen des Glückskekses versucht sie schon nicht mehr, ihn auf andere Gedanken zu bringen. Er denkt sowieso nur noch an das Eine. Er bricht den Keks auseinander und liest vor: »Triff alle Entscheidungen in Ruhe und Bedachtsamkeit.« Ruhe und Bedachtsamkeit, noch nie konnte so wenig die Rede davon sein. Er lässt den Keks zu Milo hinunter fallen, und sie verlassen das Restaurant.

Auf dem Weg zum Bungalowpark kommen sie an Maries Haus vorbei. Sie bittet Aron herein, »auf einen letzten Whisky«; als ob sie danach niemals wieder zusammen trinken würden. Er nickt und sagt: »Ich muss schnell noch ein paar Sachen zusammensuchen«, und setzt sich an ihren Computer. Sie nimmt neben ihm Platz, und zusammen beantragen sie ein Touristenvisum. Sie mieten auch ein Auto, das am Flughafen bereitstehen soll. Nach langem Zögern wählt er einen dunkelblauen Ford: solide, amerikanisch, einfach in der Handhabung. Eigentlich will er auch die Übernachtung buchen, aber im Internet findet er Hunderte Motels in der Nähe des Flugplatzes, so viele, dass er die Übersicht verliert – das kommt dann später, er kann sich umschauen, wenn er vor Ort ist.

»Ich werde dich sehr vermissen«, sagt Marie. Sie stellt den Whisky auf den Tisch und gibt ihm einfach so einen Kuss auf den Mund.

»Ich werde dich auch vermissen«, sagt er, und er meint es auch so. »Aber ich bin zurück, ehe du dich's versiehst.«

Sie stellen sich zusammen unter die Dusche, seifen sich ein und spülen sich ab. Als sie im Bademantel am Küchentisch sitzt und er seine Hose anzieht, sagt sie: »Ich werde nicht darum bitten, dass du bleibst. Aber sei bitte vorsichtig.«

Einige Tage später packt Aron seine Sachen zusammen. Viel Auswahl hat er nicht. Es gibt zwei Hosen, die er gern trägt – hellbraune Baumwolle, bequem und chic –, einige Leinenhemden und ein paar weite T-Shirts.

Er schaut sich um, betrachtet die Bilder, die Möbel, die Strandsachen, den Platz, wo bis vor Kurzem der Rahmen mit der Zeitungsseite hing. Er holt ein Fotoalbum aus seinem Bücherregal, der hellrote Leinenband sticht aus den schlichten psychiatrischen Handbüchern heraus, die er an seinem letzten Arbeitstag mitgenommen hat. Seitdem hat er sie nie wieder angesehen. In das Fotoalbum hat er zuletzt vor ein paar Monaten hineingeschaut. Er schlägt es nur auf, wenn er das Gefühl hat, gar nicht anders zu können. An die Bilder erinnert er sich sehr deutlich: die Familie vor dem Weihnachtsbaum, den er geschmückt hat; Noras berühmte Preiselbeeren am Weihnachtsabend. Auch jetzt schaut Aron nicht in das Album. Aber er kann es nicht so einfach hierlassen, schutzlos vor den Fremden im Bungalowpark, unsicher. Aron packt es zwischen seine Sachen. Weiter nimmt er nichts mit. Er wird das Haus genauso hinterlassen, wie er es vor fünf Jahren vorgefunden hat.

6. Mai

Der Esstisch liegt voll mit Akten, die Kaffeemaschine tröpfelt. So sieht das Haus aus, wenn Chris schläft und sie noch nicht. Gleich beim ersten Klingeln nimmt Hanna den Hörer ab. Das Büro. Die Stimme erkennt sie nicht – wahrscheinlich ein Grünschnabel, dem man den Nachtdienst aufs Auge gedrückt hat. Der junge Mann entschuldigt sich für die späte Stunde. »Es sind Überwachungsbilder von Kemal Johnson aufgetaucht«, sagt er. »Aus der Nacht des Mordes. Vier vor zwölf tankt er in der Gegend von Lafayette, etwa achtzig Meilen vom Tatort entfernt. Er kann es nicht gewesen sein.« Der junge Mann entschuldigt sich noch einmal: Die Tankstelle hatte Probleme mit der Digitalisierung, die Bilder sind erst jetzt verfügbar.

Hanna schluckt. Sie denkt an den Chief Inspector und weiß, dass sie Kemal Johnson von der Liste streichen kann. All die verlorenen Stunden, die vergeudete Mühe. Langsam packt sie alle Papiere über ihn in eine Mappe, die sie leise vor sich hinfluchend zur Seite schiebt.

Sie nimmt eine Tasse Kaffee und schlägt die Mappe mit der Aufschrift »Alexander van Zandt« auf. Die psychiatrische Voruntersuchung ist abgeschlossen. Hunderte Fragen und einige kognitive Tests, womit seine Reaktion auf Gewaltbilder überprüft wurden. *Geringes empathisches Vermögen, aber kein Hinweis auf psychopathische oder soziopathische Verhaltensstörung. Viel unterdrückte Aggression, eine übermäßig eruptive Art in der Reaktion auf Gefahr. Hochintelli-*

gent, gut entwickeltes analytisches Vermögen, zwingende Vernunft. Die Beschreibung passt zu dem Profil, das nach den Erklärungen seiner Kommilitonen angefertigt wurde. Über seine Vergangenheit lässt sich einfach nichts herausfinden. Was heißt das alles? Die größten Grausamkeiten werden von unauffälligen Menschen verübt. Aber um festzustellen, dass jemand unauffällig ist, muss Hanna auch seine Vergangenheit kennen.

*

Einige wenig erfolgreiche Tage schließen sich an, lange Stunden und viel Kaffee. Alle Versuche, den Mann, der sie im *Heaven* beschattet hat, schärfer ins Bild zu fassen, laufen ins Leere. Hanna geht Aussagen nach, liest erneut Berichte, sieht sich Fotos von Nathalie an. Porträts und Fotos von jemandem, den sie nie getroffen hat und nie treffen wird, und der nun schon seit zwei Monaten die wichtigste Person in ihrem Leben ist, genau, wie sie es gelernt hat.

Wo bist du hingegangen, mit wem warst du verabredet? Beim Anschauen der Fotos stellt sich Hanna diese Fragen jedes Mal aufs Neue. Aber Nathalies Augen verraten ihr nichts, und auch die sterilen Nahaufnahmen der Verletzungen erzählen nichts Neues. Wenn sie lange genug hinstarrt, werden die Augen Pixel, schwarze Kiesel auf einem weißen Blatt.

Hanna macht Sparziergänge in der Gegend der Polizeidienststelle, hofft auf eine Eingebung, die ausbleibt. Und dann, kurz vor dem Wochenende, als ihre Untersuchungen festzufahren drohen, liegt ein Brief auf ihrem Schreibtisch. Aus dem Nichts gekommen, ein Einschreibebrief, gestern abgeschickt. Hannas Name steht in großen Computerlettern auf dem Umschlag.

Lieber Papa, liebe Mama,

ich weiß, dass ich in den letzten Jahren wenig von mir habe hören lassen. Meine Scham darüber – bin ich denn eine gute Tochter? – hat es nur noch schwieriger gemacht, einfach mal zum Telefon zu greifen oder, wie jetzt, einen Brief zu schreiben.

Ich weiß, dass ihr meine Entscheidungen nicht anerkennt oder versteht. Aber ich habe meine Entscheidung getroffen, und die werde ich immer verteidigen. Alexander.

Nein, diese Wahl ist nicht immer einfach. Er kann manchmal eifersüchtig sein. Vielleicht ist das der Grund, dass ich getan habe, was ich getan habe. Eine Beziehung ist eine Aneinanderreihung von kleinen Dingen, Blicken, Berührungen. Die Dinge können sich ändern. Was einmal wie geschmiert ging, läuft auf einmal zäh, fällt schwer.

Manchmal sagte er ganze Abende fast nichts, manchmal stellte er endlos viele Fragen. Wo ich dann und dann gewesen war, warum ich nicht ans Telefon ginge. Ein einziges Mal stand er bei mir im Flur neben der Tür. Einfach so. Dann sagte er, dass er nur deshalb da stehe, um zu fragen, ob ich eine Tasse Kaffee trinken wollte, aber ich vermute, dass er schon Stunden da rumgehangen hat.

Dieses Schreiben macht mich unglücklich. Ich schreibe, um alles von mir zu werfen, aber es schnürt mir die Kehle zu. Ich will mich wieder ins Leben stürzen, bevor es vorbei ist. Sorry.

Alles Liebe,
Nathalie

Auch wenn der Brief eine Kopie ist, erkennt Hanna die Handschrift. Es sind dieselben ausgeschmückten Mädchenbuchstaben wie auf den Schreibblöcken, die in Nathalies Zimmer gefunden wurden. Das ist genau, worum der Chief gebeten hat: etwas, das das Bild von Alexander als Geliebtem, der immer besitzergreifender wird, untermauert. Ein Gottesgeschenk wie dieses kann im Gerichtssaal den Ausschlag geben. Vielleicht ist das der Grund, warum Hanna keine Freude oder Erleichterung verspürt. Gottesgeschenke sehen anders aus. Um Beweismittel muss man kämpfen.

Vielleicht ist das der Grund, dass ich getan habe, was ich getan habe. Meinte Nathalie hier ihr Fremdgehen, den Schwangerschaftsabbruch, ist es etwas, was Hanna übersehen hat? Und was meinte sie mit *bevor es vorbei ist*? Es ist unwahrscheinlich, dass Nathalies Eltern, wenn sie den Brief erhalten haben, nichts darüber gesagt hätten. Hanna hat da gesessen, in ihrem Wohnzimmer, sie hat der Mutter in die Augen geschaut. Es stimmt nicht.

Sie kann die Kopie nicht von jemandem im Büro analysieren lassen, ohne dass davon ein Vermerk im System gemacht wird. Ein Kollege, der sich lieb Kind machen will, wird es mitkriegen und den Brief gleich als Beweis gegen van Zandt verwenden. Und sobald das passiert, wird sich niemand mehr für die richtigen Fragen interessieren: Wer hat ihr den Brief geschickt, warum jetzt und dann auch noch eingeschrieben?

Sie faltet den Brief doppelt, geht nach draußen und nimmt ihr Telefon. Nathalies Mutter nimmt den Hörer ab. Es dauert einen Moment, bis sie sich an Hanna erinnert. Hanna fragt sie direkt. Nathalies Mutter zögert keinen Augenblick: Nein, sie hat in den letzten Jahren niemals Post von Nathalie erhalten. Ihre Tochter habe keine Briefe geschrieben.

Hanna geht zu einem Sachverständigen für Handschriften, den das Büro seit Jahren hin und wieder als Externen zu Rate zieht. Als Vergleichsmaterial hat sie eine Kopie einer von Nathalie geschriebenen Vorlesungsmitschrift bei sich, sie stammt aus der Akte. »Ganz klar dieselbe Handschrift«, sagt der Sachverständige. »Im Brief sind, soweit ich das nach der Kopie beurteilen kann, Anzeichen von Stress zu erkennen. Die Vokale sind krakelig, aber es weicht auch wieder nicht so sehr von ihrer normalen Handschrift ab, dass man es signifikant nennen könnte.«

»Könnte das bedeuten, dass sie diesen Brief unter Zwang geschrieben hat?«

»Das ist möglich, ja. Aber das lässt sich nicht mit Sicherheit sagen.«

Nachdem am selben Nachmittag festgestellt wird, dass sich keine DNA-Spuren des Absenders auf dem Brief finden lassen, steht Hanna vor dem Chief Inspector. Ungern zeigt sie ihm den Brief – sie kann nicht anders. »Aber ich glaube nicht daran. Der Brief ist an die Eltern adressiert, die ihn jedoch nie bekommen und obendrein erklärt haben, dass Nathalie nie Briefe schrieb. Wir müssen zumindest herauskriegen, wo der Brief herkommt; er wurde per Einschreiben geschickt.«

Der Chief Inspector nickt, scheint aber ihre Worte kaum zu hören. Als er zu lesen beginnt, macht er große Augen. »Gut, lassen Sie jemanden vom Büro danach sehen. Meiner Meinung nach ist das genau das, was wir brauchen.« Er wartet nicht, bis Hanna hinausgegangen ist, er tippt voller Stolz gleich die Nummer des Staatsanwalts ein. Ein Gespräch, bei dem der Chief lächelnd Lob in Empfang nimmt. Sobald er aufgelegt hat, beginnt er Hanna über die Maßen zu loben. Sie wehrt nicht ab. Zugleich wird mit jedem Kompliment das Gefühl stärker, dass sie den bequemsten Weg gewählt hat, dass sie sich führen lässt, dass sie benutzt wird.

11. Mai

Das Willkommenschild des Bungalowparks glitzert vom nächtlichen Regen. Die Sonne blendet im Auto, Aron klappt die Blende herunter – eine Urlaubergeste. Es ist Sonntag, Menschen laufen gruppenweise zur Kirche, die Geschäfte sind geschlossen.

Es fühlt sich merkwürdig an, Abschied zu nehmen von dem Platz, den er niemals wirklich ausgesucht hat. Anfang der Achtzigerjahre war das Land hier billig. Eine Freundin von Nora wies sie auf diese Gegend hin, da standen vielleicht zwanzig Häuser – weiter gab es nur Wildwuchs, Brennnesseln, dichte Baumreihen. Sie pachteten das Grundstück und ließen von einem befreundeten Bauunternehmer ein Häuschen hinstellen. Erst später gingen die Preise hoch, Städter kauften Grund und Boden, und das Geheimnis, das eben noch nur zwischen Nora und Aron bestanden hatte, teilten sie plötzlich mit einer Unmenge von Fremden.

Die Schnellstraße ist leer, Aron kann ohne Weiteres nach Amsterdam durchfahren. Es ist Jahre her, dass er hier gewesen ist. Er biegt früh ab, will so wenig Häuser wie möglich sehen, die ihn an früher erinnern.

Er geht durch ein Tor. Der Kies knirscht. Die Bäume, die Steine, die Luft – nichts hat sich verändert. Er macht dieselben Schritte wie damals. Seine Beine führen ihn zum richtigen Platz, ganz von allein, es fühlt sich selbstverständlich und befremdlich zugleich an. *Hier ruht Nora Mulder. Geliebte Ehefrau und Mutter. 1953–2009.* Er beugt sich etwas vor, wischt Erde vom Stein. Er gehört nicht zu denen, die mit einem Grabstein reden. Aron ist jemand, der schweigt und nicht vergisst.

Auf Schiphol wird er, wie jeder, der nach Amerika fliegt, separat drangenommen. Ein junger Mann mit gegeltem Haar feuert Fragen auf ihn ab. Ob er öfter in Amerika gewesen ist (»Nein.«). Was das Ziel seines Besuches ist, *geschäftlich oder privat*. (Er ist sich nicht sicher, sagt schließlich: »Geschäftlich.«) Ob noch jemand anderes Sachen in sein Gepäck getan haben könnte. (»Unmöglich.«) Wie lange er bleiben will. (»Höchstens einen Monat.« Eigentlich: So lange wie nötig.)

Die Fragen bringen ihn aus dem Gleichgewicht, sicher, weil der junge Mann nach jeder Antwort mit seinen Kollegen Rücksprache hält, Aron kann nicht verstehen, worüber. Seine Gedanken gleiten zu den Verhören von vor fünf Jahren ab, all die unerbetenen Fragen, die ihm gestellt wurden. Er kratzt sich an den Armen, an den trockenen Stellen der Ellenbogen. Vielleicht darf er nicht fliegen. Vielleicht haben sie etwas zu seinem Namen gefunden, einen Eintrag aus einer alten Akte, eine Warnung. Das Bild seines ehemaligen Hauses in Amstelveen drängt sich ihm auf, es regnet, er schüttelt den Kopf, bis ihm schwindlig wird.

»Mijnheer Mulder.« Da ist der junge Mann mit dem Gelhaar wieder. »Haben Sie Familie in den Vereinigten Staaten?«

Aron nickt. Erst langsam, aber sobald ihm klar geworden ist, wie befremdlich das aussehen mag, bewegt er seinen Kopf entschieden auf und nieder. »Mein Sohn wohnt in New Orleans.«

Der junge Mann schaut ihn prüfend an. Dann nimmt er Arons Pass und klebt einen orangefarbenen Aufkleber drauf.

»Gehen Sie durch. Gute Reise und einen schönen Aufenthalt in den Vereinigten Staaten.«

Mit Unbehagen nimmt Aron seinen Pass in Empfang. Er setzt sich auf eine Metallbank. Er ist einer der Ersten am Gate. Ungefähr zwei Stunden verstreichen, ehe die Passagiere seines Fluges endlich an Bord dürfen. Aron schnellt hoch und läuft mit großen Schritten durch den Finger hindurch, der ihn ins Flugzeug führt.

Er hat einen Fensterplatz. Die Triebwerke des Flugzeugs starten, die Sicherheitsgurte werden angelegt. *Das Flugzeug startet gleich*, simst er Marie. *Ich bin sicher eher zurück, als du glaubst. A.*

12. Mai

Hanna schaltet die Aircondition ihres Chryslers an und streicht die *Heaven*-Serviette glatt, all die Namen, die darauf stehen, kennt sie inzwischen auswendig. Harry Harte, Jim Jameson und Ben Pulastra. Harte und Pulastra, zwei von van Zandts Mitbewohnern, haben eine tadellose Vergangenheit, Hanna hat ihre Akten sorgfältig gelesen. Keine Vorstrafen, gute Noten, gut situierte Familien. Dem Namen Jameson ist sie vorher noch nicht begegnet.

Der Komplex der University of New Orleans im Norden der Stadt schmiegt sich an den Lake Pontchartrain. Auf dem Lakeshore Drive, wo Hanna das Auto parkt, wiegen sich die Palmen sacht im Wind. Nirgends ist ein Wagen zu entdecken, das dem Verfolgerauto ähnelt, auch im Polizeiarchiv war nichts Brauchbares zu finden: eine tote Spur. Im Verwaltungsgebäude, das in der Mitte des Komplexes steht, fragt Hanna den Hausmeister, einen dunkelhäutigen Mann mit grauen Schläfen, ob sie van Zandts Zimmer noch einmal sehen könne. Sie wolle niemanden gegen sich aufbringen. Es würde eine Menge bürokratischen Aufwand vermeiden, wenn er sie ließe, beschwört sie ihn.

Sie gehen an der Bibliothek vorbei, am Haus entlang, wo man sich bei der Footballmannschaft anmelden kann, vorbei am Performance Arts Center. Sie bleiben vor zwei hohen Gebäuden stehen, in denen die Studenten wohnen. Schweigend steigen sie die Treppen hinauf. Die Flure sind leer, alle haben Vorlesung. Er bringt sie zum Gemeinschaftsraum von

Alexanders Apartment. Sie zeigt ihm die Serviette. »Harte, Jameson und Pulastra. Wie sind die so? Mit Harte habe ich gesprochen, Pulastra habe ich kurz gesehen.«

»Die Jungs haben nichts damit zu tun.«

»Wieso?«

»Sie sind in der Footballmannschaft, den Privateers. Dieses Jahr haben sie gute Chancen, Champion zu werden, sie stehen auf dem ersten Platz. Als der Mord geschah, war das gesamte Team im Trainingscamp in Virginia, wo sie noch mindestens fünf Tage bleiben sollten, ohne irgendeine Ablenkung. Und die Jungs tun sowieso keiner Fliege was zuleide. *Straight-A*-Studenten. Sie waren völlig fertig, als ihr Freund festgenommen wurde.«

»Und van Zandt selbst? Was ist er Ihrer Meinung nach für ein Junge?«

»Ruhig, intelligent. Wie viele hier. Hören Sie, Madam, das sind alles gute Kinder. Ich habe gesagt, was ich weiß.« Der Mann verlässt den Raum. Hanna wartet, bis sie seine Schritte auf der Treppe hört. Dann nimmt sie den Schlüssel von Alexanders Zimmer, den sie aus dem Büro mitgenommen hat – der einzige Schlüssel, den es gibt, haben ihr die Kollegen versichert. Sie schlängelt sich zwischen den Absperrbändern durch.

Der Computer, die Studienmappen, die Dartscheibe. Pfeile im Bull's Eye. Oberflächlich gesehen, ist alles so geblieben, aber sie kann sich des Eindrucks nicht erwehren, dass Kleinigkeiten verändert wurden. War der Schreibtisch das letzte Mal auch schon so sauber, stand der Stuhl nicht näher am Bett? Je länger Hanna durch das Zimmer geht, desto mehr ist sie überzeugt: Jemand ist hier gewesen.

*

»Das ist ein bedeutsamer Mordfall, der auf das Ansehen des New Orleans Police Department Einfluss haben wird.« Die Stimme des Staatsanwaltes ist tief und voller Überzeugung. Warum sieht er nicht, dass solche Großsprecherei einer Untersuchung nur im Wege steht? Es sind extra Stühle hereingebracht worden, um den Andrang durch die vielen Journalisten, die zur Pressekonferenz gekommen sind, zu bewältigen. Sowohl regionale als auch landesweite Medien sind erschienen, *The Times-Picayune*, ABC, CNN, *Fox News*, es wurde eine ganze Reihe an Kameras aufgebaut.

Heute morgen, im Zimmer des Chief Inspectors. Drei Gläser Whisky, das dritte war für den Staatsanwalt, einen ambitionierten Vierziger mit einem auf Taille geschnittenen italienischen Maßanzug. Der Ankläger hatte sich hingesetzt, die Beine übereinandergeschlagen, der Chief hatte das Wort ergriffen. »Vincennes, die Staatsanwaltschaft und ich haben die Akte gründlich studiert, und wir sind zu dem Schluss gekommen, dass es genügend Gründe für eine Verhandlung gibt, die so schnell wie möglich beginnen sollte. Wir setzen alles daran, dass es jetzt nicht Monate, sondern nur Wochen dauert. Die Grand Jury unterstützt uns. Wie ich schon sagte, das FBI brauchen wir nicht. Das hier ist New Orleans.« Wieder ein Grinsen.

Der Staatsanwalt hatte einen ersten Schluck genommen.

»Vincennes, sind Sie nicht froh?«

»Natürlich, Sir!

»Aber?«

»Ich bin mir einfach nicht sicher. Die Schwangerschaft zum Beispiel: noch nicht erklärbar.«

»Das Einzige, wovon Sie ausgehen müssen, ist, dass eine gute Chance besteht, dass van Zandt es getan hat. Ist das so?«

»Er kann es getan haben, ja.«

»Na also. Wir haben genug, um den Fall vor den Richter zu bringen. Es ist das Beste, wenn wir uns von jetzt an auf das Motiv konzentrieren – einige Stränge wie Kemal Johnson oder die Streichhölzer müssen Sie ruhen lassen. Nehmen Sie sich eine Woche frei. Neue Verbrechen werden von anderen Polizisten bearbeitet. Vincennes, dieser Fall ist definitiv zu groß geworden für einen allein, vielleicht habe ich Sie zu lange allein machen lassen.«

»Was meinen Sie?«

»Das letzte Mal habe ich Sie gebeten, Ihre Kollegen besser in die Untersuchungen einzubeziehen. Das haben Sie nicht getan. Gehen Sie nach Hause, schlafen Sie sich aus. Ich wäre froh, wenn Sie danach Ihre Aufmerksamkeit auf van Zandt konzentrieren würden und auf keinen anderen. Alle müssen an einem Strang ziehen. Der Prozess beginnt bald. Die wirkliche Arbeit.«

Die wirkliche Arbeit. Womit, bitte schön, hat sie sich denn die letzte Zeit beschäftigt?

Der freigelassene Kemal Johnson setzt sich an die rechte Seite des Tisches. Sein Gesicht zeigt weder Freude noch Wut, er gibt sich völlig unbeteiligt. Kameras blitzen, Johnsons Anwalt nimmt ebenfalls Platz. Der Pressesprecher ermahnt die Anwesenden zur Ruhe, und der Staatsanwalt legt dar, dass »härter denn je« an dem Fall gearbeitet wurde. Hanna hört das Zoomen der Kameras. »Unsere Aufmerksamkeit wird sich von jetzt an auf Alexander van Zandt richten. In diesem Augenblick legen unsere besten Kräfte letzte Hand an den Fall van Zandt, der zügig vor Gericht kommen soll. Die Zeit, in der die Einwohner unserer schönen Stadt warten mussten, bis Frau Justitia in Gang kommt, ist vorbei.«

Hanna steht an der gegenüberliegenden Seite des Saales. Sie kann triumphierende Gesichter nicht ausstehen. Ohne etwas zu sagen, dreht sie sich um und geht weg.

*

»Nimm noch Fleisch.« Chris sitzt ihr gegenüber und schiebt ihr den Teller mit dem Rindfleisch hin. Auf seiner Hand sind rote Tintenflecke vom Korrigieren. Dann holt er tief Luft und sagt: »Gut, ich fange mal an. Heute war ein schöner Tag. Bei einigen Schülern gibt es echt Fortschritte. David Martin, du weißt noch, über den ich neulich gesprochen habe, der Junge mit der Brille und der Konzentrationsschwäche? Der hat jetzt eine 2- geschafft.«

»Was?«

»Tu doch wenigstens so, als ob du zuhören würdest.«

»Sorry«, sagt sie. »Ich begreife diesen Alexander nicht. Ich kann seine Handlungen immer noch nicht mit seiner Psyche in Einklang bringen. Natürlich, seine Freundin war schwanger von einem anderen, aber trotzdem: Nicht jeder reagiert auf eine so groteske Art und Weise auf Verrat. Er lässt sich alles gefallen, ich weiß nicht, ob es Kaltblütigkeit oder Gelassenheit ist. Er hat kein Alibi, und es gibt klar ein Motiv. Er ist der einzige Verdächtige, den ich habe.«

»Lass die Richter über seine Schuld urteilen.«

»Ich habe noch nie einen Staatsanwalt erlebt, der es so eilig hatte.«

»*Wahlkampfzeiten*, du weißt, wie das geht.«

»Aber mir scheint, dass zu schnell darüber hinweggegangen worden ist, und wenn Sachen fehlen, werden sie mich schief ansehen.«

»Du weißt, dass du jetzt genau dasselbe tust wie bei Morales? Du hast kein Vertrauen in deine Kollegen, bestimmst den Ex-Freund als Täter und verbeißt dich in den Fall.«

»Alexander war ihr Freund, nicht ihr Ex. Und jeder hat ihn in Verdacht, ich habe mir nichts ausgesucht.«

»Sag mir, dass du verstehst, was ich meine.«

»Das verstehe ich.«

»Wir sollten am Esstisch nicht mehr über solche Sachen diskutieren.«

»Es tut mir leid.« *Vergiss nie, wie es sich anfühlen würde, das Opfer zu sein.* Wem hast du zugestimmt? War es Alexander, dem du in die Augen geschaut hast, da in den Sümpfen? »Meine Gedanken lassen sich nicht abstellen«, sagt sie. »Was habe ich übersehen?«

»Wenn du es nicht siehst, sieht es keiner.«

»Das ist genau das, was ich befürchte.«

I

Die Leute glauben, dass ein Mord nur eine Tat ist. Das ist ein Irrtum. Mord ist in erster Linie ein Gedanke. Ein Gedanke, den man anfangs noch von sich weist. Was man aber auch tun mag, der Gedanke wird immer zu einem zurückfinden, es ist die permanente Einflüsterung von etwas Sublimem. Täglich werden Hunderte Mörder geboren, sie warten auf den einen überspringenden Funken.

Das Gesicht im Spiegel ist das seine nicht mehr – er ist nicht länger die unbedeutende Gestalt, die schlafwandlerisch durchs Leben geht. Allein die Narbe an seinem Hals beweist seine Vergangenheit: eine Gürtelschnalle, er war dreizehn. Heute ist er jemand, der seinen Weg bestimmt, der Verantwortung übernimmt und die jahrhundertealte Frage entscheidet: Wer verdient es zu leben, wer zu sterben?

Sie hat es nicht verdient, länger zu leben. Wer lange genug mit anderen Spielchen spielt, wird eines Tages selbst der Einsatz eines Spiels sein. Und Mardi Gras, der Abend, an dem die ganze Stadt durchdreht mit Festivitäten und Ausschweifungen, war der perfekte Augenblick, um es in Gang zu setzen.

»Erpressung«, dieses Wort hat sie im Auto gesagt. Wo nahm sie den Schneid her? Die Ehebrecherin, die Angst vor der Wahrheit hat, einfach, weil die Tatsachen sich zu ihrem Nachteil auswachsen. Was für ein Klischee!

Er hätte Alexander ihr Geheimnis niemals verraten, natürlich nicht. Alexander hatte kein Recht auf die Wahrheit. Die Wahrheit gehörte nur ihnen beiden.

Die Handschuhe sind so eng, dass er seine Fingerkuppen kaum spürt. Vor ihm liegt ein neuer Stapel an Briefumschlägen.

Er musste nur ins richtige Internetforum sehen, selbstverständlich mit einem anderen Computer als seinem, und er wusste, worauf er zu achten hatte. Einen regnerischen Abend, eine abgelegene Gegend, die er am Computer ausgesucht hat. So einfach. Im Moment des Handelns musste er nur die Augen schließen, alles lief von allein. Auf seiner Brust lastete ein Klotz. Farben, Gerüche und Geräusche wurden schärfer, und als er die Augen öffnete, war es vorbei.

Endlich war er mutig genug gewesen, seinen Einflüsterungen Gehör zu schenken.

Wenn er jetzt die Zeitungen liest oder die Nachrichtenseiten anschaut, kann er seine Zufriedenheit kaum noch unterdrücken. Der Loup-Garou. Im Internet gibt es Tausende Abbildungen von Werwölfen und Dutzende Hollywoodclips von der mythischen Verwandlung. Das Fell, das durch die Haut bricht, die Hauer, die die Zähne wegdrücken, blutunterlaufene Augen, die auf einmal gelblich leuchten. Solange Menschen von Aberglauben besessen sind, ist er sicher.

Er muss einen kühlen Kopf bewahren, wie schwer das auch fällt. Nathalies schöne blaue Augen spuken ihm seit dem Mord durch den Kopf, er wird ihren Blick in Todesangst niemals vergessen. Aber keiner hat behauptet, dass es einfach sein würde.

Zum ersten Mal in seinem Leben schluckt er Pillen, Angsthemmer und Muskelrelaxanzien, um über die Nacht zu kommen. Weiter ist wichtig, an seinen Routinen festzuhalten, niemanden etwas merken zu lassen, niemandem einen Fingerzeig zu geben. Und inzwischen: den richtigen Leuten die richtigen Informationen zukommen zu lassen. Ohne Risiko kein Spiel, ohne Spiel keine Befriedigung. Seinen nächsten Brief wird er wieder eingeschrieben schicken, es muss eine Spur geben, die man verfolgen kann.

Zu Händen Hanna Vincennes.

Den schönsten Moment, wenn sie den Umschlag aufreißt, wird er verpassen. Das war auch so, als er die Kopie von Nathalies Brief verschickt hat. Aber er hat Vincennes wenigstens ausführlich gemustert. Eine sachlich wirkende Frau, nicht jung, nicht alt, sie hat den Job, ihn zu finden. Er wird sie nun ein Weilchen beobachten. Langsam beginnt er zu verstehen, wie sie vorgeht, wie viel sie weiß. Erst hat sie die Abtreibungsklinik besucht, danach den Nachtclub, wo sie mit dem einen oder anderen Dealer getanzt hat. Sie hat es wohl auch noch schön gefunden.

Kurz danach hat sie auch ihn gesehen, und da begann das Duell.

Er hat Glück gehabt. Er fuhr zwar besser als sie, aber es war reiner Zufall, dass er entwischte.

Schnell tippen seine Finger auf den Tasten. *Die Vergangenheit bestimmt, wer wir sind. Achte lieber auf den Pass.* Sie müssen spüren, dass er da ist, aber sie können ihn nicht sehen, darum geht es ihm vor allem. Er nimmt die Kopie des Passes. Die glanzlosen Augen von Alexander van Zandt. Mit einem Klecks Leim verschließt er den Umschlag, lässt ihn in einen verschließbaren Plastikbeutel gleiten. Am Nachmittag wird er auf die Post gehen.

Endlich ist es so weit. All die Jahre hat er auf jemanden warten müssen, der seiner Gedanken würdig war.

Nathalie war die Erste.

ZWEITER TEIL

12. Mai

Halb eins in der Nacht, Ortszeit. Der Louis Armstrong International Airport ist dunkel und verlassen. Auf der Anzeigetafel in der Haupthalle werden noch ein paar Ankunftszeiten vermeldet. Autoscheinwerfer flimmern hinter den geschlossenen Schiebetüren, ein Stück weiter schrubbt ein Putztrupp die Straße. Aron nimmt seinen Koffer vom Gepäckband. Als er nach draußen tritt, schlägt ihm die betäubende Hitze der Stadt entgegen.

Er erschrickt vor einem hupenden Taxi und überquert eilig die Straße. Pfeile leiten ihn zur Autovermietung.

Sein Ford wirkt kleiner als auf dem Bildschirm in Maries Haus. Aber Aron nickt. Das ist das Auto, das ihn zu seinem Sohn bringen wird.

Die Autobahn ist viel breiter als in den Niederlanden. Um ihn herum überall dasselbe Bild: ausgedehnte Parkplätze, Reihen von Einfamilienhäusern, Kirchen, die seit Jahren schon nicht mehr unterhalten werden.

Aron macht Halt an einem der ersten Motels auf der Strecke. *Super 8*: drei Stockwerke, ein kaum benutzter Parkplatz, eine Reihe identischer Zimmer. Genau, was er sucht. Anonym, bequem erreichbar. Im Zentrum von New Orleans hat er nichts verloren.

»Ich hätte gern ein Zimmer.« Aron richtet den Kragen seines Hemdes. Sein Englisch ist holprig, aber verständlich. »Für wenigstens eine Woche.«

»Eine Woche«, murmelt der Pakistani hinter dem Tresen.

Er trägt ein offen stehendes Polohemd, aus dem lockiges Brusthaar hervorquillt. »Meistens bleiben Europäer nur eine Nacht. Kurz bevor ihr Flug abgeht oder wenn sie gerade gelandet sind.«

Jetzt schon als Europäer identifiziert. Nicht drum kümmern. Er nimmt den Schlüssel in Empfang. »Haben Sie zufällig die *Yellow Pages*? Könnte ich die vielleicht ausleihen?«

Der Pakistani drückt ihm das Buch in die Hand.

Arons Zimmer liegt im zweiten Stock. Es ist ein kleiner, effizient eingerichteter Raum mit Flecken an der Decke, Löchern in den Mauern und einer rumpelnden Aircondition am Fenster. Weiter: ein nachlässig gemachtes Bett, ein Holztisch mit einem leeren Aschenbecher, ein alter Fernseher an der Wand. Aron wischt sich den Schweiß von der Stirn und geht ins Bad. Aus dem Hahn kommt nur kaltes Wasser. Er wäscht Nacken und Hände, Arme und Gesicht, er nimmt zwei Magenpillen aus dem Tablettenstreifen und schluckt sie auf einmal.

Er schickt Marie eine SMS: *Prima Flug gehabt, alles gut hier. Motel gefunden. Gute Nacht, A.* Als er auf Senden drückt, wird ihm klar, dass sie natürlich schon lange schläft. Er überlegt, eine neue Nachricht zu schicken, *sorry, wenn ich dich geweckt habe*, aber stattdessen schaltet er das Handy ab und schlägt die *Yellow Pages* auf. In New Orleans wird er nicht länger der zögerliche Aron sein, und er wird erst zurückfliegen, wenn der Mord aufgeklärt ist.

Natürlich könnte er sich bei der Polizei vorstellen. Aber welcher Polizist sitzt da und wartet auf ihn? Außerdem hat er jetzt einen Vorsprung, niemand weiß, dass er hier ist – diesen Vorteil will er nicht leichtfertig aus der Hand geben.

Er blättert, bis er die Seiten mit Privatdetektiven gefunden hat. Es sind Hunderte. Augenscheinlich eine Stadt, die viel zu verbergen hat. Aron atmet tief ein. Das Lesen all dieser unbekannten Namen und Adressen macht ihn schwindlig. Er schlägt die *Yellow Pages* zu, massiert seine Schläfen und legt sich aufs Bett.

Stunden später schreckt er hoch. Das Erste, was er tut, ist, das Branchenbuch vom Fußboden aufzuheben.

*

Am nächsten Morgen hat er unter Zuhilfenahme der zugehörigen Slogans und Abbildungen eine Auswahl getroffen. Die Ein-Mann-Läden mit zu wenig Geld für eine Abbildung in der Anzeige hält er sowieso für ungeeignet. Wenn ihm jemand helfen kann, muss der Profiarbeit liefern, es geht nicht darum, ein paar Stunden rumzuschnüffeln, es ist eine heikle, vielleicht sogar gefährliche Arbeit.

Es bleiben neun geeignete Kandidaten übrig. Aron übernimmt ihre Daten, schreibt sie auf eine Serviette, stopft diese in seine Hosentasche.

In dem, was als Motellobby durchgehen soll – eine mit Plastikmöbeln eingerichtete zugige Halle –, setzt er sich an den öffentlichen Computer. Das Gerät rasselt. In der Ecke des Bildschirms zählt eine Uhr die Sekunden und Minuten, die Abrechnung hält damit exakt Schritt. Aron tippt die Namen von seinem Papier ab und überprüft sie im Internet aufs Neue. Nur die, die bei der Polizei gearbeitet haben, bleiben übrig: Sie wissen, was für die Aufklärung eines Mordfalles wichtig ist.

Es sind zwei. Michael O'Hara und John Fredericks. *Zahlung nur bei Erfolg* gegen *Dienen und Schützen.*

Er gibt ihre Namen nochmals in die Suchmaschine ein und stößt auf einen alten Pressebericht über die unehrenhafte Entlassung von O'Hara. Wegen Misshandlung eines Zeugen. Aron klickt auf das Bild, das sich vergrößert. Er blickt sich um, er will sichergehen, dass keiner mitguckt. Die Lobby ist leer. Auf dem Bildschirm erscheint das Foto einer Polizeizeremonie. O'Hara, der eine Medaille bekommt. 2002, eine Jahreszahl aus einem vorigen Zeitalter.

Das nächste Bild zeigt den misshandelten Zeugen. Ein junger Mann. Ein Moslem. Arons Stirn glüht. O'Hara war Polizist beim New Orleans Police Department, der nach der einen Einschätzung ganz normal seine Arbeit getan hat, nach der anderen aggressiv gewalttätig geworden ist. Sein Chef hatte Angst vor schlechter Presse gehabt und O'Hara entlassen, ohne weitere Untersuchungsergebnisse abzuwarten.

Einem Moslem etwas anzutun ist ein sensibler Bereich, das war sicher so kurz nach 9/11 so. Jeder hatte Angst vor ihnen, den Moslems, das merkte man auch in den Niederlanden.

Aron klickt schnell weiter. Allerlei Artikel ziehen an ihm vorüber, Interviews, in denen O'Hara erklärte, dass er sich selbst verteidigt hat.

Es tröstet Aron, dass er nicht der Einzige ist, dessen Leben von einem auf den anderen Moment zusammenbrach. Nickend liest er die Artikel. Er hat den Richtigen gefunden. Der Mann wird ihm helfen, seinen Sohn freizukriegen.

15. Mai

Es ist in einem bestimmten Sinne das Größte, was du erreichen kannst, wenn eine deiner Akten zu einer Verhandlung führt. Vom Morast der Bayous in den Marmor der Justiz. Aber gleichzeitig verschwindet etwas: Was vorher allein für deine Augen bestimmt war, ist nun für alle und jeden. Wenn das Opfer bisher allein dich angeschaut hat, gehört das Gesicht nun der Öffentlichkeit.

Der Staatsanwalt hat die Hoffnung ausgesprochen, dass innerhalb eines Monats das »Recht triumphieren« werde. Es wird keinen *Deal* geben, eine oft gebrauchte Übereinkunft zwischen Staatsanwaltschaft und Verteidigung, bei der der Verdächtige im Tausch für Strafminderung Schuld einräumt. Die Staatsanwaltschaft kann es sich nicht leisten, einen unentschlossenen Eindruck abzugeben, dafür ist der Fall zu groß geworden.

Von den drei Möglichkeiten: schuldig, der Verzicht, sich gegen die Vorwürfe der Anklage zu verteidigen, und unschuldig, hat Alexander van Zandt, unterstützt von seinem Anwalt, Letzteres gewählt. Das war zu erwarten gewesen. Nun war es Sache des Anwalts, Sympathiepunkte für seinen Klienten zu sammeln. Am ersten Verhandlungstag hielt der Anwalt ein feuriges Plädoyer über Eifersucht als natürlichen Bestandteil der Liebe, jedoch gewiss nicht als Motiv. »Dieser junge Mann, den Sie hier vor sich sehen, ist kein Mörder. Er ist ein zweites Opfer dieser schrecklichen Tat, jemand, dessen Glück mit dem Tod seiner geliebten Nathalie endete.«

Kollegen drängen sich am Kaffeeautomaten. Hanna nimmt die Akte van Zandt wieder an sich. Sie hält sich vom Gerichtssaal fern, zu oft hat sie erlebt, dass jemand, von dessen Schuld sie überzeugt war, freigesprochen wurde. Oder anders herum, noch schlimmer: dass jemand verurteilt wurde, ohne dass sie die Erleichterung in ihrem Magen spürte. Der Gerichtspräsident hat William Brown zum Richter ernannt. Sein Spitzname, Maximum Bill, der auf seine Vorliebe für die Höchststrafe anspielt. Das Maximum in diesem Fall: die Todesstrafe.

»Post.«

Hanna sieht erschrocken von ihrem Schreibtisch auf. *Zu Händen Hanna Vincennes,* steht da wirklich, mit denselben Durchschnittscomputerbuchstaben wie beim letzten Mal, wieder eingeschrieben geschickt – augenscheinlich will der Absender darauf hinweisen, wo der Umschlag in die Post gegeben wurde. Langsam reißt Hanna das Papier auf. Diesmal ist es ein Zettel. *Die Vergangenheit bestimmt, wer wir sind. Achte lieber auf den Pass.* Weiter im Umschlag: eine Kopie von Alexander van Zandts Pass. Hanna betrachtet das Papier ganz aus der Nähe, die Schwarzweiß-Kopie macht van Zandts Augen kälter. Warum wurde ihr das zugestellt und nicht der Staatsanwaltschaft?

Eine Stunde später ist sie im Labor, hat den Inhalt des Umschlags und den echten Pass in der Hand. Auf keinem von beiden sind Fingerabdrücke zu finden.

Im Laufe des Tages wird Hanna zweimal angerufen. Nach einer Stunde, weil man die erste Unregelmäßigkeit in van Zandts Pass gefunden hat, dann, weil er offiziell eine Fälschung ist. Kein Wunder, dass Hanna nichts über Alexanders Jugend herausgefunden hat. Als sie fragt, warum das nicht früher aufgefallen ist, klingt die Stimme, die sie hört, flach: »Aber, gute Frau, danach hat uns niemand gefragt.«

Stürmischer Regen schlägt gegen die Fenster des Büros, die Wolken reißen auf. Alexander van Zandt hat einen falschen Pass. Wieder wird sie mit einer wichtigen Information konfrontiert, die sie nicht unterschlagen darf. Wieder wird sie gelenkt.

15. Mai

Hier müsste es sein. Aron geht an billigen Wohnhäusern und Büros vorbei, die Zweige ineinander verflochtener Bäume filtern das Licht: Eben noch scheint ihm die Sonne ins Gesicht, dann wird der Weg schattig. Am Ende der Straße bleibt er vor einem heruntergekommenen Herrenhaus stehen und massiert sich den Bauch.

Gleich, nachdem er sich entschieden hatte, griff er zum Telefon, um einen Termin zu vereinbaren. Er sah zwei verpasste Anrufe von Marie, überlegte, zurückzurufen, tippte dann aber O'Haras Nummer ein.

»Hallo«, ertönte es am anderen Ende der Leitung. Der Mann hatte eine tiefe Stimme, eine autoritäre Stimme.

»Spreche ich mit O'Hara?«, fragte Aron.

»Wer will das wissen?«

»Ein potentieller Kunde.«

Aron sagte, dass er wegen seines Sohnes anrufe. Er erzählte über den Fall, den Tatort, die Mordwaffe, bis O'Hara ihn abrupt unterbrach: »Ja, das weiß ich alles. Ich lese auch Zeitungen. Was soll ich für Sie tun?«

Informationen einholen, sagte Aron. So viel wie möglich Informationen: über den anderen Verdächtigen, über den infrage kommenden Ermittler, über das amerikanische Leben meines Sohnes. »Alles, was wichtig sein kann. Ich brauche es in ein paar Tagen. Geht das?«

»Alles geht. Für so einen Eilauftrag berechne ich aber doppelten Tarif, vor allem, wenn es um eine Sache geht, die so viel

Aufmerksamkeit erregt und wo der erste Verhandlungstag schon stattgefunden hat. Das wären also achtzig Dollar pro Stunde. Exklusiv. Kommen Sie in drei Tagen mal vorbei.«

»Gut«, hatte Aron gestammelt. Der Hörer zitterte in seiner Hand. Die Verhandlung hatte also begonnen, vielleicht ging es in Amerika immer so schnell. War er schon zu spät gekommen oder gerade zur rechten Zeit?

Die Tür des Hauses öffnet sich mit einem Summer. Aron betritt einen langen Flur. Überall um ihn herum liegen Mappen und Zeitungsstapel. Er geht durch die erste offen stehende Tür und sieht im fahlen Licht, das durch die Fenster fällt, einen Mann hinter einem hölzernen Schreibtisch sitzen. Es ist derselbe Mann wie auf dem Foto, das er im Internet gefunden hat, nur älter, auch ungepflegter. Der Mann trägt ein dunkelrotes, kariertes Hemd, etwas zu groß. Das Hemd hängt halb aus seinen Jeans, und auf der rechten Schulter ist ein Fettfleck.

»Mulder«, fragt der Mann, ohne von der Akte vor sich aufzusehen.

Der Name klingt Aron fremd in den Ohren, so amerikanisch, mit einem u, das irgendwo zwischen einem o und einem a schwebt. »Ja.«

»Dann bin ich O'Hara.« Er nimmt die Akte, macht eine Armbewegung und geht in ein anderes Zimmer. »Warum haben Sie und Ihr Sohn eigentlich nicht denselben Nachnamen?«

»Lange Geschichte.« Aron folgt ihm, geht an weiteren Papierstapeln vorbei. »Sind das alles Fälle, die Sie bearbeitet haben?«

»Größtenteils«, sagt O'Hara. »Aber die wichtigsten Informationen hebe ich woanders auf, in einem Tresor. Was Sie hier sehen, ist vor allem, tja, Nostalgie.«

Sie betreten etwas, das den Eindruck eines Verhörraumes macht: ein kleines Fenster, helles Neonlicht, ein Tisch und zwei Stühle. Aron krallt sich an einer Stuhllehne fest – in genau so einem Raum wurden ihm endlos dieselben beschuldigenden Fragen gestellt: wie die Schnittwunde an seine Hand gekommen war, wann er Nora das letzte Mal gesehen hatte.

»Das ist mein Büro«, sagt O'Hara mit einigem Stolz in der Stimme. »Mein Home-Office. Setzen Sie sich. Kaffee, Tee?«

»Was empfehlen Sie?«

»Um ehrlich zu sein: keins von beiden.« Der Mann schenkt Aron eine Tasse Kaffee ein. Als sie jetzt einander gegenübersitzen, sieht Aron die Falten in seinem Gesicht.

»Sie sehen aus, als könnten Sie einen starken Kaffee vertragen«, sagt O'Hara. »Typisch New Orleans, das Zeug. Wie wir hier sagen: *schwarz wie der Hass, stark wie die Liebe.*« O'Hara steckt sich eine Zigarette an. »Gut, zur Sache. Das sind verlässliche Informationen.« Mit der freien Hand zeigt er auf die Mappe, die vor ihm liegt. »Ich habe noch immer Freunde bei der Polizei. Ein paar.«

»Wo ist mein Sohn?« Arons Nackenhaare werden feucht. »Sitzt er noch im County Jail oder wie das heißt?«

»Nicht mehr. Es hat einige Mühe gekostet, das herauszufinden. Bis vorige Woche saß Ihr Sohn in einer Zelle mit fünf anderen, tatsächlich im County Jail, da, wo alle in Untersuchungshaft kommen. Aber seit der Prozess begonnen hat, sitzt er in Angola.«

»Was? Angola?«

»Angola, das Gefängnis, nicht das Land. Das Louisiana

State Penitentiary. Einer der berüchtigtsten Knäste von Amerika.«

»Mein Sohn sitzt also zwischen Mördern und Vergewaltigern? Er ist noch nicht einmal verurteilt.«

»Lassen Sie's mich ehrlich sagen: Es ist eine unübliche Situation, aber schon öfter vorgekommen. Nach Orkan Gustav zum Beispiel, als das Chaos in der Stadt am größten war. Und nun also wieder, wegen Raummangel. Kein Land hat so viele Menschen hinter Gittern wie wir. Und dann nennen wir uns selbst *the land of the free*. Manchmal glaube ich, das kommt alles durch Reagan, seitdem gibt es siebenhundert Prozent mehr Gefangene. Vielleicht aber auch gut, sonst hätte ich viel weniger zu tun.« O'Hara nimmt einen langen, genussvollen Zug aus der Zigarette, inhaliert und bläst den Rauch aus. »Wie auch immer, es ist einfach zu wenig Platz für alle neuen Verdächtigen und Verurteilten. Die Gefängnisse platzen aus allen Nähten. Es sind im Moment oft fünf, sechs Gefangene in einer Zelle, die für zwei gedacht war – es werden einfach Matratzen dazugelegt. Ihr Sohn sitzt in einem Flügel mit ein paar hundert Verdächtigen und wegen *schweren Mordes* Verurteilter.« O'Hara spricht die Worte kalt aus, ohne geheucheltes Mitleid, aber auch nicht gleichgültig.

»Und wenn er verurteilt wird?«

»Dann wird er da für den Rest seines Lebens sitzen. Oder er bekommt die Todesspritze.«

»Er ist unschuldig. Ich spüre das einfach.« Aron nimmt einen großen Schluck Kaffee.

»Das mag stimmen, aber die Medien sind nicht auf seiner Seite, und das verheißt wenig Gutes. Geschworene und Richter sind hier etwas empfänglicher für die öffentliche Meinung als in Europa.«

»Der Vollmond, von dem ich gelesen habe, ist das kein Hinweis?«

»Das ist doch alles *Hokuspokus*. In all meinen Jahren als Polizist und Privatdetektiv habe ich noch nie einen Mörder erlebt, der über Mondphasen und Horoskope nachdenkt.«

»Haben Sie den Namen Hakan in einer der Akten gefunden?«

O'Hara schüttelt seinen Kopf. »Wieso?«

»Vergessen Sie's.«

»Hören Sie, ich kann meinen Job nur machen, wenn Sie mir alles sagen.«

»Ich habe das Gefühl, dass ... der Mörder detaillierte Kenntnisse hat über ... oder nein, inspiriert wurde von einem bestimmten Mord in den Niederlanden. Fünf Jahre her, fast identisch. Hakan war einer der Verdächtigen. Der einzige richtige Verdächtige, eigentlich. Viel zu früh entlassen.«

»Wollen Sie mir jetzt suggerieren, dass es derselbe Mörder wie damals ist, oder dass eine zweite Person sich vom ersten Mord hat inspirieren lassen?«

»Ich weiß es nicht. Ich weiß nur, dass das kein Zufall sein kann.« Es ist möglich, überlegt Aron, dass der Mörder in seinen Erinnerungen an seine Untat gefangen ist und glaubt, nichts anderes tun zu können, als diese zu wiederholen. Personen mit neurotischen Neigungen wiederholen auf der Suche nach Kontrolle ihre Handlungen. Handlungen werden zu Ritualen, Rituale zu Lebensregeln.

»Wer weiß in der Angelegenheit alles Bescheid?«

»Alexander und ich auf jeden Fall. Ich weiß natürlich nicht, wer sich in den vergangenen Jahren alles dafür interessiert hat. Aber ich kann mir eigentlich nicht vorstellen, dass Alexander mit anderen darüber gesprochen hat.« Aron seufzt, schüttet seinen Kaffee hinunter. »Wie viel Zeit haben wir?«

»Nicht viel. Bei einem Mord kann eine Verhandlung schnell vorbei sein.«

»Sie müssen mir helfen.« Nach einer kurzen Stille: »Der andere Verdächtige, was weiß man von ihm?«

»Kemal Johnson, zweiunddreißig Jahre alt. Eine tote Spur, wie Sie auch in der Akte nachlesen können. Entlassen. Es gibt Fotos, die ihn freisprechen.«

Vielleicht wurden die Bilder manipuliert, überlegt Aron.

»Und es ist auch noch möglich, dass Johnson diesen Mord nur vorbereitet hat«, sagt O'Hara, »ihn aber von jemand anderem hat ausführen lassen.«

»Ist er Moslem?« Aron stellt die Frage schnell, zu schnell vielleicht.

»Ein Moslem, sicher. In der Akte ist schon das eine oder andere über ihn zu finden.«

»Mein Sohn hat auf dem Campus der University of New Orleans gewohnt, habe ich gelesen. Was ist das für ein Ort?«

»Ein großer Komplex. Da wohnen Tausende Studenten.«

»Ich will alles darüber wissen. Und über den Moslem. Wer er ist, warum er festgehalten wurde, ob er Alexander kennt. Ich will wissen, wer die Freunde meines Sohnes waren, wer seine Feinde.«

O'Hara lässt Arons Worte auf sich einwirken. »Offiziell muss ich Sie warnen, weil Sie vorhaben, sich in einen Mordfall einzumischen.«

»Und inoffiziell?«

»Inoffiziell ist es mir ziemlich egal, solange Sie zahlen.«

Er nimmt wieder einen Zug von seiner Zigarette. »Und unter uns: Sie sind ein Vater, der seinen Sohn beschützen will.

Das gefällt mir. Es wird Zeit, dass jemand das Heft in die Hand nimmt. Die Ausländer strömen nur so ins Land, und niemand traut sich, etwas dagegen zu tun.«

Die Worte tun Aron gut. »Ist bei uns genau dasselbe.« Er holt ein paar hundert Dollar aus der Hosentasche, heute Nachmittag im Walmart gezogen, und schiebt sie O'Hara hinüber. Dann erhebt er sich aus seinem Stuhl. »Noch eine letzte Sache. Ich möchte meinen Sohn sehen. So schnell wie möglich. Kann ich ihn besuchen, auch während des Prozesses?«

»Sicher. Sie müssen auf seine *genehmigte Besucherliste* kommen. Dafür kann nur Alexander die Zustimmung geben. Ich würde gleich ein Gesuch für Sie losschicken, wenn Sie wollen.«

»Gern. Wann sprechen wir uns wieder?«

O'Hara steht ebenfalls auf und steckt Aron, als der das Büro verlässt, ein Handy zu. »Wenn Sie wollen. Das ist ein *Burner*, nicht rückverfolgbar. Ich habe als Einziger die Nummer, und meine Nummer ist die einzige, die gespeichert ist.«

Aron lässt das Telefon in seine Tasche gleiten und geht zu seinem Ford. Dort blättert er sofort die Akte durch. Der Name seines Sohnes kommt mannigfach vor. Während er die Akte studiert, schwitzt er unausgesetzt – es sind 93,2 Grad Fahrenheit, rund 34 Grad Celsius, meldet das Armaturenbrett. Er betrachtet das Polizeifoto von Kemal Johnson lange. Obwohl es das erste Mal ist, dass Aron ihn sieht, kommt er ihm bekannt vor. Ein grimmiger Augenaufschlag, dunkle Locken. Es ist, als sähe Aron jemanden zum ersten Mal in Fleisch und Blut, von dem er jahrelang geträumt hat.

Aron zwingt sich, weiter durch Verhörprotokolle, Einschätzungen von Nathalie Underwood, Berichte über DNA-

Spuren zu blättern. Hinten in der Akte stößt er auf ein Foto. Das vage Bild, das er schon in Egmond gesehen hat: das schwarze Auto, Nathalie Underwood und der Mann im Voodookostüm. Je länger Aron die Gestalt mustert, den unerkennbaren Mörder am Steuer, desto unerschütterlicher seine Überzeugung: Das ist nicht sein Sohn. Dieser Junge scheint eine breitere Statur zu haben als Alexander, der immer eine Kleidergröße weniger brauchte, als es zu seinem Alter passte. Außerdem ist die Haltung des Mannes auf dem Foto entspannter, als es für einen Mulder üblich ist.

Mit hoher Geschwindigkeit rast Aron zurück in sein Motel. Der Ford fühlt sich immer vertrauter an. Hin und wieder schließt Aron die Augen, nicht länger als eine Sekunde, es scheint, als habe er nichts weiter zu tun, als zu lenken. Er stellt sich vor, dass das Auto von allein fährt, endlos, und für niemanden anhält.

17. Mai

Alexander Mulder, geboren 1991, Sohn von Aron Mulder und Nora Reijnen-Mulder. Gleich nachdem Hanna Fotos von Alexander wie auch ein offizielles Hilfeersuchen in die Niederlande geschickt hat, bekommt sie, was sie haben will: Alle Informationen, die in den Niederlanden über ihn zu finden sind. Keine Vorstrafen, keine Steuervergehen, ausgewandert, als er achtzehn war. Das letzte Mal, dass der niederländische Pass benutzt wurde: auf dem Louis Armstrong International Airport, Juni 2009.

Viel braucht es nicht, um einen Pass fälschen zu lassen. Ein paar Wochen auf dem Campus rumhängen, die richtigen Fragen stellen, den richtigen Riecher haben und über genügend Geld verfügen, weiter nichts. Aber eine so gute Fälschung, um die es in diesem Falle geht, sollte einen ordentlichen Batzen gekostet haben.

Wenn die Vergangenheit wirklich darüber bestimmt, was wir sind, dann ist Alexander ein Mann, der von einem Mord vertrieben wurde. Er war achtzehn, seine Mutter sechsundfünfzig. Hanna bekommt über die niederländischen Nachforschungen fünf Fotos aus jener Zeit zugeschickt, das erste ist kurz nach dem Mord in einer Lokalzeitung erschienen. Es ist ein Familienporträt: Vater, Mutter, Kind. Alexanders Augen wirken verletzbarer als jetzt. Er scheint kaum derselbe Junge zu sein, sein Haar ist heller, er hat Babyspeck an den Wangen. Die anderen vier Fotos stammen vom Opfer, seiner Mutter, aus der Polizeiakte. Das Gesicht der Frau wirkt vor allem verzerrt, ihr Kopf abgeknickt im Nacken. Ihre weiße Bluse ist von Blut durchtränkt und zeigt große Einstiche.

Der Vater war einer der Hauptverdächtigen. Der Fall wurde nie aufgeklärt.

»Ich brauche mehr Zeit.« Einer der Vorteile bei einem Fall wie diesem: Es kostet wenig Mühe, den Chief Inspector zu sprechen.

Der Chief schließt schnell die Tür hinter Hanna und bitte sie, leise zu sprechen. Sie legt eine Kopie des gefälschten Passes auf seinen Schreibtisch. Am Rand zeigen rote Linien, welche Abweichungen es vom Original gibt. »Was ist das?«, fragt er. Seine Tweedjacke schmiegt sich eng an seine Schultern an, sein Schlips hängt ihm locker um den Hals.

»Er heißt nicht mal van Zandt, sondern Mulder. Ein niederländischer Name. Unsere Leuten haben sich den Pass nicht genau genug angesehen. Er lebt schon fünf Jahre unter falschem Namen.«

»Und?« Seine schweren Augenbrauen werfen einen Schatten über seine Augen.

»Als er achtzehn war, wurde seine Mutter unter ähnlichen Umständen ermordet wie die Underwood jetzt. Es gibt oberflächliche Übereinstimmungen, genau besehen. Wie er jetzt der Hauptverdächtige im Mord an seiner Freundin ist, war das sein Vater vor fünf Jahren.«

»Das ist doch gerade gut. Das zeigt ein Muster. Ein Kind, das geprägt ist von einem alten Mord und diesen später woanders wiederholt.«

»Ein Anonymus hat mich auf unsere Nachlässigkeit hingewiesen. Ich mag das überhaupt nicht. Für gewöhnlich bleiben Menschen anonym, weil sie etwas zu verbergen haben.«

»Wir haben den ersten Brief doch aber untersucht?« Er nimmt eine Akte vom Schreibtisch, blättert. »Kommt vom Postamt auf der Caton Street. Eine tote Spur.«

Hanna nickt. Sie weiß, dass der Chief Inspector kürzlich einen ihrer Kollegen zu dieser Post geschickt hat, und dass alle Beamten dieselbe Aussage machten: Pro Tag werden Hunderte dieser Briefe verschickt. Brauchbare Bilder von der Überwachungskamera gibt es nicht. Sie zögert einen Moment, aber sie kann sich nicht entschließen zu sagen, dass sie den zweiten Umschlag inzwischen auf eigene Faust hat untersuchen lassen. Ein befreundeter Laborant, der nicht im Büro arbeitet, hat herausgefunden, dass der Umschlag vom Postamt auf der Florida Avenue abgeschickt wurde. Aber auch da werden Hunderte Briefe am Tag versendet, niemand konnte weiterhelfen.

»Irgendeine Idee, wer die Umschläge verschickt«, fragt er.

Caton Street und Florida Avenue sind ein paar Fahrminuten voneinander entfernt, und sie sind die beiden einzigen Postämter in der Gegend des Campus'. Trotzdem sagt Hanna: »Nein, das kann jeder gewesen sein, der van Zandts Vergangenheit kennt und den Fall über die Medien verfolgt. Was feststeht: Die Umschläge wurden gezielt an mich geschickt. Ich muss wissen, warum. Wir brauchen mehr Zeit.«

»Das ist doch nur ein zusätzlicher Beweis? Jemand versucht, uns zu helfen, das kann für uns nur von Vorteil sein. Ich sehe keinen Grund, die Sache aufzuschieben. Es hat gerade Fahrt aufgenommen, ich werde für unser energisches Auftreten schon beglückwünscht.«

»Aber Sir, das stimmt einfach nicht. Ich möchte van Zandt, Mulder oder wie der Junge auch heißen mag, noch einmal sprechen.«

»Er wird nichts Neues zu sagen haben.«

»Es geht nicht darum, was er sagt, sondern darum, was ich höre.«

»Vincennes, ich habe Ihnen gesagt, es ruhig anzugehen. Diese Information ist nützlich, gut, dass Sie damit vorbeigekommen sind, aber das war es auch schon.«

»Sir, ich …«

»Sie lassen den Jungen jetzt in Ruhe. Ich empfehle Ihnen, nach Hause zu gehen. Bestellen Sie eine Pizza, gehen Sie mit Ihrem Freund ins Kino. Ein freundlicher Rat. Ich möchte ihn nicht als Befehl wiederholen.«

»Van Zandts Vater ist seinerzeit aus Mangel an Beweisen freigelassen worden.«

»Dann liegt's an uns, dieses Mal einen überwältigenden Beweis zu führen.«

Den Rest des Tages sitzt sie zu Hause. Sie hat keine Lust, auf Chris zu warten. Sie ist sich des klischeehaften Bildes einer Frau, die auf ihren Mann wartet, nur zu bewusst, und jetzt gleich muss sie sich auf den Weg machen, bevor ihr der Fall definitiv aus den Händen gleitet.

Die einzigen beiden Postämter in der Campusgegend. Es ist äußerst mühselig, um nicht zu sagen unmöglich, zurückzuverfolgen, wer der Absender ist. Vielleicht ist es ein Student, vielleicht ist es jemand, der die Umschläge einen anderen abschicken lässt.

Es bleibt nur eines. Beide Postämter beobachten. Hoffen, dass noch ein Päckchen verschickt wird, dass sich der Absender zeigt, dass sie ihn erkennt. Es ist ein Glücksspiel, aber die Alternative, nichts zu tun, ist schlimmer.

Endlose Fernsehprogramme nudeln dieselben Probleme

durch: eine Studentin, die fremdgeht, ein Sohn, der nichts mehr mit seiner Familie zu schaffen haben will, eine Frau ohne Geld, die trotzdem studieren will. In fast allen Gesichtern findet sie Ähnlichkeiten mit jemandem aus dem Fall. Nathalie. Alexander. Dot. Johnson. Batiste. Und den Chief natürlich. Wie kann jemand ohne nennenswerte Ermittlungserfahrung darüber urteilen, was in einem solchen Fall nötig ist?

Auf ihrem Laptop sieht sie sich einige Akten aus den vergangenen Jahren an, Rätsel, die sie seinerzeit gelöst hat, Chiffren, die sie geknackt hat. Sie überfliegt Hinweise, auf die sie einmal aufmerksam geworden und denen sie gefolgt ist, Jahre von unablässiger Energie: Sie führte, andere folgten. Vielleicht ist sie im Laufe der Jahre weniger dynamisch geworden. Vielleicht ist sie nicht mehr straight genug, um herauszubekommen, wer ihr Informationen gibt.

Im Internet sind keine alten Fotos von Alexander Mulder zu finden. Die niederländischen Newsseiten, die den Fall von 2009 behandeln, kann sie nicht lesen, aber sie klickt doch weiter. Erst als die Haustür geöffnet wird, klappt Hanna ihren Laptop zu.

Das Essen vollzieht sich in völliger Stille. Sie gehen zu Bett, Chris liest eine Sportzeitschrift, sie starrt an die Decke. Gerade als Chris die Nachtlampe ausknipst, fragt sie, ob sie sich verändert hat. »Bin ich matter geworden? Kann es sein, dass ich nicht mehr dieselbe bin wie vorher?«

»Niemand ist noch derselbe wie vor Jahren«, sagt er knapp. Ein Klick, und das Zimmer ist dunkel.

*

Als sie am nächsten Morgen zu ihrem Chrysler geht, klingen die dämpfenden Worte des Chief Inspectors noch immer nach. Sie muss ausbrechen aus dem engen Kreis, der für sie abgesteckt ist. Ihre größten Erfolge hat sie gehabt, wenn sie sich nicht leiten ließ, von welchem Druck auch immer, wenn sie ihrem eigenen Weg folgte.

Kurz nach eins nimmt sie ihr Telefon wieder, jetzt, um einen alten Kommilitonen zu sprechen, der inzwischen beim FBI arbeitet. Sie erklärt, dass seine Kollegen und ihr Chief Inspector nichts davon erfahren dürfen, es muss *off the records* bleiben. Sie bittet ihn, den Namen Alexander Mulder durch alle Datenbanken zu jagen: Informationen über Familie, Bankauskünfte, alles kann wichtig sein. »Vielleicht habe ich was übersehen.«

Der alte Kommilitone muss nicht lange überlegen. »Dir kann ich nichts abschlagen. In ein paar Tagen habe ich Ergebnisse.«

17. Mai

Bedächtig geht Aron das Campusgelände hinauf. Backsteinhäuser, durch lange Korridore miteinander verbunden, Steinpfade quer über den Rasen, eine Mensa, ein Fitnesszentrum, eine Bibliothek – der Komplex hat mehr von einem Dorf als Egmond. Passanten schenken ihm keine Aufmerksamkeit, und am Eingang des Geländes fragt niemand, was er vorhat. Überall sind Studentengruppen, im Schatten eines Baumes liegen zwei Mädchen und lernen, weiter weg hilft ein Mann seinem Sohn, einen Kühlschrank nach drinnen zu tragen.

Aron hat sich zwingen müssen, hierher zu gehen. Hier hat Alexander also gelebt, während Aron Tausende Kilometer entfernt still an ihn dachte. Das war sein Zuhause geworden. Keine Fahnen hängen auf Halbmast, es liegen auch keine Blumen da. Das Gelände ist zu groß für Privatkummer.

Heute Vormittag – er kann doch nicht schlafen in dieser Hitze – hat er die Polizeiakte noch mehrere Male gelesen, vor allem die Seiten über Kemal Johnson. Ein Hauptverdächtiger, ein Moslem mit Vorstrafen, und kurz vor dem Mord hat er obendrein verliebt mit Nathalie in dieser Raststätte gesessen. Freigelassen wegen Mangel an Beweisen.

Sie haben einfach nicht richtig gesucht, es ist nicht anders möglich, oder der Junge verbirgt etwas; sie hätten ihn stärker unter Druck setzen müssen, wie damals Hakan. Polizisten sind bequem. Die Geschichte kennt so viele Mörder mit einem Motiv, das sich nicht auf den ersten Blick offenbart. Manchmal muss gegraben werden – wie oft hat

Aron als Psychiater gerade so lange nachgefragt, bis der Patient verstummte, anfing zu weinen, eine geheime Wahrheit beichtete? Vielleicht hatte Hakan Nora zufällig im Wald getroffen und war ihr, mit welchen Absichten auch immer, gefolgt. Vielleicht wollte er sie berühren, und sie hat sich gewehrt, ehe sie zu Boden geworfen wurde, um nie wieder aufzustehen.

Aron macht beim Hauptgebäude halt. Hinter einer dicken Glaswand trifft er einen jungen Pförtner, der über eine Zeitung gebeugt dasitzt. Aron muss den Klingelknopf neben dem Schalter drücken, um auf sich aufmerksam zu machen. »Ich suche das Zimmer von einem Studenten hier. Alexander van Zandt.« Er schluckt. Der Name Alexander Mulder hat hier keine Bedeutung.

Der Pförtner zieht ein missbilligendes Gesicht. »Sind Sie Journalist?«

»Ich bin sein Vater.«

Ohne weitere Erklärung gibt der Pförtner Aron einen Plan, auf dem Alexanders Zimmer eingekreist ist. Es ist das Eckzimmer an der Nordseite des zweiten Geschosses. »Hier hat er gewohnt. Keine Ahnung, ob seine Mitbewohner da sind, schauen Sie einfach selbst.«

Mitbewohner. Er hatte gedacht – gehofft – dass sie in den vergangenen Jahren alle für sich geblieben wären, dass sie die Einsamkeit nach Noras Tod in jedem Fall miteinander geteilt hätten. Dann hat er eine Idee. »Noch eins. Wissen Sie zufällig, ob Alexander letztens Streit mit irgendwem auf dem Campus hatte?«

»Keine Ahnung. Er gehört zu den wenigen Studenten, mit denen ich all die Jahre nie gesprochen habe.«

Aron steigt die Treppen ins zweite Geschoss hinauf. Aus

einem Zimmer dringen Geräusche; Gespräche, ein Fernseher, der von Sender zu Sender springt. Vor der richtigen Tür starrt er einen Moment auf das Namensschild – Harry Harte, Alexander van Zandt, Richard Sykes, Ben Pulastra. Darunter die Worte »Do not enter« umrahmt von einem roten Dreieck wie bei einem Warnschild. Er klopft. In der Tür erscheint ein bleicher Junge Anfang zwanzig, Alexanders Alter.

»Sorry für die Störung.« Aron holt tief Luft, ein Schwall Magensäure steigt in ihm hoch. »Ich bin der Vater von Alexander. Wenn ich richtig informiert bin, hat er hier gewohnt. Wohnt hier. Ich würde mich gern mal umsehen.«

Einen Moment schaut der Junge verwirrt, zwinkert und zupft an seinen Haaren. »Der niederländische Vater?«

Welcher Vater sonst? Aron sagt: »Ja.«

»Was wollen Sie?«

»Ich bin sein Vater«, wiederholt Aron. »Darf ich reinkommen?«

»Ich bin mir nicht sicher, ob … Ich meine, er hat schon mal was erzählt über sein Verhältnis zu Ihnen.«

Hinter dem Jungen taucht ein anderer Mitbewohner auf, mit dem Aron vergeblich versucht, Augenkontakt aufzunehmen. Der zweite Junge beratschlagt sich mit dem ersten im Flüsterton. »Bitte«, sagt Aron. »Ich will nicht lange bleiben. Ich will nur wissen, was aus ihm geworden ist.«

Leise sagt der Junge, dass Aron hereinkommen kann. Aron folgt ihm durch einen engen Flur und schaut auf die breiten Sportlerschultern vor ihm. »Ich bin Harry Harte«, sagt der Junge. Sie betreten ein großes Zimmer. Auf der Spüle steht ein Teller mit angetrockneten Pastaresten, an den Wänden hängen Poster von Filmen, die Aron nicht kennt.

»Das ist unser Gemeinschaftsraum«, sagt Harry. »Wir wohnen hier zu dritt. Ben ist gerade in der Universität. Richard, das ist Alex' Vater.« Der Junge streckt die Hand aus. Ein dünner Hals mit einem dünnen blauen Schal, glatt rasierte Wangen.

Aron nickt ihm zu. »Ich würde gern sehen, wie mein Sohn gelebt hat«, sagt er. »Ich würde euch gern auch ein paar Fragen stellen.«

»Schrecklich, was da passiert ist«, sagt Richard. Sein Schal geht Aron auf die Nerven, er weiß nicht, warum. »Wir sind überzeugt, dass er schnell freikommt.« Es ist unklar, was genau er mit »wir« meint.

Harry zeigt auf ein paar hölzerne Stühle etwas weiter weg. »Setzen wir uns. Natürlich können wir reden.«

»Was war mein Sohn für ein Mitbewohner?«, fragt Aron und faltet die Hände im Schoß. Durch eins der wenigen Fenster kommt ein Sonnenstrahl herein, fällt auf die hölzerne Tischplatte zwischen ihm und den beiden Studenten.

»Ziemlich introvertiert«, sagt Harry. »Zuverlässig auch. Freundlich, ruhig. Und nicht zu vergessen: klug. Er wusste mehr von unserer Geschichte als wir.« Der Junge denkt einen Moment nach. »Er war nicht der Typ, mit dem man abends um die Häuser zieht, meist blieb er zu Hause, allein oder mit Nathalie. Sie waren wirklich verrückt aufeinander.«

»Sie haben einander gebraucht«, sagt Richard, eine Bemerkung irgendwo in der Mitte zwischen Ergänzung und Verbesserung.

»Seid ihr eigentlich Freunde?«, fragt Aron.

»Wir?« Richard sagt das.

»Von meinem Sohn.«

»Ähem, ja, befreundete Mitbewohner, glaube ich.«

Es gelingt Aron nicht, etwas von ihren jungen, abwartenden Gesichtern abzulesen. »Habt ihr ihn gesprochen, seit er in Haft sitzt?«

Sie schütteln die Köpfe.

»Und ist die Polizei hier gewesen?«

»Natürlich«, antwortet Richard. »Mehrere Male.«

»Was wollten sie wissen?«

»Nichts Besonderes«, sagt Harry. »Ob wir es für möglich hielten, dass Alexander imstande wäre, so etwas zu tun. Und was ich damals auch gesagt habe: Ich habe nicht den leisesten Zweifel daran. Alexander war es nicht.«

»War Nathalie oft hier?«

Die Frage schießt Aron einfach so in den Kopf. Beide scheinen davon überrumpelt zu sein. Schließlich ist es Harry, der den Mund aufmacht: »Früher sicher, sie wohnte keine fünf Minuten von hier entfernt. Aber in den letzten Monaten haben wir sie seltener gesehen.«

»Warum?«

Richard schaut zu seinem Mitbewohner, in seinem Blick liegt etwas Strafendes. »Sie hatten immer öfter Streit.«

Aron tut sein Bestes, erstaunt auszusehen, denn bis jetzt hat er nur Sachen gehört, die er schon in der Akte gelesen hat. »Worüber?«, fragt er.

»Keine Ahnung.« Harry spricht immer langsamer. »Aber Alexander fand es sowieso nicht so gut, dass sie immer öfter in dem Club gearbeitet hat, das weiß ich sicher.«

»Der Club? Welcher Club?«

»Das *Heaven*. Da geht jeder vom Campus hin. Fast jeder. Alexander mochte es nicht. Es ist hier in der Nähe.«

Das *Heaven*, ein Name, den er sich merken muss. Er schaut auf die Poster, die Essensreste, den Fernseher. »Ich möchte sein Schlafzimmer sehen.«

»Das ist von der Polizei abgesperrt«, sagt Harry. »Und ich bin mir auch nicht sicher, ob ihm das recht wäre. Vielleicht haben wir lange genug geredet.«

Schwindel überkommt Aron. Haben diese Jungs wirklich etwas von früher erfahren, während Alexander und er darüber nie mehr als ein paar Sätze gewechselt haben? Er denkt an Nora, wie liebevoll sie nach Aron schauen konnte, wie sie seine Hand während der Schwangerschaft auf ihren Bauch legte, wenn das Baby strampelte. Er zwinkert. »Ich bin sein Vater«, bringt er mühsam heraus. »Ich werde doch wissen dürfen, wo mein Sohn geschlafen hat?«

»Ich kann Ihnen zeigen, wo das Zimmer ist«, sagt Richard schließlich. »Aber wir dürfen nicht hinein. Keiner von uns hat einen Schlüssel, die Polizei bestimmt, was da passiert.«

»Und dann ist es besser, wenn Sie gehen«, fügt Harry hinzu.

Zu dritt gehen sie zum Schlafzimmer, das am Ende eines kurzen Flures liegt. Gelbe Absperrbänder hängen vor der Tür. Aron legt seine Hand auf die Klinke, er drückt sie kurz und kräftig herunter. Aber wie erwartet, gibt die Tür nicht nach. Er flucht in sich hinein und fragt: »Kemal Johnson, kennt ihr den eigentlich? Wisst ihr, wo der jetzt ist?«

»Wir wissen, dass er verdächtig war. Und dass er mit Nathalie zu tun hatte. Wir haben ihn mal im *Heaven* gesehen, mehr nicht.«

Aron sieht die Jungs noch einmal an. Es ist unerträglich, dass sie die letzten Jahre von Alexander miterlebt haben und er nicht.

An der Apartmenttür flüstert Richard Aron noch zu: »Wenn was ist, womit ich Ihnen helfen kann, sagen Sie es ruhig. Sie können immer zu mir kommen.«

Fünf Minuten später, als er über das Campusgelände geht, nimmt er seinen Burner. »Ich möchte, dass Sie noch zwei Leute für mich checken«, sagt er zu O'Hara. »Harry Harte ist ein Mitbewohner von ihm, und ein gewisser Richard Sykes. Ich traue den Jungs nicht.«

In einem *Wendy's* isst er Rindfleisch mit Bratkartoffeln. Ein beruhigender Regen trommelt an die Fensterscheiben. Aron schaut nach einer dreiköpfigen Familie, die den Geburtstag des Kindes feiert, und als die Torte auf den Tisch kommt, klatscht das Kind genauso enthusiastisch in die Hände wie früher Alexander. Aron rast zum *Super 8*, zieht sich auf sein Zimmer zurück.

Dann hält Aron es auf einmal nicht mehr aus. Er holt das Fotoalbum aus seinem Koffer, schlägt es mit unsicherer Hand auf. Auf der ersten Seite, 1992, machte Alexander seine schwierigen ersten Schritte, Oberschenkel, die wie Elefantenfüße über den Parkettboden stampften. Nora stützte ihn, ihre zierliche Hand auf seinem Rücken.

Aron blättert eine Albumseite um, dann noch eine. 1999 bekam Alexander *Star Wars* zum Geburtstag, eine Box mit drei Videokassetten. Sie würden den Film zusammen ansehen. Aron würde seinen Sohn vor gruseligen Stellen schützen.

2003 wurde Alexander nach seinem ersten Schultag aufgenommen: ein dünner, abwartender Junge mit Gel im Haar und einem vollen Eastpak-Rucksack.

2008, zu seinem siebzehnten Geburtstag, streckte Alexander einen Mittelfinger nach der Kamera, als er mit ein paar seiner Mitschüler gelangweilt auf einer Bank saß.

2009 kam das plötzliche Ende ihrer Jahreszählung.

Aron starrt ein Weilchen vor sich hin, untersagt sich, in trübselige Stimmung zu verfallen und schiebt das Album beiseite. Nach einem Weilchen ruft er Marie an, vielleicht muntert ihn ihre Stimme auf.

Es dauert lange, bis abgenommen wird.

»Bist du es«, hört er leise.

Aron erschrickt, plötzlich eine so vertraute Stimme, seine eigene Sprache. »Ja«, sagt er. »Ich hab dich doch nicht rausgeklingelt?«

»Hier ist es fünf Uhr nachts. Aber das ist nicht schlimm. Wie geht es da? Schön, dass du endlich anrufst.«

Aron beschließt, das letzte Wort, Zeichen von Erleichterung und Vorwurf in einem, nicht zu beachten. »Es geht. Es ist sehr heiß hier. Und es sind so viele Leute.«

»Und Alexander?«, fragt sie. »Was Neues?«

»Noch nicht.«

»Was machst du den ganzen Tag?«

»Ich war bei Alexander auf dem Campus. Sonst: Rumfahren. Nachdenken.« Aron zögert. »Versuchen, den Fall zu durchschauen, etwas zu sehen, was anderen entgangen ist. Es klingt vielleicht ein bisschen verrückt, aber ich habe vor ein paar Tagen einen Privatdetektiv angeheuert. Ich versuche, mich selbst davon zu überzeugen, dass ich weiß, was ich tue.«

Sie seufzt, ein schnarrendes Geräusch dringt in Arons Ohr. »Liebling ... Du bist da nun einmal hingegangen, du wolltest ja unbedingt gleich los. Dann musst du auch tun, was du kannst. Pass auf, dass du keinen Ärger kriegst.«

Er erhebt sich von seiner Matratze, geht ans Fenster. »Weiß ich.«

»Ich vermisse dich«, sagt sie. »Du klingst so weit weg.«

»Das bin ich auch.« Fast hätte er gesagt: Ich vermisse dich auch, aber stattdessen fragt er: »Wie geht's Milo?«

»Ich glaube, der vermisst dich noch mehr als ich.«

Draußen schießen Autos vorbei, Leute fahren zum Flughafen oder kommen von da. Aron schaut auf und blickt über die Autobahn in Richtung des Louisiana State Penitentiary. Aber das Einzige, was er von seinem Zimmer aus sehen kann, sind Konturen der Landschaft, den Fluss, dunkle Wälder.

Marie erzählt vom Wetter in den Niederlanden, über gurrende Tauben und das Gegrummel von Milo. Sie sagt, dass sie manchmal ein Glas Whisky für Aron einschenkt und es sich gegenüber auf den Tisch stellt, als käme er jeden Moment zur Tür herein.

»So etwas wie eine brennende Kerze«, sagt er.

Stille. »Ja, so etwas. Komm einfach schnell wieder. Und pass gut auf dich auf.«

Bei diesen Wort spürt Aron eine plötzliche Aggression aufsteigen. »Ja«, sagt er leise. »Natürlich mache ich das.« Aber er denkt: Was haben die Tage, in denen ich auf mich aufgepasst habe, letztendlich gebracht?

20. Mai

Hannas Telefon klingelt. Der Studienfreund, der beim FBI arbeitet, hat nichts herausgefunden, was sie nicht schon weiß. Alexander Mulder, bis zu seinem Achtzehnten wohnhaft in den Niederlanden, ist am 19. Juni 2009, nach dem Mord an seiner Mutter, mit einem Touristenvisum nach New Orleans geflogen – das sind Fakten, die Hanna inzwischen auswendig kennt. »Darüber hinaus gibt es noch was Verrücktes«, sagt der Studienfreund. »Schau mal in deine Mailbox.«

Sie nimmt ihren Laptop auf den Schoß und betrachtet Schwarzweißfotos, von einer Kamera auf dem Louis Armstrong Airport aufgenommen. 12/5/2014 00:04. Jemand, der sich beim Zoll meldet. Ein älterer, grauhaariger Mann, etwas abgetragene Kleider, eingefallenes Gesicht, nervöser Augenaufschlag, den sie erkennt.

»Das ist Alexanders Vater. Aron Mulder, siebenundfünfzig. Am 12. Mai auf amerikanischem Territorium gelandet. Er ist in New Orleans.«

Hanna dankt ihm und beendet das Gespräch. Obwohl sie sich gut vorstellen kann, dass ein Vater seinem Kind beistehen will, fällt ihr kein Grund ein, warum er sich nicht bei den Behörden gemeldet hat. Muss sie ihn aufspüren? Nein, es gibt vorerst keinen Grund, ihn zu verdächtigen, und das Letzte, was sie jetzt gebrauchen kann, ist Rumgenöle über ihre Weigerung, sich dem Kurs des Chief Inspectors zu ergeben.

Den Rest des Tages hält sie abwechselnd Wache bei einem

der beiden Postämter in Campusnähe. Viele Studenten kommen vorbei und einmal eine Mutter mit Kindern. Niemand beachtet sie, niemand entgeht ihrem Blick. Das Wacheschieben verspräche eine Chance auf Erfolg, wenn es an beiden Orten gleichzeitig geschehen würde. Sie braucht Hilfe. Es müsste jemand außerhalb des Büros sein, dem sie voll und ganz vertrauen kann. Ihr fällt nur ein Einziger ein, gerade den, den sie um so etwas nicht bitten kann.

Aber jetzt sieht sie keine andere Möglichkeit. Beim Abendessen verliert sie kein Wort über die Geschichte, sie wartet, bis sie im Bett liegen. »Da ist … Für meine Ermittlung brauche ich Hilfe bei einer Kleinigkeit. Beobachtung eines Postamts. Ich kann nicht einen der Kollegen bitten, dann landet es beim Chief, und der wird es nicht gutheißen. Könntest du dich vielleicht ein paar Stunden freimachen?«

Chris schaut sie lange an. »Muss das wirklich sein? Kann dir nicht einer von deinen Kollegen helfen?«

»Wenn es nicht nötig wäre, würde ich nicht fragen. Und meine Kollegen … Die denken, dass ich Gespenster jage.«

Er schüttelt den Kopf und knipst, ohne etwas zu sagen, seine Lampe aus.

*

Am nächsten Morgen sitzt Chris schon fix und fertig am Frühstückstisch. Er hat Spiegeleier mit Schinken und Käse gebraten. Die Pfanne zischt noch. »Dir ist schon klar, worum du mich gebeten hast?«, sagt er mit müder Stimme.

Sie nickt.

»Dir aktiv helfen bei einem deiner Fälle«, sagt er. »Das schreit eigentlich zum Himmel. Aber dieses eine Mal werde ich dir helfen. Ich habe mich krankgemeldet. Aber dann muss wirklich Schluss sein. Du musst weniger arbeiten, es ruhiger angehen lassen. Versprichst du das? Anders kriegen wir es nicht hin.«

»Wenn dieser Fall abgeschlossen ist, rede ich mit dem Chief. Dieses Mal wird nichts dazwischen kommen, ich versprech's.«

Er nickt und verteilt die Spiegeleier auf zwei Teller. Den Rest des Frühstücks sitzen sie einander schweigend gegenüber, bis Chris zu lächeln beginnt. »Weißt du, dass es das erste Mal seit ungefähr drei Monaten ist, dass wir zusammen ausgehen?«

Hanna setzt ihn am Postamt Caton Street ab und fährt weiter zu dem auf der Florida Avenue. Obwohl sie nur gerade vier Minuten voneinander entfernt sind, schickt er ihr andauernd eine SMS.

9:05. Detective Chris hält Wache.

10.54. Detective Chris langweilt sich. Wie geht es dort? Schon was bemerkt?

12:16. Es ist einfach ein Postamt, ich weiß nicht mal, wonach ich suche.

Ehrlich gesagt, weiß sie das selbst auch nicht. Aber wenn sie es sieht, wird sie es wissen, davon ist sie überzeugt.

13:46. Kaffee?

Gerade, als sie eine ausweichende Antwort tippen will, ruft er sie an und sagt mit sich überschlagender Stimme: »Komm schnell. Ecke Gentilly und Elysian Fields.« Er legt auf, sie stellt die Sirene aufs Autodach und fährt los. Blaue Lichtblitze zucken über ihre um das Lenkrad gekrallten Hände. Sie rast die Gentilly hinauf, erreicht Chris, der einem Jungen auf den Fersen ist. Der Kerl rennt in eine Nebenstraße. Chris fällt zurück, Hanna tritt das Gaspedal voll durch. Der Junge ist fit, Jeans und T-Shirt verraten einen jungen Körper, er huscht nach links in eine Gasse; ihr Auto passt gerade so durch.

Sie kurbelt das Fenster herunter und befiehlt dem Jungen, stehen zu bleiben. Mit der linken Hand versucht sie, nach ihrer Pistole zu greifen, aber sie wird doch nicht schießen, selbst ein Warnschuss geht nicht ohne Grund. Vielleicht ist es der Mörder, den sie verfolgt, vielleicht ein Drogendealer, vielleicht einfach nur ein ängstlicher Junge.

Sie ruft noch einmal. Ihre Worte werden von den Mauern zurückgeworfen.

Am Ende der Gasse steht ein hoher Zaun. Der Junge wird langsamer, sie zögern alle beide einen Moment. Dann sprintet er wieder los. Hanna drückt aufs Gas, es sind höchstens zwanzig Meter zwischen ihnen. Der Junge springt an den Zaun und klettert. Hanna bremst nicht.

Gerade, als sie den Zaun erreicht, zieht sich der Junge an einer der Brandleitern hinauf. Er klettert nach oben und verschwindet in einem offen stehenden Fenster eines Apartmenthauses. Die Brandleiter ist von unten nicht erreichbar, weitere Verfolgung ist unmöglich.

Chris kommt angerannt, Hanna steigt aus, sie schauen zusammen nach oben.

»Sag mir nicht, dass er es war«, sagt Chris.

Als sie zu Hause sind, hat sich Chris so weit beruhigt, dass er erzählen kann. »Da lief ein Junge Richtung Postamt«, sagt er. »Er hat sich gehetzt umgesehen. In dem Augenblick, als er hineingehen wollte, bin ich auf ihn zugegangen, ich wollte sehen, was er macht. Er hat mich sofort enttarnt und ist losgerannt. Ich habe dich gleich angerufen.«

Sie zeigt ihm Fotos. Bei Kemal Johnson, Richard Sykes und Ben Pulastra zögert er. Alle von ungefähr der gleichen Größe, weiter haben sie wenig gemeinsam. »Aber«, sagt er und zeigt auf das Foto von Johnson, »der hat eine dunklere Haut. Der ähnelt den anderen doch nicht?«

»Einen Moment lang dachte ich: Ich muss mir das Gesicht merken, aber ein paar Sekunden später habe ich nur seinen Rücken gesehen, und die Gesichtszüge waren aus meiner Erinnerung verschwunden.«

23. Mai

Das Louisiana State Penitentiary liegt am Ende des Highway 66, zwei Stunden von New Orleans entfernt. Wo es früher Plantagen gab, stehen jetzt mehrere Gefängnisgebäude. Sie bestehen aus zwei diagonal angeordneten rechteckigen Blöcken, die einander schneiden wie bei einem x. Der ganze Komplex ist an drei Seiten vom Mississippi eingeschlossen und wird weiter von überflutetem Weideland umgeben. Um die Gebäude selbst stehen Wachttürme und Mauern, im Ganzen eine Fläche von rund siebentausend Hektar: dieselbe Größe wie Manhattan. Das Louisiana State Penitentiary ist das größte, am besten gesicherte Gefängnis von Amerika, das einzige Gefängnis mit einer eigenen Postleitzahl. Fast alle Inhaftierten sind zu lebenslänglich verurteilt oder werden hier exekutiert.

Gestern, eine Woche nach dem von O'Hara eingereichten Gesuch, bekam Aron die Zustimmung, vorbeizukommen. Besuch ist erlaubt zwischen 13 und 14 Uhr.

Aron meldet sich am Eingang, bekommt einen Plan und fährt auf das Gelände, das ihn in nichts an den Ort erinnert, wo er selbst in Untersuchungshaft saß.

Eigentlich hatte er erwartet, dass es hier so sein würde, wie er es immer im Film gesehen hat. Aber zu seiner Überraschung sieht er keine Reihen von Zellen, keinen Innenhof mit Basketball spielenden Gefangenen. Die Betonmauern sind so dick, dass sie kaum ein Geräusch durchlassen.

Im Besucherraum trennt eine Glasscheibe die Besucher

von den Gefangenen. Sprechen kann man nur über ein an der Wand befestigtes Telefon. »Setzen Sie sich«, sagt ein Wärter, der Aron einen Stuhl anweist. »Ihr Sohn wird jetzt aus seiner Zelle geholt. Ich muss Ihnen noch sagen, dass alles, was Sie sprechen, aufgezeichnet wird.«

Während Aron Platz nimmt, beobachtet er nervös die Menschen auf der anderen Seite der Scheibe, die in weiße T-Shirts und blaue Hemden gekleidet sind. Die meisten sind Afro- und Lateinamerikaner – viele Tattoos, harte Gesichter, muskulöse Oberkörper. Aron kann sich nicht vorstellen, dass sein Sohn täglich mit diesen Menschen Umgang hat. Da muss ein Fehler passiert sein.

Minuten verstreichen. Nie in den letzten fünf Jahren sind sie so nahe beieinander gewesen. Plötzlich beschleicht Aron die Befürchtung, dass Alexander überhaupt nicht kommen wird, vielleicht hat er es sich im letzten Moment anders überlegt. Aron spricht einen Wärter an. »Sind Sie sicher, dass er kommt? Er weiß doch bestimmt, dass ich jetzt hier bin?«

Der Wärter nickt. »Aber letztendlich entscheiden die Gefangenen, ob sie kommen wollen.«

Dann sieht Aron, wie sich die Tür auf der anderen Seite der Scheibe öffnet und ein Gefangener erscheint.

Alexander wirkt noch magerer als auf dem Foto auf Maries Bildschirm. Die zu große Gefängniskleidung hebt seine schmalen Schultern noch zusätzlich hervor. Er hat dieselbe fragende Haltung wie früher, doch damals strahlte sie noch kindliche Neugier aus. Als sich ihre Blicke begegnen, gibt es einen kurzen Moment des Erkennens, emotionslos. Dann geht Alexander zum Fenster, träge, die Augen abgewandt, seine gefesselten Arme schlaff vor der hellblauen Gefängniskleidung.

Sollten sie besser schweigen?

Aron hat sich diesen Moment so oft vorgestellt. Wie er seinem Sohn zuwinken würde. Wie erleichtert er sein würde, wenn er ihn endlich wiedersähe. Und warum sollte die Freude nicht beiderseits sein? Aron ist sein Vater, und der ist eigens hergekommen, um Alexander zu helfen.

In Wirklichkeit macht der Vater nichts als schauen, während er versucht, die Gestalt, die ihm gegenüber Platz nimmt, mit der Gestalt aus seinen Erinnerungen in Einklang zu bringen, mit dem Knirps, der vorn auf seinem Fahrrad gesessen hat, dem Jungen, der zum ersten Mal allein zur Schule ging, dem Schüler, der sich immer öfter in sein Zimmer zurückzog.

»Hey«, sagt Aron endlich in den Hörer.

Alexander nickt. Sein Gesicht ist schmal, vor allem an den Kiefern.

»Danke. Dass du gekommen bist«, sagt Aron. Eine Wortwahl, die ihn sofort ärgert: zu beflissen, fast, als sei er anstelle seines Sohnes der Gefangene.

»Warum bist du hier?«, fragt Alexander gemessen. »Was machst du um Himmels willen in Louisiana?«

»Ich habe die Nachrichten gehört. Schrecklich. Ich konnte einfach nicht anders ... Ich musste herkommen.«

»Du hast Nathalie noch nie gesehen.«

»Ich bin hier, um dir zu helfen.«

»Was meinst du damit?«

Aron beugt sich vor. »Vielleicht kann ich den Fall aufklären.«

Kein verächtliches Lachen auf der anderen Seite des Glases, kein spöttischer Blick, aber auch kein Zeichen der Erleichterung oder des Vertrauens.

»Ich habe es nicht getan«, sagt Alexander vor sich hin.

»Natürlich hast du es nicht getan. Glaubst du, dass ich daran zweifle?«

Keine Antwort.

»Kann man es hier aushalten?«, fragt Aron. »Kann man es in diesem Gefängnis aushalten, kannst du schlafen, jetzt, wo der Prozess angefangen hat?«

»Es geht schon.«

Erst jetzt, bei diesen drei Worten, bemerkt Aron den amerikanischen Akzent seines Sohnes. »Ich habe in der Zeitung gelesen, dass du bald aussagen musst?«

»In vier Tagen.«

»Weißt du schon, was du sagen wirst?«

»Die Wahrheit«, antwortet er. »Das sollte wohl reichen. Ich habe es wirklich nicht getan.«

»Das weiß ich.« Eine lange Stille. »Es ist schön, dich wiederzusehen«, sagt der Vater schließlich. »Es ist so lange her. Ich habe dich vermisst.« Er weiß nicht genau, was er sich von dieser Bemerkung erwartet. »Du musst wissen, dass ich mit deinem Fall befasst bin. Wirklich, ich werde alles in meiner Macht Stehende tun, um dich freizukriegen. Ich habe Hilfe gesucht, einen Privatdetektiv eingeschaltet, ich war auf dem Campus. Weißt du mehr über Kemal Johnson, den entlassenen anderen Verdächtigen? Kann er was von Hakan wissen, kennen sich die beiden?«

»Ich wüsste nicht, wie das möglich sein sollte.«

»Hör mal, was glaubst du, wer es getan haben könnte?«

»Ich will das nicht.« Alexander rückt seinen Stuhl resolut nach hinten, hält den Hörer aber noch in der Hand. »Es ist ein Irrtum.« Bevor er den Blick endgültig von seinem Vater abwendet, sagt er: »Ich habe dich fünf Jahre nicht gesehen. Erwartest du wirklich, dass du jetzt so einfach in mein Leben platzen und einen Mord aufklären kannst? Das hier ist doch nicht irgendein drittklassiger Krimi. Nimm bitte den nächsten Flug zurück in die Niederlande.«

25. Mai

»Wie ist Ihr Name?«

»Burt Mason.«

Und Sie sind der Nachbar von Alexander van Zandt, richtig?«

»Ja.«

»Können Sie mir sagen, was sich am 4. März 2014 ein paar Stunden vor dem Mord über Ihnen abgespielt hat?«

Der junge Mann trägt ein zu großes Hemd, und seine Krawatte ist schlampig gebunden. Seine Stimme zittert. »Es war ein schöner Tag. Bewölkt, aber trotzdem hell. Ich weiß das noch so genau, weil Mardi Gras war. So ziemlich jeder auf dem Campus fiebert dem wochenlang entgegen, ach was: Monate. Viertel nach zwei am Mittag …«

»Herr Mason, Sie erinnern sich noch an die genaue Uhrzeit?«

»Ich bin Läufer. Habe meine festen Routen. Kurz nach zwei bin ich an der großen Uhr an der Mercury Street vorbeigelaufen, und von da sind es noch fünf Minuten bis zum Campus, wo ich wohne. Ich habe im Bad gestanden, um zu duschen, als ich ihre Stimmen hörte. Sie haben gestritten.«

»Welche Stimmen haben Sie gehört, Herr Mason?« Der Staatsanwalt hat die Hände hinter seinem Rücken gefaltet. Er dreht kleine Kreise, seine Budapester gleiten über den Marmor.

»Von Alexander van Zandt und Nathalie Underwood.«

»Da sind Sie sicher?«

»Er hat eine kräftige Stimme, und dann der Akzent. Die Stimme von Alexander van Zandt würde ich auch nach drei Jahren wiedererkennen. Und sein Schlafzimmer liegt schräg über meinem Bad.«

»Was haben die beiden zueinander gesagt?«

»Einzelne Wörter konnte ich nicht unterscheiden. Es ging mehr um die Art und Weise, *wie* sie miteinander gesprochen haben. Gesprochen? Sie haben sich angeschrien!«

»Worüber haben sie gestritten?«

»Ich glaube, es ging um Mardi Gras, er wollte nicht, dass sie auf das Fest geht, damit sie etwas zu zweit unternehmen könnten. Sie hat geschrien, dass er ihr Freiraum lassen müsse.«

Hanna schaut hinter sich zur Tribüne, die heute Morgen ausnahmsweise für die Öffentlichkeit geöffnet ist. Vielleicht erkennt sie in irgendjemandes Gesicht die Züge von van Zandt senior. Ob der Vater in den Gerichtssaal käme, um den Prozess gegen seinen Sohn so hautnah wie möglich mitverfolgen zu können?

Sie sieht niemanden, der ihm ähnlich sieht, und konzentriert sich wieder auf das, was vor ihr passiert. Der Staatsanwalt nähert sich dem Gesicht des jungen Mannes: »Und was hat er darauf gesagt?«

»Das war das Erste, was ich wortwörtlich verstanden habe: *›Ich sollte dir die Zunge abschneiden und dir ins Maul stopfen.‹*«

»Danke sehr.«

Stunden später, als der erste Teil des Sitzungstages vorbei ist, verlässt Hanna das Gerichtsgebäude. Sie hat der Versuchung heute Morgen doch nicht widerstehen können. Sie wollte wissen, wie von Alexander gesprochen wird, welche Atmosphäre im Gerichtssaal herrscht, ob die Geschworenen wirken, als seien sie beeinflussbar. Aber klare Antworten hat sie nicht gefunden.

Am Abend wird, wie jeden Tag, im Fernsehen eine Zusammenfassung der Entwicklungen im Gerichtssaal gegeben. Nachmittags war auch Jennifer an der Reihe, zur Entlastung. Sie hat, wie der Reporter es zusammenfasst, hastig eine Reihe von Sätzen als Antwort auf eine Frage von Alexanders Anwalt zusammengestammelt. Genau wie bei der Beerdigung hat sie versucht, ein ausgewogenes Bild von Nathalie zu skizzieren, Alexander und ihre Beziehung, auch ihre Schwierigkeiten, aber der Anwalt hatte ihr das Wort abgeschnitten, er wollte auf eindeutige Schuldlosigkeit hinaus.

Der Reporter macht weiter. »Nach Beratung mit seinem Mandanten ging van Zandts Anwalt gegen die Aussage des Zeugen Mason vor«, sagt er direkt in die Kamera. »Aus der Aussage des Nachbarn kann nicht geschlossen werden, dass die vorher angesprochene Zusammenkunft des Opfers mit dem Verdächtigen auch tatsächlich zustande gekommen ist, selbst wenn sie durch die Terminkalender der beiden bekräftigt werde – das beweise nichts, so der Anwalt. Daneben sei nicht mit Sicherheit festzustellen, dass es Alexander und Nathalie waren, die er gehört hat. Er hat sie ja nicht gesehen.«

Hanna dreht den Ton lauter, die Aircondition brummt. Vorausgesetzt, dass van Zandts Geschichte stimmt: Was hatte Nathalie an dem Abend noch vor? Warum musste sie ihren Freund so dringend verlassen, wem ist sie in die Hände gefallen? Demselben jungen Mann, den Hanna am Postamt verfolgt hat?

Hanna starrt weiter auf den Fernseher. Im Gerichtssaal heißt Alexander Mulder noch immer Alexander van Zandt. Sie kann es schwer ertragen, dass sie eine andere Version der Wahrheit kennt als die Leute im Gerichtssaal, aber sie weiß, dass niemand ihrer Version beipflichten würde – noch nicht, erst muss sie einen Beweis haben, den man nicht anfechten kann, sie muss nachweisen, wer ihr die Umschläge schickt.

Ihr Telefon vibriert im Brustbeutel. Das Büro. Sie hört die Stimme eines Kollegen mit außergewöhnlichen Anzeichen von Überraschung und Beunruhigung. Es ist wieder ein Päckchen für sie gekommen, nicht eingeschrieben diesmal, aber die gleiche Computerschrift auf dem Umschlag.

*

Erst ist nur ein Mann zu sehen. Langsam lässt er seine Hose fallen. Unterhose und Socken lässt er an. Dann ihre Stimme, die eisige Stimme von jemanden, den es nicht mehr gibt. Sie sagt, dass er schön sei, in einem Ton zwischen neckisch und aufgezogen, den Hanna auch von sich selbst kennt, trotzdem klingt sie völlig kontrolliert.

Die Notiz, die an der DVD hängt: *Du warst nah dran. Das nächste Mal besser.*

Erst als der Mann einen Schritt zur Seite tritt, kommt ihr Gesicht ans Licht. Das Gesicht von Nathalie.

Ihre Brüste sind nicht groß und nicht klein, ihre Hautfarbe gesund rosafarben. Der Körper einer Dreiundzwanzigjährigen. Oben auf der Leinwand zittert *26/2/2014*: Der Film wurde gut eine Woche vor dem Mord gedreht.

Nathalie lockt den Mann – oder noch ein Junge? – mit dem rechten Zeigefinger, den sie danach in ihren Slip steckt.

Ihr Handgelenk bewegt sich auf und nieder. Sie stöhnt, der Junge zieht Socken und Unterhose aus, sein Geschlecht ist steif.

Analysieren. Die Bildqualität ist nicht gut, aber auch nicht so schlecht, dass die Scheibe als ergänzender Beweis unbrauchbar wäre. Wenn der Mann sich nur umdrehen würde, ein einziges Mal würde reichen! Dunkles Haar, es kann ebenso gut das von Johnson als das von van Zandt sein.

Der Mann nähert sich dem Bett, Nathalie schließt die Augen.

Was lässt sich aus der Kameraposition schlussfolgern, ziemlich hoch in der linken Ecke des Zimmers? Es scheint Nathalies Zimmer zu sein: das Poster von »Le Chat Noir«. Es besteht zu keinem Zeitpunkt Augenkontakt zwischen Nathalie, dem großen Unbekannten und einem möglichen Kameramann. Die Kamera zoomt weder heran noch weg, sie wird überhaupt nicht bewegt. Der Apparat ist vermutlich irgendwo hingelegt worden, zwischen Kleidungsstücken vielleicht, oder versteckt auf einem Schrank.

Er fängt an, ihre Brüste zu kneten, Hanna meint fast, die Kraft seine Hände zu spüren. Nathalie sagt mit fester Stimme, dass er sie lecken soll. Er zieht ihr den Slip aus. Als er tatsächlich anfängt zu lecken, wirft sie ihren Kopf nach hinten und lächelt. Es ist das Lächeln von jemanden, der selbstsicher genug ist, um Ekstase bei sich zuzulassen – es hat Jahre gedauert, bis Hanna über dieses Lächeln verfügte.

Der Junge hockt sich im Bett auf die Knie. Sie nimmt seinen Penis in den Mund, unappetitliche Schmatzgeräusche. Dann zieht sie ihn nach hinten, der Junge kommt über sie. Sie lachen, nein, es ist eher ein Gekicher. Das Kichern geht über in Ernsthaftigkeit. Er dringt in sie ein, und sein Stöhnen fällt mit dem ihren zusammen. Dann, ein kurzes Geräusch von draußen, ein Schrei? Ihre Bewegungen erstarren. Sie schaut zur Seite nach der Tür. Mehr als sein Profil braucht Hanna nicht. Der Junge ist Harry Harte.

27. Mai

»Wir müssen etwas tun, solange es noch geht.« Aron schlägt mit einer gerade erschienenen *Times-Picayune* auf O'Haras Schreibtisch. Auf dem Titel: ein Artikel über die Verhandlung. Man ist sich einig darüber, dass es schlecht für Alexander steht. »Inzwischen wurde die Aussage des Hauptverdächtigen Alexander van Zandt aufgenommen«, liest Aron vor. »Der junge Mann sprach klar und eher emotionslos, auch als er nach seiner Liebe zu Nathalie gefragt wurde. Er gab an, keine Ahnung zu haben, wer ihr etwas zuleide hätte tun wollen. Am Ende seiner Aussage wiederholte er mit zunehmender Wut in der Stimme dreimal: ›Ich bin unschuldig.‹«

»Setzen Sie sich«, sagt O'Hara.

»Vor ein paar Tagen war ich bei ihm im Gefängnis. Er hat es kaum gewagt, mir in die Augen zu sehen. Und das Bild, das in der Zeitung von ihm gezeichnet wird, ist lächerlich. Er ist zu keiner Grausamkeit fähig, so etwas steckt nicht in ihm drin. Glauben Sie mir, ich bin zwanzig Jahre Psychiater gewesen: Mein Sohn ist kein *Fall.*« Mit einer zornigen Bewegung legt er die Zeitung auf den Schreibtisch und setzt sich O'Hara gegenüber hin. »Ab jetzt möchte ich, dass Sie die ganze Zeit für mich arbeiten.«

»Ich habe noch genügend andere Fälle zu bearbeiten«, sagt O'Hara.

»Die können warten. Ich bezahle, bis das Gericht das Urteil fällt. Dreifachen Tarif.« Aron erschrickt vor seinen eigenen Worten. So entschlossen hat er schon seit Jahren nicht mehr geklungen. Aber wo könnte er sein Geld besser investieren als in diesen Detektiv? Das Geld aus dem Verkauf des Hauses in Amstelveen, Noras Erbe – endlich dient es einem guten Zweck.

»Es muss etwas geschehen«, sagt Aron. Marie würde stolz sein, wenn sie ihn so energisch reden hören könnte. »Ich weiß, dass es nicht mein Sohn war, der am Steuer saß, dass jemand anders das Voodookostüm getragen hat. Ich habe mich mit der Psyche von vielen hundert Menschen beschäftigt; ich werde diesen Mörder auch durchschauen.«

Gestern hat er, nach langem Zögern, im Louisiana State Penitentiary wegen eines neuen Besuchs angerufen. Das letzte Mal hat er es nicht richtig angepackt. Er hat viel zu viel auf einmal gewollt, das Verhältnis zwischen ihnen lässt sich aber nur Schritt für Schritt verbessern.

Aber er bekam zu hören, dass Alexander ihn von der Besucherliste entfernt hatte. Stundenlang war Aron durch New Orleans gefahren, ohne etwas zu suchen und ohne etwas zu finden. Straßen und Häuser waren wie hinter einem Schleier an ihm vorübergeglitten. Und doch war er weitergefahren. Als ob er, wenn er so viel wie möglich aufschnappte von der Umgebung, in der sein Sohn in den vergangenen Jahren gelebt hat, ganz von selbst zu Alexanders Leben durchdringen würde.

Er fuhr zum *Heaven*, das er bisher intuitiv gemieden hatte. Der Club lag in einem Elendsviertel, Aron geriet trotz Navigationssystem in eine Gegend mit grauen Wohnungen und schlecht unterhaltenen Sportplätzen. Die Leute starrten ihm nach, als er durch die Straßen fuhr. Jemand rief: »*Wonach suchst du, weißer Mann?*« Ein Stück weiter spielten Kinder mit einem Autoreifen. Er war erleichtert, als er das *Heaven* endlich fand. Ein Kellner wischte die Tische ab, ein junger Mann scheuerte den Boden. Aron betrachtete die Fotos hinter der Bar, Fotos, auf denen der Saal voll war mit feiernden und schwitzenden Studenten. Er stellte sich vor, wie es gewesen sein musste, als Alexander hier war. Wie sein Sohn in diesem Raum mit Nathalie tanzte, wie Aron damals mit Nora getanzt hat.

Mit fragendem Blick zeigte er den Clubmitarbeitern ein Foto von Alexander. »Ich untersuche den Mord an Nathalie Underwood«, sagte er mit etwas wie Stolz in der Stimme. Sowohl das Mädchen als auch der Junge erkannten Alexander aus der Zeitung, wussten aber sonst nichts. Das Kemal-Johnson-Foto von O'Hara rief mehr Reaktionen hervor, Johnson wurde als Stammkunde beschrieben. »Aber das haben wir Ihren Kollegen schon längst erzählt«, sagte ein finsterer Mann hinter der Bar, augenscheinlich der Besitzer. »Jetzt müssen wir wieder an die Arbeit.«

Auf dem Parkplatz nahm er seinen Burner. Er drückte die Kurzwahltaste und sagte zu O'Hara: »Ich will ein Treffen. Jetzt gleich.«

»Wir können nicht einfach nur warten«, sagt Aron, als er im Büro des Privatdetektivs sitzt. Es ist acht Uhr abends. Die erstickende Nachmittagshitze hat kaum nachgelassen. Aron wedelt mit der *Times-Picayune* wie mit einem Fächer. »Das Gefängnis ist ein schrecklicher Ort. Mein Sohn darf da nicht bleiben.« Aron steckt sich eine Magentablette in den Mund, schluckt sie ohne Wasser. »Dieser Johnson war oft im *Heaven*. So fromm kann der Moslem also nicht gewesen sein. Haben Sie mehr über ihn herausgefunden?«

O'Hara zeigt auf einen Papierstapel vor ihm. »Nichts Besonderes. Wie Sie gelesen haben, gab es Grund genug, ihn zu entlassen: Er war zur Zeit des Mordes nicht einmal in der Nähe des Tatortes, das beweist die Kamera. Er hat zwar eine Vorstrafe, aber, nun ja, die haben viele.«

»Haben Sie seine Adresse?«

»Noch nicht. Aber die kann ich rauskriegen. Eine Frage von ein paar Telefonaten.«

»Es ist was mit diesem Jungen«, sagt Aron. »Er hat doch mal gesessen wegen Misshandlung seiner Freundin?«

»*So?* Außerdem habe ich, wie Sie wollten, mehr Informationen über die Ermittlerin zusammengetragen, die die Untersuchung gegen Alexander geleitet hat.« Er wendet sich seinem Schubladenschränkchen zu und holt eine Mappe hervor. Sein Hemd rutscht mit nach vorn, wodurch ein Teil seines behaarten, weißen Bauchen zu sehen ist.

»Hanna Vincennes«, liest O'Hara vor, »Achtunddreißig Jahre als, schon zwölf Jahre im Dienst, jetzt sieben Jahre als Detective. Sie war immer eine der Besten ihres Faches, ein Worcaholic mit einem hohen Prozentsatz aufgeklärter Fälle. Nimmt nie auch nur einen Cent Bestechungsgeld.«

Aron beugt sich nach vorn. Das ist sie also. Die Ermittlerin, die seinen Sohn ins Angola gesperrt hat. »Ich sehe hier, dass es zwischen 2011 und 2013 eine Lücke gibt.«

»Sie war anderthalb Jahre zu Hause. Ein Zusammenbruch. Sie konnte einen Fall, den sie ermittelt hat, nicht abschließen, selbst nicht, als sich jemand schuldig erklärt hatte. Es ging um Anna Morales, eine alleinstehende Mutter, die mit einem Beil erschlagen wurde. Selbst noch nach der Verurteilung suchte Vincennes den Tatort auf und stöberte weiter in den Akten, ob sie möglicherweise etwas übersehen hatte. Monatelang hat sie in ihrer Freizeit den Fall weiterverfolgt, dann kam der Burn-Out. Wie man hört, hat Vincennes seither ihre alte Form nicht wieder gefunden.«

»Ich will alles wissen, was sie weiß.«

O'Hara macht eine neue Anmerkung und holt ein Päckchen Zigaretten aus seiner Hosentasche. »Ich werde checken, was sie treibt. Weiter habe ich mich mit dem Leben Ihres Sohnes beschäftigt. Nathalie und er verbrachten eigentlich kaum noch Zeit miteinander, einige Leute auf dem Campus haben gesagt, dass sie schon wochenlang wenig miteinander gesprochen haben. Aber der Campus ist ein eigenartiges Gebiet. Jeder deckt jeden.« Er zündet sich eine Zigarette an. »Das ist ein dichtes Netz.«

Wer ist dann sein Sohn – die Spinne? Unmöglich. Die Spinne hat das Netz gewebt, sie hat die Herrschaft über die Fäden. Wenn er an seinen Sohn denkt, sieht er ihn eher als gefangene Fliege. »Ich bin auch da gewesen«, sagt er. »In Alexanders Apartment. Ich habe mit zwei Mitbewohnern gesprochen, die behaupteten, Freunde von Alexander zu sein, aber ich weiß nicht, ob das stimmt. Andererseits: Warum sollten sie lügen?«

»Genau das ist eine gute Frage«, sagt O'Hara. »Sie hätten Polizist werden sollen.«

Die Bemerkung erfüllt Aron mit Stolz. Vielleicht hätte er wirklich Polizist werden sollen. Vielleicht wäre dann sein Leben ganz anders verlaufen. »Das Zimmer von Alexander war übrigens abgeschlossen«, sagt Aron. Er holt einen dicken Umschlag aus seiner Tasche und schiebt ihn O'Hara zu. »Ich möchte, dass Sie etwas für mich tun.«

O'Hara öffnet den Umschlag mit zwei Fingern und zählt das Geld nach. »Das ist kein Honorar«, sagt er nachdenklich.

»Das ist eine Aufforderung, sich außerhalb des Gesetzes zu begeben.«

»Um zu tun, was man tun muss. Ich glaube, das Zimmer ist wichtig.«

»Hören Sie, meine Tage vergehen damit, Ehebrecher zu überführen und Kleinkriminelle zu schnappen. Einbrechen in ein Zimmer, das die Polizei in einem Mordfall abgesperrt hat, und auch noch in einem, der so durch die Medien geht, ist kein Bestandteil meines normalen Aufgabenbereichs. Sollten Sie nicht einfach zur Polizei gehen?«

»Das Einzige, was die bisher geschafft haben, ist, meinen Sohn einzusperren. Der Fall verlangt eine andere Herangehensweise. Bitte.«

O'Hara bläst ein paar Rauchringe aus und betrachtet erneut den Inhalt des Umschlags. Dann steckt er ihn in seine Innentasche. »Gut«, sagt er. »Ich habe schließlich auch eine Hypothek.«

»Am liebsten wäre mir, Sie würden noch heute Abend gehen.«

»Heute Abend noch? Ich weiß nicht, ob da nicht alles abgesichert ist oder ob die Mitbewohner da sind. In diesem Falle würde das Geld die Probleme nicht aufwiegen.«

»Und ich will mit.« Es ist heraus, ehe Aron klar wird, was er da gesagt hat. Er sieht Zweifel auf O'Haras Gesicht. »Ich habe schon vor dem Zimmer meines Sohnes gestanden. Ich könnte assistieren.«

O'Hara denkt lange nach. »Okay«, sagt er dann. »Aber beim ersten Anzeichen von Schwierigkeiten sind wir weg.«

Der Campus ist verlassen. Eine Kakerlake flitzt über das Pflaster. »Da wohnt er«, sagt Aron und zeigt auf sein Fenster.

»Dieses Haus, das Eckzimmer im zweiten Stock, das ganz dunkel ist. Kommen Sie da irgendwie hin?«

»Macht einen eher ungesicherten Eindruck.« Er holt eine Kreditkarte aus seiner Tasche. »Damit müsste es gehen. Behalten Sie den Eingang im Auge.«

Aufmerksam verfolgt Aron, wie der Privatdetektiv aus seinem Auto steigt – auch ein Ford, aber älter als seiner. O'Hara geht zum Haus, wartet, bis jemand herauskommt und schlüpft durch die offene Tür nach drinnen.

Im zweiten Stock brennt Licht, aber nicht im Wohnbereich von Alexander und seinen Kommilitonen. Aron starrt unaufhörlich auf Alexanders Zimmer. Er friemelt an seinem Gürtel herum, lockert ihn und zieht ihn dann wieder fest – und schließlich, als er sich gerade fragt, ob O'Hara sich verirrt hat, sieht er eine Taschenlampe aufblitzen. Ein suchender Lichtstrahl geistert durch das Zimmer.

Minuten vergehen. Manchmal kommen Studenten nach Hause, die Aron aufschrecken, aber das Licht in Alexanders Etage bleibt aus. Einmal kommt ein Paar vorbei, sie tasten jeweils nach des anderen Hand. So ist Alexander sicher auch mit Nathalie hier langgegangen, stellt Aron sich vor, unbekümmert und frei, umgeben von Altersgenossen.

Der Schein der Taschenlampe bewegt sich nicht mehr. Das könnte heißen, dass O'Hara etwas gefunden hat. Arons Nackenmuskeln sind gespannt, seine Füße fühlen sich heiß und groß an, Schweißtropfen rinnen über seinen Rücken.

Dann sieht er ihn. Eine schmale Gestalt, die mit festem Schritt zum Haus geht. Kurz, nachdem er hineingegangen ist, flammt oben das Treppenlicht auf. Ist er farbig, oder wirkt das nur so durch das Licht?

Aron greift nach seinem Burner, um O'Hara anzurufen,

aber das Gerät rutscht ihm aus der Hand. Er tastet auf der klebrigen Fußmatte des Autos herum, findet ein paar herumliegende Hamburger- und leere Chipstüten, sucht weiter. Die ganze Zeit lässt er das Haus nicht aus den Augen. Das Flurlicht im zweiten Stock geht an, der junge Mann durchquert mit großen Schritten den Flur in Richtung des Apartments von Alexander und seinen Mitbewohnern.

Im selben Moment, als der Junge das Apartment betritt, verlischt O'Haras Taschenlampe.

Aron hat den Burner wieder in der Hand, aber anrufen kann er jetzt nicht mehr, das Klingeln würde die Gefahr einer Entdeckung nur vergrößern. Das Einzige, was er tun kann, ist abwarten. Aber es geschieht nichts. In Alexanders Zimmer bleibt es dunkel.

Nach einem Weilchen kommt O'Hara aus dem Haus geeilt. Schnaufend nimmt der Detektiv hinter dem Steuer Platz. »Das war nichts.«

»Was ist passiert?«, fragt Aron.

»Ich habe auf einmal ein Geräusch im Wohnzimmer gehört. Jemand ist nach Hause gekommen.«

»Ich hab's gesehen. Die Lampen, die angegangen sind. Ich wollte Sie warnen.«

»Ich habe nicht gesehen, wer es war. Zum Glück ist er aufs Klo gegangen. Da bin ich rausgeschlüpft.« O'Hara ist immer noch kurzatmig. »Aber er hat mich nicht gesehen.«

»Haben Sie was gefunden?«

»Nicht viel. Es war ein einziges Chaos mit Ausnahme von Alexanders Zimmer. Keine Poster an der Wand, keine Fotos.«

Das Letzte verursacht einen Stich in Arons Bauch.

»Gemachtes Bett«, fährt O'Hara fort. »Und das Interessanteste: Auf seinem Schreibtisch lagen an die zehn Notizbücher, alle durchnummeriert und Rücken an Rücken. Da klebten Polizeisticker drauf, wahrscheinlich sind die Bücher durchforstet, aber nicht als mögliche Beweisstücke angesehen worden.«

»Was stand drin?«

»Ich habe sie nur flüchtig durchsehen können. Das Zimmerlicht anzumachen wäre zu riskant gewesen. Ich glaube, die meisten Notizbücher bestehen aus Vorlesungsaufzeichnungen, ich habe Namen von ermordeten Präsidenten gesehen, Anregungen für Referate. Ein Heft war anders als die anderen, da standen allerlei Daten drin, ich weiß nicht, in welcher Sprache, es war auf jeden Fall nicht Englisch.«

»Ein Tagebuch?«, fragt Aron. »Das brauchen wir. Wenn die Aufzeichnungen auf Niederländisch sind, kann ich sie lesen.«

Im Moment, als O'Hara den Autoschlüssel umdreht und Aron noch einen letzten Blick auf das Zimmer seines Sohnes wirft, geht das Licht bei Alexander an. Jemand steht am Fenster, aber die Dunkelheit macht ein Erkennen unmöglich. Die Gestalt schaut zum Auto und bewegt sich nicht.

»Sind Sie sicher, dass Sie die Tür hinter sich zugemacht haben?«, flüstert Aron.

Aron und O'Hara starren hinauf, etwas Eisiges greift nach ihnen.

»Sicher.«

Nach einer Minute geht das Licht wieder aus. Als wäre es nie an gewesen.

28. Mai

Die rauchige Stimme aus der Gegensprechanlage klingt vertraut. Hanna besucht einen Ex-Kollegen, der, nach einer Reihe von heftigen Auseinandersetzungen mit seinem Chef, in den einstweiligen Ruhestand versetzt wurde. Jetzt verdient er sein Geld mit halblegalen Datenanalysen und seinen Computerkenntnissen. Es hat Hanna einige Mühe gekostet, ihn aufzuspüren, alle paar Monate wechselt er Telefonnummer und Adresse. Jetzt wohnt er in der ersten Etage eines Backsteinhauses in der St. Ann Street, wo er nur spätabends Besuch empfängt, tagsüber schläft er. Hanna steigt die Treppe hinauf, betritt sein Wohnzimmer; die Jalousien sind geschlossen.

Er drückt auf *Play*, sie schauen sich die ersten Minuten zusammen an. Solange die Echtheit der Bilder nicht geklärt ist, hält Hanna keinen Beweis zurück.

Sie schaltet auf Standbild mit der Aufnahme von Harte. »Kannst du das Gesicht vergrößern und scharf kriegen?«

»Natürlich, aber das können deine Leute auch. So nett deine Gesellschaft auch ist: Was genau willst du hier?«

»Ich brauche deine Expertise.« Sie zeigt auf den Bildschirm. »Ist es möglich, dass er von der Kamera wusste?«

»Unwahrscheinlich. Ich arbeite nun schon dreißig Jahre mit Kameras, ich weiß, wie sich Leute in der Nähe einer Linse benehmen.« Er zeigt auf den Schirm. »Diese beiden schauen keinen Augenblick zur Kamera, auch nicht bei dem plötzlichen Geräusch am Ende. Ganz sicher sein kann man sich nie, aber ich bin überzeugt, dass sie keine Ahnung hatten.«

»Analysierst du für mich das Geräusch? Bitte.« Sie sieht ihn lange an. »Diese DVD ist mir zugeschickt worden. Von jemandem, der vermutlich möchte, dass ich sie an die Staatsanwaltschaft weitergebe. Hat er früher auch schon getan. Jemand will mir zu verstehen geben, dass er mächtiger ist als ich. Und ich sehe etwas *nicht*. Was verrät diese Kamera, was wird eigentlich gesprochen?«

»Was meinst du?«

»Wenn du diese Bilder siehst, was denkst du über den, der sie aufgenommen hat?«

»Dann denke ich: Der hat Geduld, und er beobachtet gern.«

»Im Vertrauen: Das gilt auch für den Mörder von Nathalie Underwood. Er hat sie niedergestochen und zugesehen, wie sie starb.«

»Also?«

»Ich kenne Alexander van Zandts Akte auswendig, habe oft genug mit ihm gesprochen. Nichts deutet darauf hin, dass er voyeuristische Neigungen hat. Mein Gefühl sagt mir, dass er das nicht aufgenommen hat.«

»Du glaubst also, dass der Mörder noch frei herumläuft?«

»Ich brauche von dieser Aufnahme so viele Einzelheiten wie möglich.«

»Ich sehe, was ich tun kann.«

»Und, wie ich schon gesagt habe: kein Sterbenswörtchen darüber.«

Als sie später in der Nacht in ihren Chrysler steigt, blitzt die Reflexion eines vorbeifahrenden Autos auf ihrer Frontscheibe auf. Ein Auto, das sie kürzlich erst gesehen hat, aber sie erinnert sich nicht mehr, wo. Als sie sich mit einem Ruck umdreht, beschleunigt das Auto und rast um die Ecke.

28. Mai

Völlig fertig liegt Aron in der Nacht, als er mit O'Hara auf dem Campus gewesen ist, auf dem Bett. Solche langen Tage ist er nicht gewöhnt. Gedankenlos, mit halb offenen Augen, schaltet er sein niederländisches Telefon an. Drei verpasste Anrufe, alle von Marie. Er schickt ihr eine SMS: *Wie geht es bei dir? Werde hier noch gebraucht, es ist viel zu tun. Sorry für die Kürze, schwere Zeiten, bald mehr. A.*

Seine Augen fallen zu. Wie lange ist es her, dass er richtig geschlafen hat? Am liebsten möchte er sofort wegdämmern, tief und fest, bis er unbeschwert wach wird, ganz leer, einfach ein Mitfünfzigjähriger in Amerika, ein Vater, der bei seinem Sohn zu Besuch ist.

Sein Magen grummelt, die letzten Tage gehen ihm durch den Kopf. Er sieht Nathalie vor sich, Nora, und alle die Jahre zwischen ihnen. Aron klopft die Luft aus seinem Kopfkissen. Er ordnet seine Decken, dreht sich von einer Seite auf die andere. Seine Gliedmaßen füllen sich mit Schwere, sein Schädel scheint aufzuquellen.

In den Jahren nach Noras Tod waren das die schwierigsten Momente. Gerade noch wach, aber zu schwach, sich seiner Gedanken zu erwehren. Dann kamen die Bilder des Unglückstages immer wieder in ihm hoch. Auch jetzt gleiten seine Gedanken allmählich ins Früher. Als würde da ein Film abgespult. Er kann es nicht verhindern, die Gestalt an Alexanders Fenster wird zu Noras Gesicht, das Motel an der Autobahn verwandelt sich in sein früheres Haus in Amstelveen.

Fast zwei Jahrzehnte haben Nora und er da gelebt, die Medizinstudenten, die sich auf den ersten Blick ineinander verliebten. Gleich nach dem Studium eröffnete Aron seine psychiatrische Praxis. Nora begann als Logopädin im AMC-Krankenhaus. Jahre lebten sie zu zweit, dann wurde Nora ungewollt schwanger. Sie beschlossen, von einer Überraschung zu sprechen statt von einem Unglück. Als Alexander dann geboren und von einem Baby zu einem intelligenten Jungen herangewachsen war, vergaßen sie, dass sie eigentlich kinderlos hatten bleiben wollen.

Aron erinnert sich, wie sie zu dritt am Tisch saßen, er selbst an der Kopfseite, links von ihm die Erdnussbutter und die Schokostreusel. Wie liebevoll Nora war, wenn er von der Arbeit nach Hause kam oder wenn sie zusammen nach Egmond fuhren. Wie sie am Wochenende oder in ihrer Freizeit durch die Gegend streiften, mit dem Dackel, den sie zu Alexanders zwölftem Geburtstag gekauft hatte. Hinterher wusste Aron nicht, wo die Zeit geblieben war, und wie er so achtlos damit hatte umgehen können, als würde sie nie zu Ende gehen.

Als das Ende dann kam, hatte er es nicht bemerkt. Es war ein ganz gewöhnlicher Tag gewesen. Ein voller Frühstückstisch. Nora bestrich Butterbrote für Alexander. Aron las die Zeitung. Es regnete. Das ist vielleicht die klarste Erinnerung, die er bis jetzt an diesen Morgen hat: Der Regen, der nachts schon begonnen hatte und nicht aufhörte, das endlose Rauschen in den Zinkrohren.

Wäre es anders gewesen, wenn es nicht geregnet hätte? Hätte sich Aron eher mit Nora als mit der Zeitung beschäftigen sollen, hätte das irgendeinen Unterschied gemacht? All diese Fragen, für die er in den folgenden Monaten und Jahren keine Antwort hatte formulieren können, die aber umso stürmischer zu ihm zurückkehrten, in Einzelheiten, mit anderen Ergebnissen, mit alternativen Lebensverläufen.

Viertel nach acht radelte Alexander zur Schule. Vom Fenster aus winkte Nora ihm hinterher.

»Ich gehe in den Wald«, sagte Nora, als sie sich umdrehte. »Mit Milo.«

Aron fragte sich immer wieder, ob er hätte versuchen sollen, sie davon abzubringen, aber es war ihre Entscheidung. Als Gruß presste Nora ihre Lippen auf die seinen. Aus einer Alltagsgewohnheit wurde ein unbeabsichtigter Abschied.

Als er am Ende des Nachmittags die Haustür öffnete – mehr als normal schnaufend, denn er war gerannt – herrschte eine tiefe, ungewöhnliche Stille im Haus. Es brannte kein Licht, in der Küche fand Aron die Reste des Frühstücks. »Hallo? Nora?«

Keine Reaktion. Nur draußen war etwas zu hören, es regnete noch stärker als am Morgen. Aus Alexanders Zimmer drangen Geräusche, Aron öffnete die Tür und fragte: »Hast du deine Mutter gesehen?«

»Auch hallo.« Alexander saß wie gewöhnlich an seinem Schreibtisch. Er bereitete seine letzte Prüfung vor, Geschichte. »Nein, ich habe Mama nicht gesehen. Du siehst ziemlich gestresst aus.«

»Du hast auch keine Idee?«

Alexander sagte nichts. Er war von klein auf schweigsam gewesen, vor allem, wenn sein Vater in der Nähe war.

»Warst du in den letzten Stunden zu Hause?«

»Ja, da war Mama auch nicht da.«

»Gut, dann lern mal weiter. Ich rufe dich, wenn wir essen können.«

Aron räumte den Tisch ab, versuchte, sich auf ein Kreuzworträtsel zu konzentrieren, rief Noras Freundinnen an. Aber was er auch unternahm, seine Panik wurde größer. Oder nein, es war keine Panik, jetzt wusste er sicher, dass mit Nora etwas sein musste. Sie würde nicht ohne Grund den ganzen Tag außer Haus bleiben, sie legte selbst dann einen Zettel hin, wenn sie nur eine Packung Milch holen ging.

Er zwang sich zum Kartoffelschälen. Schnell und nachlässig mit einem Küchenmesser. Bei der dritten Kartoffel schnitt er sich. In den Zeigefinger und in die Handfläche. Er drückte den blutenden Finger an den Mund und schob schließlich den Stuhl entschlossen nach hinten. Als er die Wunde verbunden hatte, ging er mit großen Schritten in Alexanders Zimmer.

»Sorry, dass ich dich beim Lernen störe.« Aron schluckte. Tastete mit seinem Blick das Gesicht seines Sohnes ab, hoffte vergeblich auf ein Zeichen von Entgegenkommen oder gar Mitleid. Vielleicht hätte Aron nichts sagen sollen. Schließlich war Nora gerade verschwunden, als er es laut aussprach. Aber Alexander schaute ihn so unverwandt an, dass es Aron nicht fertigbrachte zu schweigen. Und dann sagte er es. Den Satz, der Alexanders unbekümmerten Augenaufschlag endgültig in den Blick eines ängstlichen, tatkräftigen Erwachsenen verwandelte.

»Ich kann deine Mutter nirgendwo finden.«

Als offiziell vermisst galt sie erst, wenn sie vierundzwanzig Stunden ohne Nachricht von zu Hause weg war. Aber natürlich ging Aron sie suchen. »Bleib hier«, sagte er zu Alexander. »Es regnet, und du musst lernen. Ich gehe schon.«

Er hatte keine Ahnung, wo er im Wald suchen sollte. Er kannte ihre Routen nur ungefähr von den wenigen Malen, die er mitgegangen war, und nun sah er fast nichts in der Dunkelheit. Alle paar Schritte glitt er auf dem moderigen Boden aus. »Nora«, rief er. Seine Sachen wurden nass.

»Nora«, rief er wieder. Und noch einmal, und noch einmal, er rief immer weiter. Noch nie hatte er ihren Namen so laut ausgesprochen. Einmal war er sich sicher, dass er eine Antwort hörte, wusste aber gleich, dass das ein Echo gewesen war.

»Nora«, rief er noch einmal, während es unvermindert weiterregnete. Dann: »Milo.«

Hinterher wusste er nicht, wie lange er im Wald geblieben war. Er hatte jedenfalls nichts gefunden, was auf ihre Anwesenheit schließen ließ; er traf niemanden und spürte irgendwann auch den Regen nicht mehr.

In seinem *Super-8*-Motel liegend, sieht er die beiden Polizisten wieder vor sich, die am nächsten Tag vorbeikamen. Nach einer Nacht im leeren Ehebett. Er saß mit Alexander schweigend am Tisch, rannte zur Tür, ehe die Klingel ging, und da standen sie, zwei Männer mittleren Alters mit gewöhnlichen Gesichtern, die er nie vergessen würde.

»Sind Sie Aron Mulder?«

Aron nickte träge.

»Stimmt es, dass Sie uns angerufen haben, weil Sie Ihre Frau vermissen?«

Er nickte wieder.

»Wann haben Sie sie zuletzt gesehen?«

»Vorgestern.« Als er es sagte, wusste er, dass das nicht stimmte. Es hätte natürlich *gestern Vormittag* heißen müssen. Ihm war klar, dass er seine Antwort berichtigen musste, schwieg aber: So würde die Polizei die Sache vielleicht ernster nehmen.

Einige Stunden später, Alexander war von seiner Geschichtsprüfung nach Hause zurückgekehrt (»Vergeigt. Ich habe mich echt nicht konzentrieren können.«), kamen die Polizisten wieder. Aron rannte zur Tür, als ein Auto vor seinem Haus hielt. Die Polizisten klangen ernst, als sie fragten: »Können wir eben hereinkommen?«

Dann der gedämpfte Ton, in dem sie sagten, dass Nora tot aufgefunden worden war. Sie lag hinter einem Baum, so mit Blättern bedeckt, dass sie noch Tage unbemerkt da hätte liegen können. Aber Milo, der sich im Wald verlaufen hatte, hatte schließlich die Aufmerksamkeit eines Wanderers auf sich gezogen und ihn zu Noras Leiche geführt.

In den darauf folgenden Wochen hatte Aron nur in den Augen des Hundes wirklich Mitleid erkennen können für das, was er durchmachte.

30. Mai

Der Fernseher flackert, ein Reporter schaut in die Kamera. Heute hat Steve seine Aussage gemacht. *Perforierte Lunge, Erstickung, DNA des Hauptverdächtigen.* Fakten, die Hanna zusammengetragen hat, werden nun von sensationslüsternen Berichterstattern übernommen.

Hanna schaltet den Fernseher ab. Die DVD, die seit Tagen in ihrer Tasche steckt, sticht ihr in die Seite. Die nackten Körper, die Berührungen – sie hat diese Bilder keinen Moment loswerden können. Und das reglose Auge hinter der Kamera, die beobachtende Gleichmütigkeit.

Die Untersuchung des alten College-Kollegen hat außer der Sicherheit, dass die Person auf dem Video wirklich Harry Harte ist, nichts gebracht: Es ist eine DVD, wie es sie millionenfach gibt, ohne versteckte Informationen oder Codierung.

Warum will jemand ausgerechnet Alexander diesen Mord anhängen?

Hanna nimmt ihr Telefon und ruft im Angola an. Nach einigem Drängen und langem Warten wird sie mit dem Gefängnisdirektor verbunden. »Das Verhalten des *Insassen van Zandt*?«, wiederholt er ihre Frage. »Ich hole eben mal die Akte. Er ist sehr ruhig. Schreibt lange Briefe, nicht klar, an wen, weil er sie immer zerreißt. Liest viel. Hält sich zurück, aber vereinsamt nicht. Macht sich keine Freunde und keine Feinde. Wenn ich es nicht besser wüsste, würde ich ihn den perfekten Gefangenen nennen.«

»Wenn Sie es nicht besser wüssten?«

»Den perfekten Gefangenen gibt es nicht.«

Sie weiß nicht, was sie hören möchte, warum sie überhaupt angerufen hat, und beendet das Gespräch. Logisch denken, sagt sie zu sich selbst. Analysieren. Wann genau ist die Post ohne Absender in ihrem Büro angekommen? Nathalies Brief kam kurz vor der Verhandlung. Der Pass nach einem der ersten Verhandlungstage, am selben Tag, als das Anwaltsplädoyer über Liebe und Eifersucht gehalten wurde. Und dann die DVD: Gleich nach der Verfolgungsjagd in der Gasse. Immer kurz vor den entscheidenden Momenten. Es hat den Eindruck, dass der Täter jedem Zweifel, der möglicherweise in ihr aufkommen könnte, zuvorkommen will. Er versucht zu verhindern, dass sie nachdenkt, sich umschaut, Fragen stellt. Er hat es für nötig erachtet, die Päckchen genau in diesen Momenten zu schicken. Vielleicht sind es eben diese Momente, in denen er sein Selbstvertrauen verliert. Aber ihre Hoffung erlischt schnell. Vielleicht, überlegt Hanna bange, tut er es nur, um seine Macht zu demonstrieren. Plötzlich schießt ihr in den Kopf, dass sie ohne diese Päckchen im Nichts herumstochern würde, dass sie abhängig geworden ist vom Mörder, um den Mörder irgendwann zu fassen zu kriegen.

II

Er öffnet den Schrank. Die Ärmel des Kostüms hängen schlaff herunter. Seine rechte Hand streicht über das Stretchpolyester, die fluoreszierenden Knochen; ein Funke springt auf seinen Handschuh über. Der Anzug, die wichtigste greifbare Erinnerung an den Abend, an dem er zum ersten Mal in seinem Leben eine Rechnung beglichen hatte.

Der Mord hat alles verändert. Einen Augenblick lang war er ganz ruhig gewesen, mit dem blutigen Messer in der Hand, nicht länger auf der Suche nach einem Ziel. Das Mädchen, für das er alles getan hätte, nun lag es mit aussetzenden Atemzügen vor ihm. Noch nie hatte ihn jemand so angefleht.

In den Tagen nach dem Mord dachte er daran zurück, als hätte er dabei unter Hypnose gehandelt. Aber es war genau andersherum, fing er an, sich klarzumachen. Alle anderen Tage hatte er unter Hypnose gestanden, aber an diesem Abend war er wirklich hellwach gewesen.

Er lässt seine Finger an den Streichhölzern entlanggleiten. Warum hat sie die Augen geschlossen, als er in ihr kam? Hat sie sich vor ihm geschämt? Jedes Mal hatten sich ihre Mundwinkel vor Schmerz verzogen, er war etwas zu groß für sie. Er bewegt seine Handgelenke, versucht, sie zu lockern. Sie schmerzen, zu viel Spannung in den Gelenken. Sein Vater hatte die Angewohnheit, am Ende eines Tages mit Fingern und Zehen zu knacken, und dasselbe beim Frühstück. Als Kind hatte er Sterbensangst vor diesem Geräusch in dem stillen, mutterlosen Haus.

Er erinnert sich an das letzte Mal, als Nathalie und er Sex hatten. Sie hatten eine Autopanne gehabt, zufällig in der Nähe bei ihren Eltern in Houma. Während sie auf den Monteur warteten, stellte sie ihn als ihren Freund vor, wahrscheinlich, um weiteren Fragen zuvorzukommen. Er fand das prima, mehr noch, einen Augenblick lang fühlte er einen Glückstaumel wie nie zuvor. Bis er sich klarmachte, dass das eine Lüge war: Er würde niemals ihr Freund werden. Dieser Platz war Alexander vorbehalten, über den sie so oft geklagt hatte, dass der nur an sich selbst interessiert wäre und ihr niemals die Liebe würde geben können, nach der es sie verlangte: feurig und verspielt.

Auf dem Weg zurück in die Stadt, gerade bevor er böse werden konnte, fing sie zu weinen an. Er parkte das Auto am Wegesrand, tröstete sie. Sie wollte etwas sagen, traute sich aber nicht. Dann sagte sie es doch. Es war etwas nicht wieder Gutzumachendes geschehen.

Sie könnten einander nicht mehr sehen, sagte sie. Er versuchte, sie zu küssen, sie reagierte kaum. Schließlich presste er sie auf die Rückbank. Ihre Augen wandten sich ab von ihm, sie schaute in die Sonne und nach dem Schilf. Hinterher zog sie ihren Slip zurecht und sagte: Ich will zurück in die Stadt.

Insgesamt hatte ihr Zusammensein fünf Monate gedauert. Fünf Monate, die sie vergessen und geheim halten wollte, darum hatte sie ihn gebeten. Geheim sollte es für immer bleiben, vergessen würde er nichts. Er musste nur an seinen Vater denken, um zu wissen, dass er selbst nie Vater werden wollte, aber sie hätte den Entschluss nicht für ihn treffen dürfen.

Sie hat den ersten Mord begangen.

Vor dem Spiegel setzt er die Maske noch einmal auf. Der

Schädel. Zwei Minuten, länger gesteht er sich nicht zu, dann packt er die Maske wieder weg. Eigentlich sollte er jeden Beweis verschwinden lassen, aber wenn nichts mehr an den Mord erinnert, wenn niemand sich daran erinnert, was hätte er dann für einen Sinn gehabt?

Er will Ruhe, und am liebsten würde er es bei dem Mord an Nathalie belassen, aber die Umstände lassen ihm keine Wahl.

Dieser Mann, dieser Privatdetektiv. Leicht rauszukriegen, wer das war, alle Fahrzeugscheine sind im Internet zu finden, das Büro stand in den Yellow Pages, sogar mit Foto. Michael O'Hara. Gescheiterter Polizist, graues Haar, Wampe. Kein würdiger Gegner. Eigentlich eine Schande, dass er so nahe herangekommen ist. Heute Abend wird das berichtigt.

Er zieht seine Jacke an und geht nach draußen.

2. Juni

Sie schweigen nun schon minutenlang. Im Auto ist es eng und warm, aber Aron hustet nicht mehr, er hat sich an O'Haras Zigarettenqualm gewöhnt. »Wissen Sie wirklich sicher, dass er das ist?«

»Ganz sicher«, sagt O'Hara. »Seit seiner Festnahme wechselt er seine Adressen. Aber ich habe seine derzeitige Wohnung herausgefunden. Man muss nur wissen, wem man Geld zustecken muss. Ja, das ist er, glauben Sie mir, vor uns fährt Kemal Johnson.«

»Dann halten wir ihn an«, sagt Aron. »Jetzt gleich. Wir könnten ihn zwingen, am Straßenrand zu stoppen, und ihn befragen.«

»Eile tut niemals gut«, sagt O'Hara. »Wir wissen, wo er ist, er nicht, wo wir sind. Ein strategischer Vorteil. Das Wichtigste an diesem Job ist, zuzusehen, zu observieren, wo jemand hingeht und was er vorhat. Wie ich das in den letzten Tagen auch mit Vincennes getan habe, aber das hat bis jetzt wenig Brauchbares gebracht.«

Sie folgen Johnson, der aus der Stadt fährt und bei einem Einkaufszentrum an der Autobahn parkt. Johnson betritt ein Applebee's. Er setzt sich ans Fenster und wirft ab und zu einen Blick nach draußen, hält aber nach nichts Bestimmtem Ausschau.

»Er war es«, sagt Aron halb zu sich selbst. »In Alexanders Zimmer.«

»Wenn Sie das sagen.«

»Sie haben ihn doch auch gesehen?«

»Ich habe eine Gestalt am Fenster gesehen. Das könnte Johnson gewesen sein, aber ich bin nicht sicher.«

»Wirklich, Kemal Johnson stand in Alexanders Zimmer. Er muss es gewesen sein.«

»Ich weiß, dass Sie das nicht hören wollen, aber es ist manchmal gefährlich, eine emotionale Bindung bei einer Ermittlung zu haben. Eine feste Vorstellung kann Ihre Wahrnehmung beeinflussen.« Eine lange Stille. »Zum Teufel, es ist Ihr Geld. Ich würde auf jeden Fall zurück auf den Campus gehen, wegen des Tagebuchs.«

Sie schauen zu, wie Johnson sein Essen bekommt, einen vollen Teller, was Aron wehtut. Dieser Mann verdient es nicht, in aller Freiheit Essen aufgetischt zu bekommen, sein Leben sollte sich beschränken auf die drei angestammten Mahlzeiten pro Tag, auf einem Metalltablett.

»Ich gehe da hin«, sagt Aron auf einmal. »Er soll wissen, dass es noch immer Leute gibt, die ihn im Auge behalten.«

»Pardon? Da hingehen? Das halte ich für keine gute Idee, ich …«

Noch ehe O'Hara seinen Satz beendet hat, steigt Aron aus, er hat genug von dem ganzen Geschwätz. Seine Beine zittern, aber er geht weiter.

Eine Klingel ertönt, als er das Restaurant betritt. Niemand, der Aron begrüßt, er geht ein Stück weiter bis zum Tisch von Kemal Johnson.

Johnson runzelt die Stirn.

Aron setzt sich, genau dem Mann gegenüber, der vermutlich die Freundin seines Sohnes ermordet hat. »Mein Name ist Aron Mulder.« Die Worte kommen mühsam heraus.

»Mein Sohn wird des Mordes verdächtigt. Sein Name ist Alexander.«

Kurz schaut Johnson zur Seite, ob vielleicht eine Verwechslung vorliegt, ein Spinner, der sich auf den falschen Platz gesetzt hat. Seine Augen beginnen zu blinzeln. »Ich habe wirklich nichts …«

»Ruhe.« Zum ersten Mal seit gut fünf Jahren befiehlt Aron jemandem etwas. Seine Atemzüge werden schwerer. »Der Polizei ist es noch nicht gelungen, Sie zu fassen, aber ich spüre, dass Sie es waren.«

»Ich schwöre Ihnen, …« Johnson beugt sich vor. Es ist dasselbe Gesicht wie auf dem Foto in der Akte, nur feindseliger.

»Und ich werde nicht aufhören, Sie zu verfolgen«, unterbricht Aron ihn. »Früher habe ich mal losgelassen, aber das wird nicht mehr passieren.«

Ehe er sich abgeregt hat, schlägt Aron mit der Faust auf den Tisch. Eine Gabel scheppert über den Boden. Gäste schauen sich vorsichtig nach ihm um. Er muss sich beherrschen, O'Hara hat recht, das ist nicht die richtige Art und Weise. Er erhebt sich und geht ohne ein weiteres Wort weg. Fluchend setzt er sich neben O'Hara. Er gibt Zeichen, loszufahren, ehe Johnson hinterherkommen kann.

»Johnson verheimlicht etwas«, sagt Aron, als sie an dunklen Kaufhäusern und hell erleuchteten Fast-Food-Ketten vorbeifahren. »Ich habe es in seinen Augen gesehen. Und warum sollten sie ihn sonst so lange festgehalten haben? Morgen gehe ich wieder zu ihm. Ich lasse ihn gottverdammt nicht so einfach davonkommen.«

»Wenn Sie wirklich glauben, dass Johnson es getan hat, ist es das Dümmste, was Sie tun können. Ein Polizist würde für so etwas gefeuert.«

»Meinten Sie das wirklich, was Sie neulich gesagt haben? Dass ich ein Polizist sein könnte?«

»Im Prinzip reicht es, eine Marke zu kaufen. Die kriegen Sie für drei Dollar in Chinatown. Niemand kontrolliert so ein Ding, wenn Sie es nur routiniert genug hochhalten. Und wenn Sie sich nicht mehr so unprofessionell verhalten wie eben.«

Sie verlassen die Autobahn. Von einem auf den anderen Moment ist es still und dunkel. »Ich will Ihnen mal was zeigen«, sagt O'Hara, und abrupt biegt der Privatdetektiv in eine enge Seitenstraße. Nur aus einer Eckkneipe dringt Licht. »Hier saßen wir früher mit meiner Abteilung oft zusammen«, sagt O'Hara. »Im Jargon ist das einfach eine blaue Kneipe. Ein Polizist ist vor allem einer, der wie ein Polizist trinkt.«

Sie betreten die voll besetzte, schmale Kneipe. Aron kann sich nicht erinnern, wann er das letzte Mal mit jemandem in einer Kneipe gewesen ist.

Ein alter Mann führt das Wort, ein Klagelied auf einen Polizisten, der pensioniert wird. »Schließlich war er nichts mehr und vor allem nichts weniger als ein waschechter Ermittler.« Es wird applaudiert. O'Hara klatscht verhalten und fällt nicht aus voller Brust in die angestimmte Ballade mit ein, er bleibt auf Distanz. Einige grüßen ihn, andere sehen ihn nur musternd an und gehen dann schweigend an ihm vorüber.

Aus der blau erleuchteten Jukebox kommt Musik. Ein rumpelnder Gitarrenrhythmus, eine schleppende Stimme. *Sky full of moon / The night owl was born.*

»Dr. John«, sagt O'Hara zu Aron. »Loup-Garou. Wenn Sie New Orleans wirklich verstehen wollen, hören Sie unserer Musik zu.« Er bestellt zwei Jameson. »Stoßen wir an auf unsere Zusammenarbeit.«

O'Hara trinkt sein Glas in einem Zug leer. Als er sieht, dass Aron nicht mittrinkt, kippt er auch dessen Glas hinunter.

»Passen Sie auf«, sagt Aron. »Morgen müssen wir weitermachen.«

O'Hara lächelt, als erinnere er sich an einen Satz von vor langer Zeit, als es Leuten noch etwas ausmachte, wie viel er trank.

Aron schaut sich wieder um. Jetzt erst fällt ihm auf, dass jeder in dieser Kneipe Whisky trinkt. Zuerst will er nicht mittun, sein Magen verträgt Alkohol schlecht, und außerdem muss er bei klarem Verstand bleiben, er darf nichts übersehen. Aber so überzeugend er die ersten Runden auch ausschlägt, O'Hara drückt ihm immer wieder ein neues Glas in die Hand. Schließlich trinkt er mit.

Zwei Uhr nachts sitzen O'Hara und er neben der Treppe der Kneipe. Der Mond bescheint die Regenpfützen, alles dreht sich. Aron merkt nicht, wie es ihm hochkommt, selbst nicht, als er seinen Körper nach vorn beugt. Er beginnt zu kotzen, ein Strom Whisky trifft die Pflastersteine. O'Hara schlägt ihm auf die Schulter. Aron schaut ihn an, Tränen in den Augen.

»Was ist damals passiert?« Er hört, wie sich seine Worte ausdehnen, unverständlich werden. »Mit dem Moslem. Notwehr, right? Aber was ist da wirklich geschehen?«

Der Geschmack von Whisky und Galle, alles ist bitter. Als O'Hara nicht antwortet, stammelt Aron: »Wie doch manchmal alles mit einem Schlag schiefgehen kann.«

»Der Mord in den Niederlanden, vor Jahren. Das war jemand, den du geliebt hast, oder?«

»Meine Frau.«

Wieder die Hand auf seiner Schulter, länger jetzt. »Dieser Kemal«, sagt O'Hara, »ich werde ihn im Auge behalten. Ich werde ihn noch heute Nacht aufsuchen, das erwartet er nicht. Aber zuerst das Tagebuch. Ich will wirklich versuchen, dir zu helfen.«

4. Juni

Das Grün des Rasens wirkt fast fluoreszierend. Der Entscheidungskampf gegen Tulane fängt gleich an. Auf dem hinteren Feld der New Orleans Privateers üben Cheerleader ihre Akrobatik, auf der weithin leeren Tribüne sitzen zwei Sponsoren und das Maskottchen, jemand in einem Krokodilskostüm.

Auch Hanna nimmt Platz, ganz oben auf der Tribüne. 1997, nicht lange nach dem großen Erfolg der Privateers, kamen Zehntausende Besucher zu den Wettkämpfen. Hanna kann sich an einen heißen Maiabend mit Chris erinnern – Hotdogs, Erdnüsse und Touchdowns. Ron Maestri, der das Team zwischen 1972 und 1985 schon mal trainiert hat, wurde kürzlich wieder angeheuert, der soundsovielte Hoffnungsträger. Maestri kontrolliert, ob die Schnürsenkel seiner Jungs korrekt gebunden sind, ob in ihren Augen genügend Feuer lodert. Dann hält er eine Donnerrede, von der Hanna nur Fetzen erreichen. New Orleans, Ehre, Stolz, der Sieg.

Ein Trainerassistent geht auf Maestri zu, der sich nicht gern unterbrechen lässt, und zeigt auf Hanna. Maestri sieht nach oben, sein Blick schweift über die Tribüne. Er schaut Hanna gerade ins Gesicht. Die beiden Investoren folgen seinem Blick, ihre Augen sind ebenso wachsam wie aggressiv: Niemand stört ein Training. Hanna bleibt ruhig sitzen.

Als Maestris Ansprache zu Ende ist, verstreuen sich seine Spieler über das Feld, die Embleme auf ihren Helmen blitzen im Mittagslicht. Der Trainerassistent geht zu Hanna. Sie zeigt ihre Marke und erklärt, warum sie hier ist. Der Assistent nickt, läuft zurück aufs Feld und geht zu Harry Harte. Nach einem kurzen Gespräch schaut auch Harte hinauf in Richtung Tribüne, aber sein Blick ist anders als der von Maestri, leerer und ängstlicher. Dann schlurft er vom Spielfeld.

Sie wartet in der Diele neben dem Umkleideraum, mit dem Rücken an die Wand gelehnt. Der Beton saugt seit Jahren den Sportlerschweiß auf. Als Harte die Tür hinter sich schließt, richtet sie sich auf. Sie zeigt in Richtung eines leeren Verwaltungsraums neben der Kantine, er folgt ihr. Sein Körper ist groß, athletisch und zweifellos schnell. Das erinnert Hanna an die Verfolgungsjagden bei den Postämtern und die nach ihrem Besuch im *Heaven*.

Sie muss ihn sofort hart anfassen. »Sie verstehen, dass Ihr guter Ruf Schaden nimmt, wenn sich herausstellt, was Sie getan haben?«

Der Schrecken in seinen Augen ist nicht gespielt. Plötzlich wird sie unsicher: Vielleicht weiß er weniger als erhofft. Hanna holt ihren Laptop aus der Tasche und startet den Film. Die ersten paar Sekunden ist Hartes Gesicht ausdruckslos. Erst erkennt er Nathalie auf dem Bildschirm, dann sich selbst. Er wird bleich. »Welcher Idiot … Machen Sie das aus, bitte.« Er lässt sich auf einen Stuhl fallen.

»Erzählen Sie.« Sie stoppt den Film, auf dem Bildschirm sieht man, wie sich Harte gerade auf die Matratze setzt. Sein Hintern ist kalkweiß. »Sehen Sie mich an.«

Er stochert im Nebel; was kann er sagen und was nicht, was genau wird ihm hier vorgeworfen? »Es ist nicht verboten, mit jemandem Sex zu haben«, sagt er mit Zuversicht in der Stimme.

»Glauben Sie mir, so wird das nichts mit diesem Gespräch. Jemand hat das aufgenommen. Wer?«

»Keine Ahnung.«

»Denken Sie nach. Wer wusste davon, dass Sie beide Sex hatten?«

»Niemand.«

»Haben Sie die Kamera da postiert?«

»Nein, ich schwöre. Ich habe diese Bilder noch nie gesehen. Aber ich habe sie nicht ermordet, das wissen Sie, ich habe ein Alibi, ich …« Er fasst sich ein Herz. »Wissen Sie, wer Chuck Harte ist?«

»Sollte ich das wissen?«

»Chuck Harte ist mein Vater. Die Kantine hier ist nach ihm benannt. Er spendet viel für gute Zwecke.«

»Ich weiß nicht, ob Football dazu zählt.«

»Er ist eine gesellschaftlich wichtige Persönlichkeit.«

»Wollen Sie mich jetzt beeindrucken? Glauben Sie, dass ich einen Rückzieher mache, nur weil Ihr Vater mit dem Gouverneur befreundet ist?« Noch bevor er antworten kann, fragt sie weiter: »Warum haben Sie Ihren Freund verraten? Alexander van Zandt und Sie haben sich doch als Freunde betrachtet, oder?«

Er holt tief Luft. »Wollen Sie das wirklich wissen? Nathalie war … anders. Speziell. Ich war ihr einfach nicht gewachsen.«

»Erklären Sie das mal.«

»Sie war der erste Mensch in meinem Leben, den ich wirklich nicht verstanden habe. In einem Moment war sie ein kleines Mädchen, im nächsten einfach unwiderstehlich. An einem Tag konnte sie überglücklich erzählen, dass sie nicht mehr rauchen würde, am nächsten setzte sich sie breitbeinig bei mir ins Fenster und paffte eine Zigarette nach der anderen, mit diesem provozierenden Blick in ihren Augen. Ich habe sie ganz und gar nicht verstanden.«

»Was wollen Sie damit sagen: dass sie es wert war, wegen ihr zu lügen?«

»So ähnlich.«

»War sie auch einen Mord wert?«

»Niemand verdient zu sterben.«

»Es gibt mindestens einen, der das anders sieht.«

»Ich weiß wirklich nicht, wer das gefilmt hat.«

»Raten Sie mal?«

»Ach Gott. Mal überlegen. Alexander hatte Zugang zu dem Zimmer, er hatte seine eifersüchtigen Augenblicke.«

»Können Sie ihm das verübeln, bei solchen Freunden? Diese Bilder verstärken Alexanders Motiv, und außerdem sitzt er in Untersuchungshaft, also hat er den Film nicht verschicken können.« Der Hoffnungsschimmer, der eben aufgeglommen war, schwächt sich ab. Dieser Junge weiß nichts, was zu brauchbaren Hinweisen führen könnte. »Haben Sie jemals von Kemal Johnson gehört?«, fragt sie.

»Ich weiß, dass er vor Kurzem freigelassen wurde. Vorher habe ich noch nie von ihm gehört.«

»Wussten Sie, dass Nathalie schwanger war?«

»Nein.«

»Sie wirken nicht überrascht.«

»Nathalie gehörte zu den Menschen, die ihr Leben perfekt aufteilen konnte. War man mit ihr zusammen, war man der Einzige auf der Welt, auf den es ankam. War man nicht mehr mit ihr zusammen, existierte man nicht. Deshalb: Nein, es überrascht mich nicht wirklich. Aber ich bin nicht der Vater, wenn Sie das suggerieren wollen. Ich passe auf. Ich mache es nie ohne.« Er steht auf und versucht, seine Atmung unter Kontrolle zu bringen. »Hören Sie, ich bin nicht stolz auf das, was ich getan habe. Aber ich wusste, dass sie mir nicht gehörte. Eine wie sie gehört niemandem.«

Hanna geht einen Schritt zur Tür. Sie ist sich nicht sicher, ob er die Wahrheit sagt, weiß aber, dass sie seine Worte nicht widerlegen kann. »Eine letzte Frage. Wussten Sie, dass Alexander van Zandt nicht sein richtiger Name ist? Und dass seine Mutter ermordet wurde, als er achtzehn war?«

»Das wusste ich, ja. Vor fünf Jahren hat ihm mein Vater Geld für einen Pass gegeben. Für Alexander war ganz klar: Er würde niemals in die Niederlande, in sein altes Leben, zurückkehren. Mein Vater kannte dieses Gefühl sehr gut, er hatte dasselbe mit Dublin. Das war etwas zwischen Immigranten.«

»Und warum haben Sie das nicht gesagt?«

»Das ist nichts, womit man angibt, und ich habe auch keinen Zusammenhang mit dem Mord gesehen. Den sehe ich immer noch nicht.«

»Und weil Alexander bei Ihrem Vater in der Kreide steht, dachten Sie, dass Sie ein Recht auf seine Freundin hätten?«

»Wenn Sie wirklich an seiner Vergangenheit interessiert sind, müssen Sie mit Richard sprechen. Ich glaube, dass Alexander und er auf vertrauterem Fuß verkehrt haben. Richard ist ein größerer Geheimniskrämer als ich.«

»Was wollen Sie mir damit genau sagen?«

»Dass es ihm eher etwas ausmachen würde als mir.« Unaufgefordert öffnet er die Tür für sie. »Der Coach sagt, dass ich Ruhe brauche. Wir sind doch fertig? Und Sie wissen, dass niemandem damit gedient ist, wenn die Bilder die Runde machen?«

Sie nickt und schließt die Tür hinter sich. Einige Minuten bleibt sie vor dem Verwaltungsraum stehen. Vielleicht nimmt er jetzt gleich sein Telefon, das würde viel über denjenigen sagen, den er in einem so kritischen Moment sprechen will. Aber sie hört nichts.

Als sie nach Hause kommt, brennt das Licht in der Veranda. Sie riecht Essensduft, Süßkartoffeln und Schmorfleisch. In spätestens einer Woche, schätzt sie, sind alle Zeugen vernommen, und das Gericht wird ein Urteil fällen. Sie gibt Chris einen Kuss auf den Hals, er ist so aufs Kochen konzentriert, dass er sich kaum nach ihr umschaut.

Im Schlafzimmer hockt sie sich vor die Kommode. Wenn sie bisher keine Grenze übertreten hat, dann tut sie es jetzt. Sie legt die DVD in eine Schublade, die sie langsam, aber entschlossen zuschiebt. Jeder Fall ist ein Wettlauf, und weil sie diesen Beweis zurückhält, hat sie zum ersten Mal das Gefühl, dass sie nicht tut, was von ihr erwartet wird, dass sie den, der ihr auf den Fersen ist, überrascht.

Für diese Art Briefe hat er sich den falschen Ermittler ausgesucht. Hanna Vincennes lässt sich nicht manipulieren.

Um vier Uhr nachts schreckt sie hoch. Sie fühlt sich auf eine kalte Art fiebrig, Bilder ziehen vor ihr auf, verschwinden, kommen aufs Neue. Übersicht. Das Streichholz. Es ist nicht vom Mörder platziert worden, nicht durch einen Zufall, sondern durch Nathalie selbst dahin gekommen. Es ist Nathalies letzte Botschaft.

4. Juni

Es fühlt sich genauso an wie damals. Dasselbe Gehetztsein, dieselbe Schlaflosigkeit. Aron steht am Fenster seines Motelzimmers. Die Lichter der vorüberfahrenden Autos ziehen an ihm vorbei. In den Tagen nach Noras Tod hat er oft so dagestanden, alles, was er tat, geschah gedankenlos. Er informierte die Leute, die informiert werden mussten, verschickte Trauerkarten, nahm Blumen in Empfang. Bei der Beerdigung hielt er eine Ansprache, an die er keinerlei Erinnerung mehr hat.

Die Polizei hielt ihn anfangs genau über den Fortgang der Ermittlungen auf dem Laufenden. Alle die Einzelheiten, die Aron wochenlang nicht schlafen ließen, die Details, die auch in diesem Moment durch seinen Kopf kreisen: das Messer, das nahe am Tatort gefunden wurde, der Verdächtige, der etwa eine Woche nach dem Mord festgenommen wurde – ein allein reisender türkischer Tourist, der im Wald gesehen worden war, etwa zur selben Zeit wie Nora.

Aber nach und nach begannen die Polizisten, über den Fortgang des Falles zu schweigen, und auch die Leute in seiner Nachbarschaft verstummten. Er sah ihre starren Blicke, wenn er den Hund herausließ oder im Supermarkt in der Schlange stand. Bei Alexanders Abschiedsfeier sprach ihn niemand an. Auch Alexander schwieg den ganzen Nachmittag. »Wenn du über irgendwas reden willst«, sagte Aron, als sie abends nach Hause kamen, »du weißt, dass ich für dich da bin.« An den folgenden Tagen wiederholte er diese Worte regelmäßig, aber eine Reaktion gab es nie.

Bei Versuchen, seinem Sohn näherzukommen, indem er ihn so oft wie möglich an die Geborgenheit von früher erinnerte, verplapperte sich Aron hin und wieder. Er sagte, dass Nora und er »in all den Jahren nie Streit« gehabt hätten. Dass sie sich immer stärker geliebt hätten. Dass sie »die Liebe seines Lebens« gewesen war – Worte, die er selten gebraucht hatte, als sie noch lebte. Jetzt billigte er sie sich zu: Nie zuvor war er sich seiner Liebe so sicher gewesen wie in diesen Wochen, als es zu spät dafür war.

In dieser Zeit begannen seine Magenschmerzen. Heftige, plötzlich auftretende Stiche, die ihn häufig blockierten. Manchmal sah er, während sich der Schmerz von den Beinen nach oben arbeitete, auf einmal Nora vor sich, wie sie dagelegen haben musste, ihr schönes Gesicht mit Blättern und Zweigen verdreckt. Fortwährend tauchte ihre Gestalt in seiner Praxis auf. Er hörte sich die Klagen seiner Patienten an, dachte aber nur an Noras letzte Minuten. An den Mörder, an die Erleichterung, die er empfinden würde, sollte der Mörder gefasst werden.

Als er endlich ein Polizeiauto vor seiner Tür halten sah, verspürte er eine Freudenwelle: Sie haben ihn, der türkische Tourist wurde geschnappt. Aber als die Polizisten anfingen zu sprechen, machte die Freude einer tiefen, alles umfassenden Betäubung Platz. »Aron Mulder, Sie müssen mit aufs Polizeirevier kommen. Sie werden des Mordes an Nora Reijnen-Mulder verdächtigt.«

All die erniedrigenden Fragen, die ihm dann an den Kopf geworfen wurden, all die Anklagen und Vorwürfe, verpackt in höfliche Worte.

»Wo waren Sie an dem fraglichen Mittwochnachmittag zwischen vier und fünf?«

»Wie würden Sie die Beziehung zwischen Nora und Ihnen beschreiben? Eine Ehe kennt ja nun auch schwierige Zeiten, hatten Sie oft Streit?«

»Können Sie sich vorstellen, dass jemand ihr etwas antun wollte?«

»Bei Ihnen zu Hause wurde ein Hemd mit Blut des Opfers gefunden, können Sie das erklären?«

Aron hatte die gleichen Muskelkrämpfe in seinem Unterleib gespürt wie jetzt in seinem Hotelzimmer. Im Bad wäscht er sich ausgiebig das Gesicht. Sie hatten doch viel zu wenig Hinweise, um ihn mit etwas so Abscheulichem wie einem Mord in Verbindung zu bringen? Wie sind sie an sein Hemd gekommen? Er weiß es noch immer nicht. Auf seine Frage, ob sie einen Hausdurchsuchungsbefehl hätten, gab es keine Antwort. Und warum sprach eigentlich niemand mehr über den anderen Verdächtigen, warum schien sich kein einziger Polizist ernsthaft damit zu beschäftigen?

Schon bald beschloss Aron, gar nichts mehr zu sagen. Obwohl sein Anwalt – ein ausgezeichneter, fähiger Mann in den Fünfzigern, den er aus Studienzeiten kannte – ihm dazu riet, sich offenherzig zu geben und »auf Gefühl« zu setzen, sagte Aron immer weniger. Scham verschlug ihm den Atem, er konnte kein vernünftiges Wort mehr herausbringen. Selbstverständlich erinnerte er sich, wie der Blutfleck auf sein Hemd gekommen war. Nora hatte im Bad Nasenbluten gehabt. Sie hatte ihn gerufen, er hatte ihren Kopf nach hinten gehalten. An diesem Abend hatten sie zum letzten Mal miteinander geschlafen, Alexander war im Kino, sie konnten ungehindert laut sein. Aber wie sollte er nun beweisen, dass es so gewesen war und das Blut nichts mit dem Mord zu tun hatte? Die Einzige, die es hätte bezeugen können, lebte nicht mehr.

Mehr als eine Woche saß er in Untersuchungshaft. Einmal täglich rief er zu Hause an, aber niemand nahm ab. Seine Magenschmerzen wurden schlimmer, vor allem, als er erfuhr, dass der türkische Verdächtige freigelassen worden war. Der Mann musste etwas damit zu schaffen haben! Man hatte ihn im Wald gesehen, kein Tourist kam da nur einfach so hin, es war unmöglich, dass er Nora nicht bemerkt haben sollte; da gab es nur einen großen Weg. Aron wartete darauf, dass der Mann erneut festgenommen wurde. Er wartete und wartete.

Am Tag, als Aron entlassen wurde, ebenso wie der türkische Verdächtige aus Mangel an Beweisen, sagte Alexander: »Ich gehe weg. Nach Amerika.« Er stand vom Tisch auf und begann, eine Sporttasche zu packen – ein paar Socken, vier Jeans, einen Stapel T-Shirts mit englischen Aufdrucken, mit denen Aron nichts anfangen konnte.

Die Lässigkeit, mit der Alexander packte, schmerzte Aron, die Schlichtheit, mit der seine Worte herauskamen.

»Für wie lange?«, fragte Aron. »Mit wem?«

»Lange. Allein.«

Aron machte einen Schritt auf seinen Sohn zu. »Sollten wir so etwas nicht überdenken? Die letzte Zeit war für uns beide die Hölle. Wir sollten nichts überstürzen. Wollen wir heute Abend zusammen essen gehen?« Natürlich, er sah ein, dass ohne Nora alles anders werden würde, jedes Gespräch, jede Mahlzeit, der Schmerz würde sicher anfangs ihr Gespräch beherrschen. Aber irgendwann musste es besser werden, sie sollten zusammen da herauskommen.

»Nein. Das will ich nicht.« Alexander nahm seine Sporttasche und verließ die Küche.

Aron eilte ihm hinterher. »Lass uns wenigstens jetzt nachdenken. Komm, wir setzen uns an den Küchentisch, ich mache Tee.«

Aber Alexander ging weiter. Kurz bevor er die Haustür öffnete, drehte er sich entschieden nach seinem Vater um: »Tu bitte nicht so, als ob alles jemals so wie früher werden könnte.«

Und das war es. Mit diesem Satz verschwand Alexander aus Arons Leben. Aron fragte sich, was sich in der Zeit, während der er in Haft gesessen hatte, verändert haben könnte. Ob es eine Möglichkeit gegeben hätte, seinen Sohn, nun, da er mit einer Sporttasche das Haus verließ, doch noch zu sich zurückzuholen. Und vor allem fragte er sich, was Alexander dachte, was er fühlte, wer ihm etwas eingeredet hatte, welche Geschichten die Runde machten.

Einen Monat vorher war er noch das Oberhaupt einer liebevollen Familie gewesen, nun saß er allein an einem zu großen Esstisch. Er weigerte sich, seinen Anrufbeantworter, auf dem drei lebendige Stimmen zu hören waren, neu zu besprechen. Er vergaß, einkaufen zu gehen oder kaufte Lebensmittel für drei. Auf der Straße sahen die Leute ihn an, als hätte er seine Entlassung allein einem Formfehler zu verdanken.

Immer weniger Patienten kamen in seine Praxis. Die meisten ließen vom einen auf den anderen Moment nichts mehr von sich hören. Ein Einziger sagte am Ende einer Sitzung, dass er oder sie »wegen allem, was da passiert ist«, sich einen anderen Psychiater suchen würde. Handgeschriebene Zettel wurden in Arons Briefkasten geworfen: *Keine Mörder in dieser Gegend*. Oder: *Wir behalten dich im Auge*.

Es war erniedrigend, jedes Mal, wenn Aron zur Türmatte ging und einen neuen Zettel entdeckte, hatte er das Bedürfnis zu schreien. Aber was hätte er sagen sollen, und wem? Wie kann ein Mensch seine Unschuld beweisen, außer, indem er den wirklich Schuldigen findet?

Hakan O. Den Namen erfuhr Aron aus einem Zeitungsbericht über Noras Fall. Er wurde beiläufig in einer Rekonstruktion aller möglichen Szenarien des Mordes an Nora erwähnt.

In den Monaten nach seiner Freilassung versuchte Aron, den Zeugen aufzutreiben, der Hakan O. am Abend des Mordes im Wald gesehen hatte. Er schrieb an die Polizei, ob sie nicht doch einen Hinweis zurückgehalten hatten. Er versuchte, der Justiz Hakans vollständigen Namen abzuluchsen, er recherchierte endlos im Internet. Aber wie viele Menschen und Institutionen Aron auch kontaktierte, mehr als den Vornamen bekam er nicht heraus. Schließlich sagte ihm ein Polizist am Telefon, dass sich dieser Hakan schon lange nicht mehr in den Niederlanden aufhalte. Er war geflohen, schloss Aron daraus. Hakan sollte nie mehr sein als ein Schemen, ein Täter ohne Gesicht, ein Mörder auf freiem Fuß.

Aron trocknet sein Gesicht mit einem Handtuch ab und lässt sich aufs Bett fallen, obwohl er weiß, das er doch keinen Schlaf finden wird.

Niemand ließ noch etwas von sich hören, auch Alexander nicht. Und wenn Aron bei der Familie von Nora anrief, reagierte man nicht oder legte auf, sobald er seinen Namen genannt hatte.

Er ertrug es nicht, länger in Amstelveen zu bleiben. Seine Praxis und seine Wohnung verkaufte er für einen guten Preis. Sein Haus in Amstelveen räumte er allein aus. Er brachte Kleider und Bücher kartonweise in Secondhandläden. In aller Stille verließ er die Stadt, in der er so lange gewohnt hatte, von der er angenommen hatte, er würde sie nie mehr verlassen. Er nahm nur seinen Hund mit und das einzige Fotoalbum der Familie Mulder – und fuhr ohne lange zu überlegen zum Ferienhaus in Egmond.

Offiziell sind die Ermittlungen zu Noras Tod noch immer nicht abgeschlossen. Aber die damit befassten Kommissare haben andere Fälle zugewiesen bekommen, die Zeitungen über neue Morde geschrieben, und schließlich war er kein Thema mehr.

Ein einziges Mal wurde er in einer einsamen Egmonder Nacht wach und war überzeugt, dass die Polizei vor seiner Tür stand. Dass er aus dem Bett geholt, dass er zur Verwunderung aller Bewohner des Bungalowparks abgeführt werden würde. Und das Schlimmste überhaupt: dass sie diesmal genügend Beweise zu haben glaubten, um ihn offiziell anzuklagen. Die Angst, wie unbegründet auch immer, verließ ihn nicht: Sie hatten ihn schon eine Weile festgehalten, warum sollte es diesmal nicht noch einmal passieren können?

Aber es passierte nicht. Für Aron war die Zeit in Egmond relativ ruhig. Natürlich versuchte er, Kontakt zu seinem Sohn aufzunehmen, aber er hatte kaum Anhaltspunkte. Alexanders alte Freunde weigerten sich, ihm zu helfen. Bei den Konsulaten, die Aron anschrieb, war der Name »Alexander Mulder« unbekannt. Manchmal musste er das Fotoalbum aufschlagen, um sich zu vergewissern, dass es ihn tatsächlich gab.

Den Dorfbewohnern kam allmählich mehr über sein Vorleben zu Ohren, das merkte er an einzelnen Versprechern und den starren Blicken, die er von Amstelveen her kannte. Aber in Egmond ließ man ihn wenigstens zufrieden. Jeden Samstag einkaufen gehen. Morgens im Garten arbeiten, Kaffee trinken, Kreuzworträtsel lösen. Ordnung. Nachmittags mit dem Hund in den Wald, wandern, bis es dunkel wurde. Die Wiederholung betäubte.

Bis zu jenem Radiobeitrag, der inzwischen Monate her war. Der Bericht, der die Vergangenheit wieder ins Heute katapultierte.

Er schreckt aus dem Schlaf hoch, hat einen trockenen Mund. Damals, bei Hakan, war Aron der Einzige gewesen, der sich in den Fall verbissen hatte, aber er war nicht energisch genug dabeigeblieben. Diesmal muss er schneller und zielstrebiger denken – wie viel Zeit hat er noch? Er schiebt die Decke weg und greift zum Nachtschränkchen. Halb fünf Uhr morgens.

Auf seinem Burner sieht er, dass O'Hara angerufen hat, dreimal kurz hintereinander.

Aron hört die aufgesprochene Nachricht ab, aber die Aircondition ist zu laut; er vernimmt Knarzen in der Leitung, eine stockende Stimme. Mit dem Gerät in der Hand steht er auf, die Bettfedern federn metallisch quietschend nach. Er stellt die Aircondition ab, aber das Geknarz kommt auch von O'Haras Stimme: Der Detektiv keucht mehr, als er atmet, und im Hintergrund hört man ein röhrendes Auto.

»Kemal hat vor, wegzufahren, keine Ahnung, wohin, aber ich habe gesehen, wie er Koffer in den Kofferraum packte. Ich gehe jetzt zu ihm. Aber da ist noch etwas anderes …« O'Hara macht eine Pause, man hört, dass er um eine Kurve biegt, ein quietschender Reifen, ein gemurmelter Fluch. »Ich habe nach dem Tagebuch von deinem Sohn gesucht. Ich habe noch mehr gefunden … Campus … Ich komme gerade vom Flughafen, alles liegt sicher in meinem Schließfach. Ich habe den Eindruck, dass mich jemand beobachtet …« Erneute

Stille. »Fuck, ich glaube, ich werde immer noch verfolgt. Wir müssen uns so schnell wie möglich sehen. Das will ich dir nur persönlich sagen. Ruf mich an.«

Dreimal ruft Aron O'Hara zurück. Seine Knöchel sind weiß, sein Daumen zittert.

Dreimal sagt eine Automatikstimme, dass die Nummer, die er eingegeben hat, nicht erreichbar ist.

DRITTER TEIL

7. Juni

Der Körper hat an die fünfzig Stunden im Morast gelegen. Der Fischer, der ihn zwischen Schilfrohr und Wasserpflanzen fand, hielt ihn zunächst für ein verwundetes Tier. Erst als er näher herankam, erkannte er die Konturen eines menschlichen Körpers. Zwei schaukelnde Arme, ein aufgeblähter Rumpf mit Alligatorenbissen, ein bleiches Gesicht, ein blauer Mund, eine dicke raushängende Zunge, die wie ein Aal aussah.

Der gesamte Körper war mit Stichwunden übersät. Die rechte Wade war gebrochen, und über seine rechte Brusthälfte verlief ein tiefer Schnitt. Manche Rippen lagen frei, und seine Eingeweide quollen heraus. Laut Autopsiebericht war eine Magenblutung die Todesursache. Es muss ein langsamer, schmerzhafter Tod gewesen sein.

Ein aus dem Ruder gelaufener Überfall wurde direkt ausgeschlossen, weil Portemonnaie und Telefon des Opfers noch in den Hosentaschen steckten. Die wenigen Anwohner in dieser Gegend hatten nichts gehört, es war ruhig gewesen wie immer.

Ein paar Stunden, nachdem die Leiche gefunden worden war, begannen einige Ermittler Zusammenhänge mit dem Underwood-Fall zu sehen. Wieder war es ein Messer mit geriffelter Klinge. Wieder ein abgelegener Ort im Sumpf bei Lake Lary, höchstens drei Kilometer entfernt von dem Platz, wo Nathalie gefunden worden war.

Mithilfe seines Passes konnte das Opfer leicht identifiziert werden. Michael O'Hara, zweiundsechzig Jahre, geboren und aufgewachsen in New Orleans, alleinstehend, keine Kinder. Früher war er bei der Polizei tätig gewesen, die letzten Jahre arbeitete er als Privatdetektiv. Hanna kennt seinen Namen aus früheren Tagen. Sie hatte gerade ihren Job angetreten, und einige Wochen lang sprachen alle über den Polizisten, der einen Zeugen misshandelt haben sollte. Danach hatte sie nichts mehr von O'Hara gehört.

Heute Morgen wurde Hanna telefonisch über den Mord unterrichtet. Je mehr Details sie über den Fall zu hören bekam, desto klarer wurde ihr, dass es sich um denselben Täter wie bei Nathalie handeln musste. Derselbe Täter – das hieße in jedem Fall, dass jetzt der Falsche vor dem Richter steht. Und dass mit Hannas Intuition, dem einzigen Kompass, über den sie verfügt, alles in Ordnung ist.

»Der Wagen des Opfers wurde ungefähr eine halbe Stunde Fahrweg vom Tatort gefunden«, hörte sie am Telefon. »Wie es aussieht, ist das Opfer selbst aus dem Auto ausgestiegen: Es gibt keine Hinweise auf einen Einbruch, und es wurden auch keine brauchbaren Fingerabdrücke gefunden. Und auf der Rückbank lag ein Umschlag mit Fotos und, wie soll ich es sagen … es waren auch Fotos von dir dabei.«

Jetzt, einen halben Tag später, steht sie neben dem Pathologen. Steve beugt sich über die bleiche, aufgeschwemmte Leiche und zeigt mit seinen Gummihandschuhhänden auf O'Haras Rücken. »Hier, über seinen Schulterblättern, sieht man mehrere Druckstellen. Angesichts der Größe und der Tatsache, dass sie noch immer gut erkennbar sind, können sie nicht mit bloßer Hand angebracht worden sein. Das Opfer wurde von hinten mit einem schweren Gegenstand niedergeschlagen …«

»Warum machst du nicht weiter? Was ist?«

Er schaut sie lange an. »Bist du sicher, dass du die Richtige bist, um diesen Fall zu untersuchen?« Er gibt sich keine Mühe, den sorgenvollen Ton in seiner Stimme zu unterdrücken. »Wann hast du zum letzten Mal dein Bett gesehen?«

»Die Leiche, Steve!«

»Gut, gut. Das Opfer ist sicher eine Stunde lang bewusstlos gewesen. Ich vermute, dass es in diesem Zustand zum endgültigen Fundort gebracht wurde. Im Sumpf wurden mehrere Spuren gefunden, die darauf hinweisen, dass die Leiche mehrfach transportiert worden ist. Höchstwahrscheinlich hat er, als er wieder zu Bewusstsein kam, noch versucht, wegzurennen, und ist dann niedergestochen worden. Erst in die Wade, dann in den Bauch.« Steve dreht den Körper auf die Seite, ganz vorsichtig, als habe er es mit einem zerbrechlichen Gegenstand zu tun. »Fast alle Messerstiche kamen von vorn. Die Krokodilbisse sind erst zwanzig Stunden später hinzugekommen.«

Als sie die Fleischwunden an O'Haras Bauch sieht, Dutzende mit rotblauem Grind umringte Flecken, schlägt sie die Hand auf den Mund. »Lieber Gott!«

»Der Täter hatte es eilig«, sagt der Pathologe. »Die Messerstiche erfolgten kurz hintereinander, die meisten nicht tief, einige erst, als das Opfer schon tot war. Die Erklärung überlasse ich dir. Weiter: Im Blut des Opfers keine Hinweise auf Drogen, aber ein hoher Alkohol-Promillegehalt.«

»Und unter seinen Fingernägeln?«, fragt Hanna.

»Nichts. Es wurde auch keine Täter-DNA gefunden. Durch den Regen in der letzten Zeit und natürlich durch die Tage im Sumpfwasser sind auch hier zweifellos Spuren verloren gegangen.« Steve zieht ein blaues Laken über den Körper, bis ans Kinn, dann wendet er sich Hanna zu. »Es ist ein Wellenschliffmesser benutzt worden wie beim letzten Mal.«

»Das kann natürlich Zufall sein. Aber wir sollten ernsthaft davon ausgehen, dass der Täter mit dem Underwood-Fall vertraut ist. Vielleicht ist es ein Trittbrettfahrer. Aber dann finde ich es merkwürdig, dass der Mord nicht bei Vollmond verübt wurde. Steve, such weiter. Wir haben wenig Zeit.«

»Bevor er noch ein weiteres Mal zuschlägt?«

»Oder bevor er auf Nimmerwiedersehen verschwindet.«

Die Fotos aus dem Auto. Aufgefächert liegen sie auf ihrem Schreibtisch. Fotos vom Campus: unbekannte Studenten. Fotos von Kemal Johnson. Wie er die Straße überquert, in Geschäfte geht und herauskommt, nichts Brauchbares.

Und Fotos von ihr. Zwei Fotos von der Ausbildung aus dem Archiv; O'Hara hatte also noch Freunde bei der Polizei. Hanna betrachtet ihr Gesicht aus vergangenen Jahren, jung und schmal, unsicher und ambitioniert. Sie sieht sich die anderen Fotos an, erst kürzlich aufgenommen. Sie am Steuer ihres Chryslers, am Eingang des Polizeireviers, mit Chris am Esstisch. Und in all diesen Momenten hatte sie nichts mitgekriegt. Nein, nicht nichts, aber zu wenig, sie hätte besser darauf achtgeben müssen, als sie merkte, dass ihr jemand folgte.

Aus der Tasche mit eventuellen Beweisstücken nimmt sie O'Haras Kalender. Sie blättert ihn durch. Als letzter Termin steht da »KJ«. Was hat Kemal Johnson mit diesem Privatdetektiv zu schaffen? Die letzten Wochen: viele freie Stellen. Wenig Kunden anscheinend, oder O'Hara hat nicht alle seine Termine notiert. Die einzige Abkürzung, die immer wieder auftaucht, ist »AM«. Alexander Mulder, wer sonst? Aber woher kannte O'Hara van Zandts niederländischen Namen? Die beiden haben niemals Kontakt gehabt, sie kennen sich nicht – das ergibt keinen Sinn, aber wenn sie van Zandt danach fragt, würde es der Chief Inspector sofort mitkriegen, und sie will nicht schon wieder zur Ordnung gerufen werden.

Hanna sucht Johnsons Adresse im System und steigt in ihren Chrysler. Als er in Untersuchungshaft saß, ist es ihr nicht gelungen, ihm brauchbare Informationen zu entlocken, aber jetzt hat sie etwas Konkretes, wonach sie ihn fragen kann, wer weiß, ob Johnson sich beim Nennen des Namens O'Hara nicht gezwungen fühlt, mit der Sprache herauszurücken.

Das Third Ward. Eingefallene Holzmauern, Schimmelflecken auf der Veranda. Sie wummert an die Tür von Johnsons Haus, aber niemand öffnet. Als vorbeigehende Nachbarn sie etwas zu lange mustern, zeigt sie ihre Marke an der Jacke. Die Leute wenden die Gesichter ab. Sie schlüpft auf die Rückseite von Johnsons Wohnung. Dort öffnet sie ein Fenster, das auf Kipp steht, und klettert hinein.

In dem Moment, als der Fußboden knarrt, weiß sie schon, dass Johnson weg ist. Sein Kühlschrank ist leer, das Einzige, was noch im Kleiderschrank hängt, ist ein Hawaiihemd und eine Lederjacke.

Zurück im Chrysler, wird ihr klar, dass sie nichts gegen Johnsons Flucht unternehmen kann. Die Initialen im Kalender sind kein hinreichender Grund für einen Haftbefehl. *Manche Spuren muss man ruhen lassen*, sie muss die Worte des Chief Inspectors nicht noch einmal hören, um zu wissen, was er von der Situation halten würde. Vielleicht hat er im Fall Johnson recht.

Auf dem Schreibtisch lässt sie ihren Blick über O'Haras Fotos und seine anderen Habseligkeiten schweifen. Sie nimmt das Handy. Es ist ein Wegwerftelefon, das viele Kriminelle benutzen, nicht zurückverfolgbar und billig. Ohne Protokoll natürlich. Aber wenn sie die 1 drückt, wird sie sofort verbunden mit der letztgewählten Nummer. Zu ihrer Überraschung klingelt das Telefon, die Nummer existiert also. Ihre Kiefer pressen sich aufeinander, das Telefon klingelt weiter, ein drittes, ein viertes Mal.

Dann wird abgenommen. Sie bringt kein Wort heraus. Ihr Herz rast.

Am anderen Ende der Leitung: tiefes, unregelmäßiges Atmen.

»Hallo«, sagt sie.

Sofort wird sie weggedrückt. Sie tippt die 1 noch einmal ein. Eine elektronische Stimme verkündet laut, dass die gewählte Nummer nicht erreichbar ist.

7. Juni

Man sieht sie schon von der Straßenecke. Fünf oder sechs Polizisten. Ständig laufen sie in O'Haras Büro hinein und heraus. Aron sieht die Silhouetten durch das Haus geistern. Wahrscheinlich durchsuchen sie die Aktenstapel und Zeitungen nach Hinweisen auf Alexander oder O'Hara selbst. Nach ungefähr einer Stunde gehen sie zurück zu ihren Autos, die zwischen den Wohn- und Bürohäusern parken. Zu Arons Erleichterung nehmen sie nichts mit. Zwei Polizisten spannen gelbe Absperrbänder zwischen den Gitterstäben der Veranda und der Haustür: *Police line – Do not cross.*

Aron nimmt seinen Burner. Es überrascht ihn kaum, dass noch immer nicht abgenommen wird. Während er hier sitzt, nach vorn gebeugt in seinem Ford, und die Polizisten bei der Arbeit beobachtet, wird ihm zur Gewissheit, was er in den letzten Stunden schon befürchtet hat: Auf seinem Anrufbeantworter sind die letzten Worte von O'Hara. Irgendwann zwischen dieser Nachricht und dem Moment, in dem er benommen nach draußen starrt, hat Aron seinen einzigen Beistand in Amerika verloren.

Die Polizisten fahren in gemächlichem Tempo ab, ohne Sirenen. Einige Nachbarn schauen von der Veranda aus zu. Aron beugt sich weiter vor. Erst als es dämmert und die Nachbarn wieder hineingegangen sind, steigt er aus.

Ist O'Hara hier gewesen, nachdem er die Nachricht für Aron aufs Band gesprochen hat? »Alles liegt sicher verwahrt in meinem Schließfach«, hat er gesagt; was ist danach passiert? Hat Johnson den Detektiv verfolgt, ihn mit seinem Auto so blockiert, dass er nicht weiterfahren konnte? Konnte Johnson nach dem Mord an Nathalie ein weiteres Mal nicht an sich halten? Aron wird die Wahrheit bald herausbekommen, er spürt es, O'Hara hatte die Beweise schon gefunden, nun muss Aron sie finden – er wird den Fall lösen, sein Sohn wird freikommen.

Erst vor ein paar Wochen ist er zum ersten Mal hierhergekommen. Es fühlt sich an, als sei es ewig her, dass Aron auf diesem Gehweg gestanden hat, seinen Bauch massierte und das Geräusch des Summers ihn willkommen hieß. Jetzt massiert er seinen Bauch nicht, er wirft nur eine Magentablette ein und stellt sich vor die Polizeiabsperrung.

Noch einmal schaut er sich um. Die Straße ist leer.

Dann, ehe er sich's versieht, schlüpft er unter dem ersten Absperrband durch. Er hat nicht gewusst, dass der Tod eines Menschen so viel Adrenalin freisetzen kann, er erinnert sich nur, dass es bisher lähmend gewirkt hat.

Er schiebt die Absperrbänder vor der Tür zur Seite, aber das Büro ist abgeschlossen. Seit Atem geht unregelmäßig. Seine Gedanken schweifen ab zu dem Besuch auf dem Campus, den O'Hara mit ihm unternommen hat, und er holt seine Kreditkarte aus der Hosentasche. Er schiebt die Karte in den Spalt zwischen Tür und Schloss. Er hört einen Klick, und die Tür geht auf.

Stärker noch als die letzten Male hängt muffige Luft im Büro, als würde der Eigentümer nie zurückkehren. O'Haras Schreibtisch liegt voller Akten und Stapel mit Notizzetteln. Aron schiebt den überquellenden Aschenbecher zur Seite und schaut sich die oben liegenden Papiere an, findet aber nichts über Alexanders Fall. Probehalber nimmt er einige

Ordner in die Hand, blättert sie durch, sieht Namen und Berichte, die ihm nichts sagen, legt sie weg.

Wonach soll er suchen? Ob O'Hara ihm etwas hinterlassen hat, einen Hinweis, den die Polizei übersehen hat?

Seine Hand gleitet an den Zeugnissen an der Wand entlang, sie klappern leicht gegen den billigen Putz. Er geht ein wenig in die Knie, beugt sich zu den endlosen Papierstapeln an den Wänden. Sorgfältig sieht er sie durch. Bei jedem vorbeifahrenden Auto oder jedem lärmenden Passanten schreckt er hoch. Einmal glaubt er sogar, jemanden hereinkommen zu hören: Er flüchtet ins Nebenzimmer des Büros, um sich hinter einem staubigen Aktenschrank zu verstecken. Aber es kommt niemand. Kein Polizist, niemand von der Familie, keine Klienten von O'Hara, auch nicht Kemal Johnson.

Aron durchsucht die Schreibtischschubladen und blättert Notizbücher durch. Als das zu keinem Ergebnis führt, dreht er einige Runden durchs Zimmer. Aber je länger Aron hier ist, desto besser begreift er, warum die Polizei nichts mitgenommen hat. Dieser Raum gleicht in nichts mehr dem Büro eines Privatdetektivs, es ist eher eine verlassene Rumpelkammer.

Erschöpft setzt sich Aron an O'Haras Schreibtisch. Wieder zieht er die Schubladen auf, aber dieses Mal konzentriert er sich nicht auf die Papiere. Er nimmt sich das ganze Drumherum vor: einige herumliegende Fotos von Polizisten, die nicht mitgekriegt haben, dass sie beobachtet wurden, ein Paar Handschellen, ein paar Patronenhülsen, zwei Zangen, vermutlich, um Vorhängeschlösser zu knacken.

In der untersten Schublade findet Aron an die fünfzig Schlüssel, sie liegen unordentlich und ohne Namensschild durcheinander. Konzentriert untersucht Aron die Schublade.

Während die Schlüssel durch seine Finger gleiten, denkt er an Kemal, an Hakan, er macht schneller, dann sieht er ihn.

Einen kleinen roten Schlüssel. Mit dem Emblem des Louis Armstrong Airports.

Aron weiß, dass er nicht weitersuchen muss. Deshalb hat O'Hara sein Schließfach erwähnt, deshalb hat er es auf der Voicemail gesagt: Für den Fall, dass er Aron selbst nicht mehr helfen konnte.

Aron nimmt den Schlüssel, und in diesem Augenblick beginnt seine Brust zu beben.

Sein erster Gedanke: ein Herzinfarkt. Dann spürt er, dass es aus seiner Jacketttasche kommt. Der Burner. Verwirrt nimmt er das Gespräch an.

»Hallo.« Eine Frauenstimme.

Er zögert, ob er etwas sagen soll, findet es aber zu riskant; die Nummer war doch allein für ihn reserviert? Er schaltet das Telefon aus, nimmt den roten Schlüssel aus der Schublade und verlässt O'Haras Büro. Ohne dass ihn jemand sieht, geht er zu seinem Auto. Er gibt Gas, er weiß, wo er hin muss.

Hinter dem Steuer wischt er mit seiner freien Hand die Fingerabdrücke vom Burner. Nach ein paar Minuten dämmert es ihm, dass er durch das Gerät immer noch zu orten ist. Er hält an und wirft das Handy in den Mississippi.

8. Juni

Angreifer üben, wie man Raum gewinnt, Verteidiger rammen mit aller Kraft gegen Metallpuppen. Wieder sitzt Hanna Vincennes auf der Tribüne der Privateers, aber heute schaut Maestri kein einziges Mal zu ihr, und sie muss auch niemanden sprechen. Harte soll nur wissen, dass sie ihn im Auge behält. Er scheint nicht ganz bei der Sache zu sein, zweimal wird er von Maestri zur Ordnung gerufen.

Jetzt wird verkündet, dass die Schlussplädoyers höchstwahrscheinlich am 12. Juni um neun Uhr morgens gehalten werden sollen. Dann beraten die Geschworenen, und bis zu dieser Zeit können noch neue Beweise vorgebracht werden. Heute morgen haben der Anwalt und ein Psychologe angerufen, spezialisiert auf Traumabewältigung und Pathologie, der Alexander für unfähig hält, einen Mord zu begehen. Eine schwache Beweisführung, weiß Hanna. Wie soll man ein Unvermögen nachweisen? Trotzdem bildete diese Beweisführung den Kern der Verteidigung: Alexander van Zandt, normaler Student, betrogener Freund, Pechvogel. Noch immer ist Hanna die Einzige, die weiß, dass Alexander jedenfalls schlau genug war, um sich einen falschen Pass zu besorgen, um seinem alten Leben tatsächlich zu entkommen.

Heute hat auch die *New York Times* eine Reportage über den Fall gebracht. Hanna nimmt die Zeitung vom Tribünenplatz neben sich.

»Die öffentliche Meinung richtet sich schon länger gegen den Verdächtigen van Zandt. Aber da nun auch die Aussagen der Zeugen der Staatsanwaltschaft glaubhafter erscheinen als die der Verteidigung und die Beweisstücke noch immer in van Zandts Richtung weisen, scheint eine Verurteilung wahrscheinlicher als ein Freispruch. Van Zandt betont noch immer, völlig unschuldig zu sein.«

Mit jedem Tag, an dem die Zeitungen ihre Headlines drucken, wo der Name van Zandt in fettem Schwarz steht, wird Hannas Überzeugung größer: Sie sind dabei, den Falschen zu verurteilen. Alle Entwicklungen bestärken ihren Standpunkt: das Video, die Tatsache, dass Harry Harte auf dem Film zu sehen ist, die Verbindung zwischen Chuck Harte und Alexanders Pass, das Streichholz – und natürlich der Fall O'Hara.

Aus dem offiziellen Polizeistandpunkt geht hervor, dass die Morde an Nathalie Underwood und Michael O'Hara nichts miteinander zu tun haben. Die Übereinstimmungen sind nicht stark genug, um den Fall Underwood neu aufzurollen: Der Chief Inspector kann sich keinen Gesichtsverlust erlauben, und sobald über einen Serienmörder spekuliert wird, wird das Medieninteresse nicht mehr einzudämmen sein. Darum ist der O'Hara-Fall nicht auf Hannas Schreibtisch gelandet. Schrittweise versucht der Chief Inspector, Hanna ins Abseits zu drängen, wenn sie nicht überhaupt schon draußen ist.

Als das Training vorbei ist, fährt Hanna nach Hause. Im Autoradio: Passanteninterviews über den Fall, Volkes Stimme über Alexander van Zandt, niemand scheint noch Zweifel zu haben.

Zu Hause ist es stiller als gewöhnlich. Hanna betrachtet die gerahmten Fotos, die sie normalerweise nicht mehr sieht; Chris und sie an den Niagarafällen, in Tijuana. Es ist nicht schlimm, dass sie nur zu zweit sind. Ein Kind wäre einfach zu viel. Dass sie die Abtreibung hinter Chris' Rücken hat machen lassen, dass sie ihn von vornherein zu wenig einbezogen hatte – das rührte alles aus einem tief verwurzelten Instinkt, der ihr deutlich machte: Ich bin dafür nicht bereit, ich will es nicht.

Sie setzt Teewasser auf und liest den *Times*-Artikel noch einmal. Sie weiß so viel mehr als der Journalist, aber gerade eben nicht genug, um das zu tun, was sie am liebsten machen würde: die Untersuchung neu eröffnen, nachgraben, jagen.

Jeder Mord ist ein Versuch, sich Erleichterung zu verschaffen, redet sie sich selbst ein. Die Frage ist, wovon der Täter sich befreien will, welche Bürde er loswerden will.

Ein Serienmörder hegt oft Verlangen nach Transformation. Indem seine Morde stets nach dem gleichen Ritual verlaufen, hofft er, sich in ein höheres Wesen zu verwandeln, einen Auserkorenen. Aber so krank ist dieser Mörder nicht, von Ritualen kann nicht die Rede sein. Hanna denkt an die Verse aus den Korintherbriefen. Satan, der sich selbst als Engel des Lichts ausgibt. Aber was bedeutet Luzifer, also das Streichholz, wenn es nicht vom Mörder, sondern vom Opfer gebraucht wird?

Die Haustür geht auf, Chris' Stimme klingt durch das Haus. »Liebling, bist du da?« Er hat Paninis von ihrem italienischen Lieblingsbrotladen mitgebracht.

Hanna schafft nicht mehr als drei Happen von ihrem Brötchen. »Ich könnte es mir nie verzeihen, wenn sie ihn verurteilen«, sagt sie. »Er ist unschuldig. Es stimmt einfach nicht.«

Sie kann ihre Gedanken nicht länger für sich behalten, vielleicht hat sie das schon viel zu lange getan. So ruhig, wie sie kann, erzählt sie Chris von dem Pass, dem Video, dem Tod O'Haras.

»Hast du Beweise?« Sein Ton ist verständnisvoll, aber ernst. Ganz so, als ob er vor seiner Klasse steht.

»Nicht genug. Das ist das Problem. Wenn ich den Chief unter Druck setze, wird er mich nur noch mehr kaltstellen. Und wenn ich die Ermittlungen ohne seine Billigung fortsetze, kommt er ganz sicher dahinter und pfeift mich noch weiter zurück.«

»Bist du dir wirklich ganz sicher, dass van Zandt unschuldig ist?«

»Glaub es mir ruhig. Und ich weiß, dass ich versprochen habe, dass das mein letzter großer Fall ist, aber ich muss ihn richtig zu Ende bringen. So darf es nicht enden.«

Stille. »Kann ich was tun, um zu helfen?«

Seine Frage erschreckt sie, sie schüttelt schnell ihren Kopf.

»Wie neulich«, drängt er sie. »Damals sind wir doch auf eine Spur gekommen, weil ich dir geholfen habe. Wir wollen beide, dass dieser Fall so schnell wie möglich abgeschlossen wird. Wenn ich dir dabei helfen kann, dann muss es so sein.« Er legt seine Hand auf ihren Arm. »Lass mich dir helfen.«

8. Juni

Chinatown. Hellrote Lampions schaukeln über Arons Kopf, Karkassen von Hühnern und Enten hängen in den Auslagen. Aron zwängt sich zwischen gehetzten und laut redenden Asiaten hindurch, Leute stoßen ihn an, er stößt zurück und streift durch die Läden. Fast überall werden dieselben chinesischen Gerichte verkauft, Dim Sum vierzig Prozent billiger, *all you can eat*. Die Marke aus Zinn findet Aron schließlich in einem Secondhandladen mit endlosen Reihen vergoldeter Katzen, die mit der Pfote winken.

Die Marke ist kleiner, als er erwartet hat. Er steckt sie in sein Hemd und fährt zum Louis Armstrong International Airport. Dort durchquert er ohne zu zögern die Ankunftshalle, die genauso verlassen wirkt wie beim letzten Mal.

Aron geht zu den Schließfächern. An einem Informationsschalter hält er, etwas außer Atem, seine Marke hoch und schiebt den roten Schlüssel unter dem Plexiglas durch. Er muss seine Worte sorgfältig wählen, sein Akzent darf ihn nicht verraten. »O'Hara. Ermittlung. Habe die Nummer vergessen.«

Er fühlt sich unbehaglich, findet sich auch respektlos, wie er sich als sein Privatdetektiv aufspielt – vor ein paar Tagen noch saßen sie nebeneinander im Auto, an dem Abend auf dem Campusgelände. Aber es gibt keinen anderen Weg, um an das Schließfach zu kommen.

Die Frau ihm gegenüber – höchstens vierzig, mit rosa gefärbtem Haar – mustert Aron und nickt dann. »Shit happens. Die 216.«

Aron wendet sich vom Schalter ab, geht zu den Hunderten von Schließfächern. Zu seiner Überraschung verspürt er nicht nur Verdruss, wenn er jetzt an O'Haras Tod denkt, sondern auch eine Spur Dankbarkeit. Die Möglichkeit, wie gering auch immer, dass sein Sohn doch der Mörder von Nathalie Underwood ist, kann nach O'Haras Tod definitiv verworfen werden. Der Mord stimmt mit dem an Nathalie so sehr überein, dass es einfach derselbe Täter gewesen sein muss, es muss etwas geben, was alles miteinander verbindet.

Mit seiner rechten Hand öffnet Aron O'Haras Schließfach, mit der Linken fängt er das Schloss auf, *made in Taiwan*.

Das Tagebuch von Alexander liegt auf Akten mit den Jahreszahlen 2011 und 2012. Rechts ein Bündel Geld, links ein altmodischer Revolver mit kurzem Lauf. Das Geld verschwindet in seiner Gesäßtasche, den Revolver steckt er in die Hose. Das Tagebuch, das sich unwirklich leicht anfühlt, klemmt er unter seinen Arm. Und ganz unten liegt noch etwas, ein Stück Stoff, vielleicht ein Kleidungsstück. Erst als er wieder im Auto sitzt, breitet er es vor sich aus. Es ist das Skelettkostüm, das er auf den Fotos der Überwachungskamera gesehen hat.

Der Revolver liegt auch ohne Munition schwer in der Hand. Es ist das erste Mal in seinem Leben, dass Aron eine Waffe hält. Zurück im *Super 8* zielt er auf den Fernseher, die Neonröhre, den Türknauf. Um ein Gefühl dafür zu bekommen. Danach legt er das Ding erschrocken aufs Bett.

Aron sieht sich das Skelettkostüm, das er über eine Stuhllehne gelegt hat, aufmerksam an. Das Kostüm dessen, der seinen Sohn ins Gefängnis gebracht hat. Aron würde damit gern zur Polizei gehen, aber dann sieht er die an das Kostüm geheftete Abholmarke einer Reinigung – am Tag nach dem Mord an Nathalie ist es chemisch gereinigt worden. Als Beweisstücke taugt es höchstwahrscheinlich nicht mehr, die Polizei könnte damit nichts anfangen. Vielleicht würden sie ihm sogar untersagen, sich noch länger mit dem Fall zu beschäftigen. Nein, er muss selber weitersuchen, dann hat er größere Chancen auf Gerechtigkeit.

Bleibt eine Frage: Woher hat O'Hara das Kostüm?

Kemal Johnson. Der letzte Name, den O'Hara genannt hat. Gleich auf dem Rückweg vom Flughafen war Aron zur letztbekannten Adresse von Johnson gefahren – die kennt er aus einer der Akten von O'Hara. Niemand hat geöffnet, natürlich nicht, Johnson hat zu viel zu verbergen, um sich zu zeigen. Morgen wird Aron es wieder versuchen. Und dann wird er sich nicht mit einer geschlossenen Tür zufrieden geben, er wird so lange suchen, bis er Johnson gefunden hat, bis sich alles aufgeklärt hat.

Arons Blick gleitet über seinen Schreibtisch. Das Tagebuch seines Sohnes. Er schlägt es auf und zwingt sich, die Lektüre nicht länger aufzuschieben.

9. September 2012

Ich schäme mich. Vierundzwanzig Jahre alt und von einem Psychologen dazu verpflichtet, ein Tagebuch zu führen. Die Aufgabe ist leicht: Meine Erinnerungen an den Tod von Nora aufzuschreiben. Auf Niederländisch, wohlverstanden – die Muttersprache »liegt näher bei den Erinnerungen«. Ich merke, dass ich noch immer lieber »der Tod« schreibe als »der Mord an«. Ich erinnere mich an das Geräusch ihrer Slipper, ihrer Hand auf meiner Stirn.

14. September 2012
Mein erster Tag in Amerika, 2009. Mir war gleich klar, dass ich in dieses Land gehen sollte: Es ist weit weg von den Niederlanden, ich verstehe die Sprache und wollte immer schon dahin. Nun noch eine geeignete Stadt finden. Ich habe die Landkarte lange studiert. New York und Los Angeles waren zu groß, das Leben dort ist zu hektisch. Ein Dorf wäre nichts für mich gewesen. Ich musste ein ganz neues Leben aufbauen, mit vielen neuen Menschen. New Orleans. Ich kannte Musik, Filme und Geschichten über diese Stadt. Das genügte. Zufällig lernte ich Harry in einem Café in der Stadt kennen. Er hat gleich gemerkt, dass ich einiges von meiner Herkunft verschwieg, ich beschloss, ihm die Wahrheit zu sagen, und er hat mich unterstützt. Sein Vater hat mir geholfen, die richtigen Papiere zu kriegen, ich konnte mich auf dem Campus einschreiben. Ich war so erleichtert, als ich da zum ersten Mal herumlief. Hier konnte ich neu starten, ohne die Vergangenheit. Ich entschied mich, Geschichte zu studieren. Es war eine intuitive Wahl. Vielleicht war es eine Art Verantwortungsgefühl, dass ich mich in die Geschichte des Landes, das mich willkommen geheißen hatte, vertiefen wollte. Für jeden amerikanischen Fakt, den ich lernte, hoffte ich, einen niederländischen zu vergessen. Und es klappte – während ich von amerikanischen Helden oder Schurken las, rutschten die Niederlande immer weiter weg.

19. September 2012
Was Frey voraussagte, dass es geschehen würde, geschieht auch. Das Schreiben über früher ruft vergessene Dinge zurück. Gefühle, für die ich eigentlich keine Worte habe.

Halbe und ganze Erinnerungen, von denen ich dachte, dass sie verloren seien. Es ist eine sehr anstrengende Zeit. Den ganzen Tag bin ich mit Aufarbeitungen beschäftigt, und wenn ich abends im Bett liege, fühlt es sich an, als wäre ich einen Marathon gelaufen. Und dann kommen die Bilder. Es war Aron, der die Neuigkeit erzählte. Früher am Abend hatte er schon gefragt, ob ich wüsste, wo Nora ist. Als ich verneinte, versicherte er, dass nichts Schlimmes passiert sei, aber ich sah, dass er log.

Dann stand er wieder in der Tür. An diesem Tag hatte ich das Geschichtsexamen. Es waren fünfzig Fragen, das weiß ich noch, fast alles Multiple-Choice-Fragen. Und ich erinnere mich an den Regen, der den ganzen Tag lang fiel. Die Markierungen des Fahrradweges zurück nach Hause. Danach der Ernst in seinem Blick. Und dann kam seine Mitteilung: »Sorry, dass ich dich beim Lernen störe.« Die sich ausbreitende Stille, wie ein Gummi. »Ich kann deine Mutter nirgends finden.« Gummi zerschnitten.

25. September 2012

Es ist nun fast eine Woche her, dass ich zum letzten Mal in dieses Heft geschrieben habe. Die Bilder von früher laugen einen so aus. In dieser Woche bin ich oft allein gewesen, ich habe es so gewollt. Nathalie hat es nicht verstanden, ich konnte es nicht erklären. Es ist nicht so, dass ich Erinnerungen wiedergefunden habe; sie sind nie weg gewesen. Nur die Zusammenhänge, die ich als Achtzehnjähriger nicht erkennen konnte und die sich in meinem Kopf verfestigt haben, die kommen ins Rutschen.

3. Oktober 2012

Sorry, dass ich dich beim Lernen störe. Wie habe ich diesen Satz gehasst! Wegen der Worte, die danach kamen, aber auch durch die Untertänigkeit in der Formulierung in Kombination mit seiner tonlosen Stimme. Und vielleicht hasse ich sie vor allem deshalb, weil sie ein Schuldgefühl in mir wachriefen. Gerade so, als würde ich meine Prüfungen wichtiger finden als den Tod meiner Mutter. *Ich kann deine Mutter nirgends finden.* Wir warteten am Küchentisch. Nach einer Weile rief Aron ein paar Freundinnen von Nora an, aber alles, was er sagte, klang pflichtmäßig. Dann ist er selbst in den Wald gegangen. Vielleicht ist sie hingefallen, sagte er. Hätte ich mitgehen müssen? Ich starrte lange in mein Geschichtsbuch, zu mürbe, um neue Informationen aufzunehmen. Als er zurückkam, war er klatschnass, seine Schuhe voller Erdklumpen. Er schwieg und setzte sich wieder mir gegenüber hin. Warum taten wir weiter nichts? Es war das erste Mal, dass ich dachte: Er weiß mehr als ich.

9. Juni

Zwei Uhr mittags. Hanna sitzt am Esstisch und schreckt hoch von einem hohen Quietschton. Nach einigen Sekunden ist ihr klar, dass das ihr Telefon ist. Sie schiebt die Underwood-Akten zur Seite und nimmt das Gerät. Es ist die Nummer von Chris. Während der Arbeitszeit? Plötzlich, als sie das Telefon ans Ohr hält, wird ihr klar: Er tut, was er gestern angekündigt hat. Heute morgen ist er nicht zur Arbeit gegangen, sondern ist unterwegs, um ihr zu helfen.

»Hanna.« Seine Stimme klingt hoch und schnaufend. »Ich habe den Bus zum Campus genommen. Ich habe gedacht, wenn die Briefe an dich von da in der Gegend verschickt werden, ist es sinnvoll, sich da mal umzuschauen. Wer weiß, vielleicht finde ich den Jungen, der neulich beim Postamt weggerannt ist. Und ich glaube, ich habe ihn gesehen.«

Dieser Satz saugt die Luft aus Hannas Lungen. »Beschreib mir den Jungen mal«, flüstert sie.

»Weiß, in den Zwanzigern, normale Größe und Körperbau. Aber ich konnte nicht viel sehen, die sind sich alle so ähnlich.«

»Warum jappst du?«

»Als er aufs Campusgelände ging, bin ich hinter ihm hergelaufen. Erst schien er nichts zu merken, aber dann fing er auf einmal an zu rennen. Ich habe ihn verloren. Und jetzt habe ich das Gefühl, dass ich verfolgt werde. Ich traue mich nicht, zum Auto zurückzugehen.«

»Wo bist du genau?«

»Ich habe mich hinter einer Baumreihe versteckt. Ich sehe die Universitätsgebäude, aber kaum Menschen. Was soll ich tun?«

»Du musst dich nicht verstecken«, sagt Hanna. »Sieh zu, dass du auf einen belebten Platz kommst, sprich jemanden an, der vertrauenswürdig aussieht, versuche …«

Die Verbindung wird unterbrochen. Als sie zurückruft, hört sie nur Chris' Anrufbeantworter.

Hanna umrundet in hohem Tempo den Campus. Keine Spur von Chris. Sie nimmt das Telefon und ruft ihn zum x-ten Mal an. Immer noch meldet sich sofort der Anrufbeantworter. Per Sprechfunk hält sie Verbindung mit einem Polizeiwagen, der gleichfalls sinnlose Runden dreht.

Als Hanna am Apartment von Alexander van Zandts Mitbewohnern anklopft, wird nicht geöffnet. Sie ruft Harte, Pulastra und Sykes an, aber keiner nimmt ab.

Sie befragt Studenten, niemand hat etwas Auffälliges gesehen, und bei einem Foto von Chris zucken sie die Schultern. Auf jedem dieser Gesichter versucht sie, einen Schimmer von Schuld zu entdecken.

Es wird dunkel. Die Campuslaternen gehen an. Sie hätte sich Chris gegenüber klarer ausdrücken müssen, aber sie hatte nicht geglaubt, dass er versuchen würde, ihr bei dem Fall zu helfen.

Immer wieder sagte sie sich, dass sie hätte deutlicher sein müssen. Sie hat es allein nicht geschafft, sie war zu schwach, und dafür wird sie jetzt bestraft. Chris in seiner Unwissenheit muss plötzlich dicht an den Mörder herangekommen sein, eine andere Erklärung hat Hanna für sein Verschwinden nicht.

Nach einigen Stunden entfernt sich der Polizeiwagen mit Hannas Erlaubnis. Sie selbst bleibt auf dem Campus, aber so viele Bewohner sie auch anspricht, niemand kann ihr helfen.

Erst gegen Mitternacht fährt sie, schlapp vor Hunger, nach Hause. Sie muss ein paar Stunden schlafen, um morgen umso tatkräftiger zu sein. Zwei Kollegen werden auf dem Campus Wache halten. Hanna ahnt, dass sie nichts finden werden, dass sie selbst es aufklären muss.

Trotz ihres guten Vorsatzes kann sie nicht schlafen. Die andere Hälfte des Bettes bleibt kalt und unerträglich leer.

III

Es gibt ein Spiel, das er früher oft gespielt hat: Mörderchen. Die Kinder setzen sich in einem Kreis zusammen. Eine Person verlässt das Zimmer: Sie wird Polizist. Der Kreis entscheidet inzwischen, wer der Mörder ist. Wenn der Polizist wieder in Zimmer kommt, verhört er jeden Einzelnen. Der Mörder muss, wenn der Polizist nicht aufpasst, jemandem zuzwinkern, der danach zurücksinkt: Er wurde soeben ermordet. Der Polizist hat die Aufgabe, den Täter zu enttarnen, bevor alle tot sind.

Ein Kinderspiel, genauso spannend wie übersichtlich: Töten war also so einfach wie Zwinkern.

Er war immer geschickt darin, gewann als Polizist und als Mörder. Vor allem, wenn die anderen nervös wurden, war er gut, er behielt die Übersicht, bestimmte den Rhythmus des Spieles. Genau wie jetzt.

Noch ein paar Tage, und dann wird das Urteil im Underwood-Fall gesprochen. Dann ist er offiziell davongekommen. Es macht ihn immer noch wütend, dass ausgerechnet so ein abtrünniges Fossil ihm so nahe gekommen ist. Polizisten sind berechenbar, sie haben das Gesetz, dem sie zu gehorchen haben. Aber ein Privatdetektiv wie dieser – der sich um keine Regel schert und einfach einbricht, um ein Beweisstück zu stehlen – ist ein großer Risikofaktor; der musste eliminiert werden. Es hatte nur wenig Mühe gekostet. Das einzig Schwierige war gewesen, den plumpen Körper in den Kofferraum zu kriegen. Ihm aufzulauern, als er irgendwo

Kaffee holte, ihn bewusstlos zu schlagen – das war ganz einfach.

Manchmal denkt er plötzlich an Nathalie, an ihre gemeinsamen Augenblicke, an den letzten Ausflug, den sie unternommen haben nach Thibodeaux. Sie hatten sich auf sein Drängen verabredet; erst wollte sie nicht, aber er hatte eine Andeutung gemacht, dass er sonst Alexander ihr Geheimnis verraten würde.

Sie saßen in einem Café, das vornehmlich von nostalgischen Alt-Militärs frequentiert wurde. Sie blieb bei ihrem Standpunkt: Sie würden sich nicht mehr verabreden. Nie mehr. Ihr Mund bewegte sich, die Wörter kamen erst später bei ihm an. Ihre Zeit sei wirklich vorbei, sagte sie. Das hatte sie doch schon erklärt? Ihre Beziehung zu Alexander hätte eine zweite Chance verdient.

Es hatte ihn noch nie so viel Mühe gekostet, Ruhe zu bewahren. Warum verdiente Alexander eine zweite Chance, nach all den Monaten, in denen der Knabe sich so wenig um sie scherte, dass er nicht einmal merkte, dass sie eine Affäre hatte?

Er wusste nicht, was er sagen sollte, und begann, etwas stammelnd, zu improvisieren. Spielen wir ein Spiel, sagte er, der nie auch nur eine erste Chance bekommen hatte. Er bat den Barmann um ein Stück Papier, nein, keine Serviette. Sie bekamen einen Schreibblock. Eine zweite Chance, sagte er vor sich hin. Er beugte sich zu ihr hinüber und sagte: Wir verdienen auch eine Chance. Schreiben wir einen Brief, in dem wir ganz ehrlich sind.

Sie schaute verständnislos, er sagte drängend: Wir müssen nicht über einander schreiben. Aber über Ängste oder Probleme, was dir gerade in den Kopf kommt. Du schreibst an deine Eltern, ich an meinen Vater. Ich weiß, dass es merkwürdig klingt, aber mach es bitte. Als sie immer noch nicht überzeugt schien, fügte er hinzu: Dann lasse ich dich in Zukunft in Ruhe.

Sie protestierte noch ein bisschen, aber ihr Widerstand wurde immer schwächer, und schließlich nahm sie den Block zur Hand.

Das war der erste Moment, in dem er vor sich sah, was er mit ihr tun würde, und wem er die Tat in die Schuhe schieben würde. Die Einflüsterung war klarer als je zuvor. Er bemühte sich, seine Begeisterung zu verbergen, tat, als schreibe auch er einen Brief, und ließ sie nicht aus den Augen.

Zweimal zerknüllte sie ein Blatt. Er wusste, dass sie nur über Alexander schreiben würde. Er fühlte es. Beim dritten Blatt begann sie wirklich zu schreiben, ihre Federstriche wurden leicht und bestimmt. Nach einer Weile sagte sie: Es kommt mir doch ein bisschen komisch vor, ich lasse es sein.

In diesem Fall, antwortete er, darf ich den Brief aufheben? Als Andenken. Du hast so eine schöne Handschrift.

Nur, wenn du ihn niemandem zeigst und mich ab jetzt wirklich in Ruhe lässt, sagte sie. Versprochen?

Versprochen, antwortete er, und sie überließ ihm diesen peinlichen letzten Brosamen.

Er hält das Blatt kurz in der Hand, dann schiebt er es in seine Jacketttasche. Er hat alles dafür getan, dass diese Vincennes das Spiel mitspielt und dass sie weiß, dass er, der Mörder sowohl von Nathalie als auch von O'Hara, noch frei herumläuft. Deshalb hat er O'Hara in denselben Sumpf gebracht. Aber selbst die Vincennes, von der er doch eine ziemlich hohe Meinung hat, zeigt augenscheinlich nicht viel Respekt vor den Spielregeln. Eine dieser Regeln besagt, dass man nicht seinen Macker hinzuzieht, um die eigenen Probleme zu lösen. Der stand da auf einmal auf dem Campus, mit dem gleichen nachdrücklich-prüfenden Augenaufschlag wie zuvor beim Postamt. Sie sahen einander im selben Moment. Für ihn gab es keine andere Möglichkeit, als wegzurennen, um ihn dann kurzentschlossen zu entführen: Er wollte nicht das geringste Risiko eingehen, so kurz vor dem Urteil.

Erst hatte er noch geglaubt, der Mann sei ein Polizist, aber wo war seine Pistole, wo seine Marke? Der Mann ließ nicht locker.

Es war ein bisschen Sucherei, dann fand er ein Foto auf der Website des New Orleans Police Departments. Das Polizeibankett von 2005. Inspector Hanna Vincennes mit ihrem Freund Chris Mumford neben sich. Zwei glückliche junge Menschen, sichtlich zufrieden, sie sehen erwartungsvoll in ihre Zukunft.

Wieder wird er zum Handeln gezwungen. Also gut. Fast ist er in Sicherheit, fast ist das Spiel vorbei, und der wahre Sünder, der Junge, der nicht begriffen hat, welches Glück er in Händen hielt, ist verurteilt.

Er checkt die Plastikschnur, die die Filztasche, die er Chris über den Kopf gestülpt hat, festhält. Dann nimmt er den Stimmenverzerrer, den er neulich aus einem Heeresbestand gekauft hat. Teure Verzerrer filtern alles weg außer der Stimme, ein billiger wie dieser nimmt auch die Hintergrundgeräusche auf, wodurch ein durchgängiges Rauschen entsteht, das die Analyse nahezu unmöglich macht.

Er liest den Text vor, den Chris gleich wiederholen muss. Dann nimmt er die Kamera, das rote Licht leuchtet.

10. Juni

Es ist drei Uhr nachts. Aron sitzt auf seinem Bett und starrt auf das Tagebuch auf seinem Schreibtisch; die wichtigsten Dinge, die Alexander immer verschwiegen hat. Er kann es nicht in einem Zug lesen, das fällt ihm zu schwer, er fürchtet sich vor jedem Wort. Aber er kann erst zur Ruhe kommen, wenn er alles kennt.

10. Oktober 2012
Wieder habe ich von dem Abend geträumt, als ich Nathalie von meiner Mutter erzählte. An diesem Abend war ich etwa zwei Jahre mit ihr zusammen. Schon Dutzende Male war ich entschlossen gewesen, sie ins Vertrauen zu ziehen, und schließlich sagte ich doch nichts. Aber an diesem Abend sollte es geschehen. Wir hatten beide den ganzen Tag in der Bibliothek gearbeitet, uns, während wir lasen, immer wieder vergewissert, dass es dem anderen gut ging, und Kaffee füreinander geholt. In Gedanken war ich den ganzen Tag damit beschäftigt, meinen Text vorzubereiten. Er sollte nicht lässig sein, nicht zu schwer, nicht zu unverbindlich, nicht zu aufdringlich. Als ich dann meinen Mund auftat, kam nichts anderes weiter heraus als: Nora.

14. Oktober 2012
Ich packe mein Tagebuch zwischen meine Collegeaufzeichnungen, es gibt sowieso niemanden, der niederländisch lesen kann.

Zuerst das Warten am Küchentisch. Das ewige Kreuzworträtsel von ihm, das er abwechselnd wegschob und zu sich heranzog. Am nächsten Morgen wurde er in aller Frühe angerufen. Aron schoss gleich hoch. Ich schaute ihm vom Küchentisch hinterher. In der Tür standen zwei Polizisten. Sie fragten, wann er sie zum letzten Mal gesehen hatte. Er antwortete: vorgestern. Aber ich wusste, das sie sich gestern Vormittag gesehen hatten. Wir hatten zu dritt gefrühstückt. Warum belog er die Polizei? Warum blieb er so ruhig? Bei uns hatte noch nie die Polizei an der Tür gestanden, ich hatte ihn noch nie mit einem Polizisten reden sehen, aber als er in die Küche zurückkam, tat er so, als sei das die normalste Sache von der Welt. Erst als ich danach fragte, bestätigte er, dass es tatsächlich Polizisten gewesen waren. Ich traute mich nicht, nach dem Grund seiner Lüge zu fragen. Ich wusste, dass er log, das genügte.

22. Oktober 2012
Als Noras Leiche gefunden worden war, stieß ich auf weitere Lügen. Es war, als hätte ich auf einmal eine empfindliche Antenne dafür. Ich hörte ihn zu Bekannten sagen, dass sie die Liebe seines Lebens gewesen wäre, aber als sie noch lebte, hatten sie Streit über die geringsten Kleinigkeiten, bis hin zum Futter von Milo – mein Vater bestand auf Metzgerfleisch. Zu einem Nachbarn sagte er, dass ihm beim Ausbleiben von Nachrichten unmittelbar klar war, dass etwas passiert sein musste. Während ich die ganze Zeit sah, wie cool er mit der Situation umging. Die wichtigsten Lügen: Ich hörte ihn zur Polizei sagen, dass er alles getan habe, um sie zu beschützen, während ich ihn mehrfach böse hatte rufen hören, dass es gefährlich sei, bei schlech-

tem Wetter allein im Wald herumzulaufen. Und dass es ihre eigene Schuld wäre, wenn etwas passieren sollte. Hinterher erschien es wie eine Drohung.

27. Oktober 2012

Der Blutfleck gab den Ausschlag. In den Wochen, nachdem mir gesagt worden war, dass meine Mutter ermordet wurde, mit Stichwunden an neun verschiedenen Stellen, drang fast nichts mehr zu mir durch. Dann, nach einer Woche ungefähr, erinnerte ich mich auf einmal daran, dass mein Vater am Tag nach dem Mord einen Schnitt in der Hand hatte. Ein Polizist, der vorbeikam, hatte ihn danach gefragt; er habe sich beim Kochen geschnitten, sagte er. Ich suchte die Sachen, die er an diesem Tag getragen hatte. Ein blaues Hemd, ich wusste es noch. Ich fand das Ding im Kleiderschrank. Es war ein Blutfleck auf dem Ärmel. Plötzlich war mir klar, dass auch Blutspuren von meiner Mutter auf dem Hemd zu finden sein mussten. Keine Ahnung, warum. Intuition. Nach all den Jahren sind nur noch die Folgen meiner Gedanken von Belang. Mit dem Hemd in der Hand ging ich auf die Polizeiwache. Erst spürte ich einen Energieverlust, dann wurde ich auf einen Schlag müde, als sacke mein Körper zusammen. Aber mir war klar, dass ich richtig handelte. »Ich bin hier, um meinen Vater wegen des Mordes an meiner Mutter anzuzeigen.«

2. November 2012

Es gab keinen Weg zurück. Als er in Haft saß, bereitete ich meine Reise nach Amerika vor. Ich versuchte, mich auf ein Leben ohne Eltern einzustellen. Ich hatte beide sehr geliebt, aber nun war es besser, so zu tun, als seien sie beide gestorben. Es war der einzige Weg, um die Sache übersichtlich zu machen. Hier bin ich der geworden, der ich jetzt bin. Hier endet meine Geschichte. Ohne Mutter, ohne Vater.

Aron ist übel, als er das Tagebuch zuschlägt. Wie konnte Alexander, nur wegen eines Versprechers und eines Blutflecks, seinen Vater anzeigen? Fünf Jahre hat sich Aron etwas über die Beweggründe seines Sohnes zusammengereimt, jetzt, da sie endlich vor seiner Nase liegen, ist ihm, als würden diese Einträge nicht von ihm, sondern von einem anderen handeln. Er versteht die Worte wohl, doch es gelingt ihm nicht, sie in Übereinstimmung zu bringen mit seinen Erinnerungen an seinen Sohn, an ihr Zusammenleben – ist das wirklich alles, was sein Sohn über ihn zu sagen hat? Warum gibt es nicht einen einzigen Buchstaben über das Baumhaus, warum nichts über die schönen Momente, die sie zusammen hatten?

Als Aron endlich eingeschlafen ist, träumt er von seiner Familie, davon, wie er mit Nora für alle drei kocht, von Amstelveen und Egmond-Binnen. Aber beim Aufwachen vergisst er den Traum wieder.

Er stolpert in den Frühstücksraum, der gerade geöffnet wird. Nachdem er drei fettige *honeybuns* gegessen hat, ruft er beim Lousiana State Penitentiary an. Er will seinen Sohn noch einmal sehen, sagt er. Er muss ihm unter die Augen treten, nach der Lektüre des Tagebuchs geht das nicht anders. Je früher er vorbeikommen kann, desto besser. Alexander ist das einzige Scharnier zwischen dem Tagebuch und der Gegenwart, der Einzige, der die Kluft zwischen damals und heute überbrücken kann.

Aron fährt zu einem Schießstand in der Nähe des Motels.

Der Pakistani an der Rezeption hat ihm die Adresse gegeben.

Der Schießstand ist klein, ein mit Wellblech überdachtes Holzhaus in einer abgelegenen Straße mit billigen Verandawohnungen. An den Mauern ist Schaumstoff zur Dämmung angebracht. So nonchalant wie möglich bittet Aron um Munition für O'Haras Revolver. Der Mann an der Rezeption – ein Fünfzigjähriger in Jeansjacke und mit Tattoos am Hals – mustert Aron kurz, er betrachtet Leinenhemd, Gesicht, Augen und gibt ihm dann zwei volle *clips* und den Hörschutz.

Aron ist der Einzige in dem bunkerähnlichen Raum. Er geht zu der ihm zugewiesenen Bahn und streicht mit der Hand über die glatten Patronen, die größer sind, als er erwartet hat. Nachdem er sie genau gemustert hat, steckt Aron drei davon in seine Hosentasche und beschäftigt sich dann mit seinem Revolver. Erst bekommt er die Waffe nicht geladen, dann weiß er nicht, wie er sie entsichern soll. Aber endlich gelingt es. Er tritt einen Schritt nach vorn und legt seinen rechten Zeigefinger um den Abzug. Nur mit Mühe lässt sich der Arm ruhig halten. Zögernd löst er den ersten Schuss auf das schwarz-weiße Papier vor ihm, die gezeichneten Umrisse eines Männerkörpers.

Der Rückstoß, der in seine Schulter fährt, ist wohltuend. Gleich danach schießt er noch einmal und noch ein weiteres Mal. Aron stellt sich vor, dass es nicht sein Arm ist, den er sieht, sondern der von O'Hara. Ein geübter Arm, der endlose Male gezielt und geschossen hat, der in die richtige Richtung zeigt.

Die Schüsse hallen im Raum wider. Mit immer kürzeren Pausen betätigt er den Abzug. Zwei Figuren tauchen vor ihm auf, Hakan und Kemal, Kemal und Hakan, sie verschmelzen allmählich in eins.

Ein Mann, ein Ziel. Plötzlich spürt er, dass das Leben mit einer Pistole in der Hand übersichtlicher ist. Aron schießt weiter, genau so lange, bis die Schüsse seine Schreie vollständig übertönen.

10. Juni

»Jeder hat eine Wahl.«

Chris' Stimme ist kratzig. Hinter ihm hängt ein großes schwarzes Tuch, das den Raum unkenntlich macht. Ein Schuppen, eine Garage? »Du triffst eine Wahl, und die Wahl trifft dich«, leiert Chris herunter.

Während Hanna die Worte auf sich wirken lässt, beginnen ihre Fingerspitzen zu prickeln. Heute Morgen hat sie den Film per E-Mail zugeschickt bekommen, von einer IP-Adresse eines Internetcafés in der Gegend des Campus', in das täglich Hunderte Menschen kommen. Keine Umschläge mehr. Hanna krallt sich in die Lehnen ihres Sessels.

»Die Wahl, die du zu treffen hast«, sagt Chris, »hat mit Schuld zu tun. Zwei Männer in Handschellen, aber nur einer von ihnen soll bestraft werden. Auf der einen Seite ist Alexander van Zandt. Nennen wir ihn mal so, obwohl wir beide wissen, dass das nicht sein richtiger Name ist. Bald wird er verurteilt sein. Du bist die Einzige, die noch an seiner Schuld zweifelt. Auf der anderen Seite …« – einen Moment sagt er nichts – »… bin ich.« Chris schüttelt seinen Kopf, versucht, sich loszumachen, aber der Stuhl sitzt wie festgemauert. Eine stark verzerrte Stimme übernimmt, die in Hanna sofort Schauder auslöst: »Auf der anderen Seite hast du deinen Mann losgeschickt, um dir zu helfen, und der hat hoffnungslos versagt. Und der jetzt hier sitzt, bereit, abgestochen zu werden.«

Hanna hat, wie unsinnig auch immer, das Bedürfnis, auf den Bildschirm einzuschlagen.

»Bald wird das Urteil gesprochen«, setzt die verzerrte Stimme fort. »Wenn du den Fall auf sich beruhen lässt und nicht weiter nach anderen Verdächtigen und Hinweisen suchst, wird Chris ganz schnell wieder bei dir vor der Tür stehen. Aber wenn die Entscheidung auf die eine oder andere Weise beeinflusst oder wenn plötzlich ein neuer Termin festgesetzt wird, dann wirst du an einem der nächsten Tage wieder im Sumpf stehen, bei der dritten Leiche. Natürlich passiert Letzteres auch, wenn du dieses Video irgendwem zeigst oder auch nur davon erzählst. Sei heute Abend, am 10. Juni um neun Uhr, auf dem Jackson Square am Eingang der St. Louis-Kathedrale. Wenn du etwas Rotes trägst, hast du dich für ein Leben als Polizistin und ohne Mann entschieden. Trägst du etwas Blaues, hast du ein Leben als Ehefrau gewählt, ehrlos, aber vereint. Gib dir keine Mühe, Verstärkung mitzubringen, ich selber werde nicht da sein. Kommst du nicht, dann wird Chris sterben. Heute Abend wirst du, wie auch immer, wählen.«

Das Bild wird schwarz.

10. Juni

Aron klopft mehrere Male hintereinander an die Tür, laut und entschlossen. Er wischt seinen Hals ab, der ist aber gleich wieder schweißnass. Nach dem Radiobericht ist heute mit einer Temperatur von über 35 Grad Celsius der heißeste Tag des Jahres. Aron hüstelt und räuspert sich, tritt einen Schritt nach vorn. Er hält seine Linke auf dem Rücken am Hosengürtel. In einer Sekunde kann er O'Haras Revolver ziehen.

Auch heute öffnet niemand. »Kemal Johnson«, ruft er. Fetzen von Beschuldigungen aus den Tagebuchseiten schießen unaufhörlich durch seinen Kopf, aber er darf sich nicht ablenken lassen: noch zwei Tage, in denen er das Schicksal seines Sohnes beeinflussen kann.

»Komm raus. Polizei.« Er erschrickt vor seinen eigenen Worten, nimmt sie aber nicht zurück.

Alle Lichter sind aus. Kemals Briefkasten quillt über von alten Zeitungen.

Arons Beine beginnen zu zittern, seine Schultern, jede seiner Bewegungen wird durch Adrenalinschübe befeuert. Am liebsten würde er die Tür eintreten, Kemal auf den Boden werfen und solange verhören, bis er alles gesteht. Die Erleichterung, die Aron dann verspüren würde, wäre unglaublich, so, als wäre eine jahrelange Atemnot vorbei.

Einige von Kemals Mitbewohnern sind von sich aus nach draußen gekommen. Aron spricht sie an: Er sei ein Detective, der Johnson so schnell wie möglich sprechen muss, »in seinem eigenen Interesse«. Die Nachbarn, alles dunkelhäutige

Amerikaner um die dreißig, versichern, dass sie Johnson schon eine ganze Weile nicht gesehen haben. »Hier hat sich seit dem letzten Mal nichts verändert«, sagt eine Nachbarin in einem tief ausgeschnittenen T-Shirt mit rauchiger Stimme. Sie steht auf der Veranda und hält die Arme verschränkt.

»Dem letzten Mal?«, fragt Aron.

»Vor ein paar Tagen kam einer Ihrer Kollegen vorbei. Der stand genauso ungeduldig vor der Tür.«

»Mann oder Frau?« Er steht jetzt neben der Nachbarsfrau.

»Eine Frau. Lassen Sie sich doch was Besseres einfallen.« Sie lacht abschätzig. »So kriegen Sie nie einen.«

»Eine Frau. Richtig. Natürlich.« Aron nickt kurz. Das kann nur die Vincennes gewesen sein. Augenscheinlich sucht sie nach demselben wie er, er ist auf der richtigen Spur. Ob sie Kemal schon gefunden haben?

»Hier ist er jedenfalls nicht«, sagt die Frau. »Und er wird auch nicht zurückkommen. Es ist wohl das Beste, wenn Sie sich auf irgendetwas anderes konzentrieren.«

Aron nickt, rührt sich aber nicht. Auch nachdem die Frau die Tür geschlossen hat, bleibt er stehen, sein Nacken glüht vor Hitze. Er schaut dahin, wo die Frau eben noch gestanden hat, nach der schäbigen Tür, den verwitterten Holzbalken darüber, den Fenstern, hinter denen eine schmuddelige Einrichtung zu erkennen ist. Vielleicht muss er zurück zu Kemals Haus und weiter auf die Tür einschlagen, durch eine Hintertür hineinschlüpfen – so hätte es O'Hara zweifellos gemacht.

Aber noch ehe er sich vom Fleck gerührt hat, sieht er die Frau ins Wohnzimmer kommen. Ihr Schritt verrät Eile. Sie macht auf der Hälfte des Weges Halt. Als sie den Arm nach dem Telefon ausstreckt, versteht Aron. Diese Frau kennt Kemal. Sie versucht gerade, keine zehn Meter von Aron entfernt, ihn zu warnen. Sie wird sagen: Da war wieder jemand für dich da, bleib weg, du wirst immer noch gesucht.

Er geht zum Haus der Frau und wummert an die Tür. Wenn Kemal nichts zu verbergen hätte, wäre er doch nicht abgehauen?

Nach einer Minute wird die Tür eine Spalt geöffnet. »Was wollen Sie? Ich habe doch schon gesagt, dass …«

»Kemal.« Spucke kommt aus Arons Mund. »Sagen Sie mir, wo er ist.«

»Gehen Sie bitte. Ich habe nichts mehr zu sagen.« Die Frau beugt sich nach vorn und versucht, die Tür zu schließen, sie tritt einen Schritt nach hinten.

Mit seinem Fuß blockiert er die Tür. Ist er schon so weit gekommen, mag er sich nicht abwimmeln lassen. Mit einer schwungvollen Bewegung schiebt er die Tür auf. Die Frau fällt auf den Boden, mitten im Flur. Sofort will Aron ihr hoch helfen, aber erst muss er Auskunft haben.

»Wo ist er?« Aron schließt die Tür hinter sich. »Ich weiß, dass Sie ihn kennen.«

Die Frau versucht vergeblich aufzustehen. Ihre Unterlippe bebt.

»Sagen Sie es«, ruft er mit heiserer Stimme.

Keine Antwort.

Das Metall in seiner Hose drückt gegen die Taille. Ohne dass er es beabsichtigt, hält er den ungeladenen Revolver drohend in die Höhe.

»Er hat nur gesagt, dass er eine Weile weg ist und hat mich gebeten, ihn anzurufen, wenn jemand wegen ihm vorbeikommt«, stammelt die Frau. »Das ist wirklich alles. Echt.« Tränen laufen ihr über das Gesicht, aber richtig weinen tut sie nicht.

»Wo hat er sich versteckt?« So beiläufig wie möglich wendet er sich dem Schränkchen gleich neben ihr zu, nicht der Frau selbst.

»Seine Nummer und Adresse stehen auf einem Zettel, aber ich habe versprochen, dass ich das niemand …«

Er dreht sich um und geht ins Wohnzimmer. Neben dem Telefon liegt ein Blatt Papier. *Kemal* – und darunter eine Telefonnummer und eine Adresse. Aron steckt den Revolver wieder in den Hosenbund, nimmt den Zettel und läuft, seltsam euphorisch, nach draußen.

10. Juni

Rot oder blau, ein Leben als Polizistin oder als Ehefrau. Lange hat sie versucht, beide Leben gleichzeitig zu führen. Aber heute Abend, wenn auf dem Jackson Square eine Demonstration gegen die Todesstrafe stattfindet, muss sie sich definitiv entscheiden.

Sie geht zum Fenster, schaut nach den Magnolien, die Chris und sie zusammen eingepflanzt haben. Er war der wichtigste Grund gewesen, dass sie an dem Tag, als die Underwood-Akte auf ihrem Schreibtisch landete, mit dem Chief Inspector hatte sprechen wollen. Durch den Morales-Fall war ihr klar geworden, dass nicht ihr Job, sondern Chris das Wichtigste in ihrem Leben ist. Im Laufe der Jahre waren sie nicht zusammengewachsen, sondern hatten sich voneinander entfernt.

Hanna geht weg vom Fenster, setzt Wasser für den Tee auf, den sie nicht trinkt, nimmt am Tisch Platz. Sie tötet die Stunden nicht, sie ermordet sie, lässt Zigaretten vor sich hinqualmen. Sie wird um das Einzige gebeten, was sie nicht ertragen kann: die Lügen aufrechtzuerhalten.

10. Juni

Entlang der Autobahn stehen überall Werbetafeln. Fast-Food-Ketten empfehlen vergünstigte Menüs, Ärzte bieten an, überflüssige Kilos abzusaugen. Aron verlässt die Autobahn, fährt am Superdome vorbei. Wie oft wird sein Sohn hier langgefahren sein? Wird Alexander noch jemals in diese Stadt kommen wollen?

Hinten im Ford liegt das Skelettkostüm. Er will es nicht unbewacht in seinem Hotelzimmer zurücklassen, es ist schließlich die Haut des Mörders.

Wie konnte es Alexander ihm verübeln, dass er ihn erst gefragt hatte, ob er beim Lernen störe? Aron hatte damals selbst noch nicht begriffen, was mit Nora geschehen war. Und dass er in den Tagen danach wenig sprach: Das zeichnet doch einen guten Vater aus, dass er im richtigen Moment die Informationen zurückhält, mit denen das Kind nicht umgehen kann?

Er fährt ins French Quarter. Gruppen von Touristen stehen erschöpft auf der Straße, ein Stadtführer erzählt vom nahe gelegenen Apartment von Nicolas Cage, Trompetenmusik schallt aus einem offenen Fenster. Das Navigationssystem seines Fords führt ihn an die richtige Adresse, mitten in eine enge Straße voller Kleinkunstgalerien und Bekleidungsgeschäfte. Aron parkt in einer schmalen Nebenstraße der Royal Street. Auf der Bank sitzen zwei Obdachlose und trinken Bier. Vielleicht hat Kemal auch hier Leute, die Ausschau halten. Aron geht zu Kemals Apartment. Seine Stirn glänzt.

Er wirft eine Magentablette ein, schaut sich die Auslagen an, um zu sehen, ob ihn jemand beobachtet. Bei jedem seiner Schritte spannen sich seine Muskeln an.

Das Haus wirkt ausgestorben. An der Tür hängt kein Namensschild. Die Fenster sind geschlossen, es ist kein Geräusch zu hören – auch nicht, als Aron sein Ohr an die Eingangstür legt. Er kontrolliert die Adresse, fühlt den Revolver in seiner Hose. Unauffällig holt er die Patronen aus seine Hosentasche. Er schiebt sie mit einiger Mühe in den Revolver.

Dann klingelt er, er will Kemal nicht aufschrecken.

Ein Stuhl, der zurückgeschoben wird. Schritte. Aron legt die Hand an den Revolver. Er muss auf der Hut sein, Kemal wird ganz sicher probieren, ihn zu überlisten, wenn er nur die Chance dafür sieht – wie er es auch bei O'Hara getan hat. Es kann natürlich auch jemand ganz anderes öffnen, jemand, bei dem sich Kemal versteckt hält, ein Freund, Familie, ein …

Bevor Aron seinen Gedanken zu Ende denken kann, geht die Tür auf, und er steht vor ihm. Kemal Johnson. Er trägt einen dunkelblauen Trainingsanzug und eine dicke goldene Kette. Sein Gesicht wirkt bleicher als im Restaurant.

Einen Moment sagen sie nichts, sie stehen nur da, einander gegenüber.

Dann erstarrt Kemals Gesicht, er weicht zurück und versucht, die Tür zu schließen. Rein körperlich kann Aron nicht gegen ihn an, also zieht er seine Waffe. Das geht fast von selbst. Kemal gibt seinen Widerstand sofort auf.

»Wir müssen reden«, sagt Aron. Er bedeutet Kemal, dass er hineingehen soll und schließt die Tür hinter sich. Am Anfang eines fensterlosen Flurs mit Backsteinwänden richtet er den Revolver auf Kemal. »Ich weiß, dass du was verschweigst.«

Kemal sackt in die Knie, mitten auf dem leeren Flur. Er

schließt seine Augen und hält sich die Hände vors Gesicht. Er murmelt ein Gebet auf Arabisch, die scharfen Töne tun Aron weh.

»Mach die Augen auf«, sagt Aron scharf. »Du weißt, worum es geht. Der Mord. Die Morde.«

Aron drückt die Waffe an Kemals Stirn. Es gibt keinen anderen Weg, dass der ihm seine Schuld gesteht. So hätte man Hakan damals auch unter Druck setzen müssen. »Du hast es getan«, sagt Aron. Darauf hat er die ganze Zeit gewartet. »Wir wissen es beide«, bringt Aron heraus.

Johnson schüttelt seinen Kopf und kriecht nach hinten, bis er an die Wand stößt. »Ich habe nichts zu verbergen. Da sind Fotos aufgetaucht, die beweisen, dass ich es nicht getan habe. Wirklich, glauben Sie mir.«

»Die kann jeder manipulieren. Du bist hier nicht zum Spaß untergetaucht.«

»Lieber Gott, ich warte hier nur ab, bis diese elende Geschichte endlich vorbei ist. Selbst einige aus meiner Familie halten mich jetzt für einen Kriminellen. Und noch immer sind Typen wie Sie hinter mir her. Der einzige Grund, weshalb ich überhaupt verdächtigt worden bin, ist mein Äußeres, meine Herkunft.«

»Wag nicht, das als Entschuldigung zu gebrauchen. Du bist hier nicht das Opfer.«

»Ich will mein Leben zurück, mehr nicht.«

»Du bist der Letzte, der O'Hara gesehen hat.«

»O'Hara …?«

»Der Privatdetektiv.« Aron presst die Waffe jetzt gegen Kemals Schläfe, er spannt den Hahn. Sollte es so einfach sein, langsam den Abzug drücken, würde es ihn von seiner Wut erlösen? »Du hast ihn als Letzter gesehen.«

»Ich weiß nicht, wovon Sie reden. Da war wirklich ein Privatdetektiv, der zu mir gekommen ist, um allerlei Fragen über Nathalie zu stellen, aber das ist alles. Ist der Kerl … tot?«

»Und dann?« Das Wummern in Arons Körper, auch in seinem Kopf, hält an, mit seiner freien Hand massiert er sich die Stirn.

»Dann ist der Kerl wieder weggegangen. Ich schwöre es.«

Etwas weiter oben im Haus ist Gepolter zu hören, erneute Schritte, ein Fernseher wird angestellt. »Wer ist das?«, ruft Aron und zeigt mit dem Revolver auf die Stelle, von der das Geräusch kam.

»Mein Onkel. Er ist taub. Das ist sein Haus, ich bin bei ihm untergekommen … Bitte, tun Sie ihm nichts.«

Aron zögert, ob er sich in Gang setzen soll, ob er nachschauen muss, ob es tatsächlich ein Onkel ist, oder ob Kemal lügt. »Mein Sohn hat es nicht getan«, flüstert Aron. »Ein Mulder begeht keinen Mord. Jemand versucht, ihm was anzuhängen.«

»Ich kenne Ihren Sohn nicht.« Kemals Stimme überschlägt sich. »Fragen Sie die Polizistin. Diese Vincennes. Die scheint auch nicht daran zu glauben, dass van Zandt ein Mörder ist.«

Genau so leise und zittrig wie Kemal, hat auch Aron gesprochen, als die Polizisten ihn während der U-Haft verhörten.

Der Revolverlauf zittert. »Jemand muss büßen«, sagt er vor sich hin. Er tritt einen Schritt vor, zielt auf Kemals Stirn und legt seinen Finger um den Abzug.

Kemal schließt die Augen und beginnt wieder zu beten.

Bismillah ar Rahman ir rahiem.

Aron bittet ihn nicht, aufzuhören. Er sagt gar nichts mehr.

Ein unbestimmtes Ächzen kommt aus seiner Kehle. Er beginnt zu schnaufen. Sein Oberkörper zuckt. Ich bin fix und fertig, schießt es ihm durch den Kopf, während er mit seiner freien Hand die Stirn massiert. Ich bin fix und fertig und muss etwas tun, bevor alles zu spät ist.

Aber er tut doch nichts. Wie groß sein Bedürfnis auch ist, wie sehr es ihn auch erleichtern würde. Ein Gedanke ist es, der überhandnimmt, der dafür sorgt, dass er Kemal auf den Knien sitzen lässt und ihm nichts tut. Es ist noch nicht zu spät. Vielleicht schafft er es, Hanna Vincennes rechtzeitig ausfindig zu machen. Vielleicht kann er seinen Sohn noch retten.

Aron kneift die Augen zusammen, um die Hausnummer lesen zu können. Ninth Ward, hier wohnt Detective Hanna Vincennes, in diesem weißen Holzhaus. Er schlägt die von O'Hara angelegte Akte zu und parkt auf der anderen Straßenseite.

Im Haus brennt Licht. Doch dauert es sicher eine halbe Stunde, ehe Aron eine Bewegung wahrnimmt. Hanna Vincennes erscheint vor dem Küchenfenster. Einen Moment glaubt er, dass sie ihn gesehen hat, aber dann dreht sie sich wieder um. Sie läuft hin und her, geht ins Wohnzimmer, macht den Fernseher an, schaltet ihn nach fünf Minuten wieder aus. Dieser Mensch ist die letzte Chance, die Alexander hat, und sie sitzt in aller Gemütsruhe zu Hause und vertut ihre Zeit.

Aron massiert seine Handgelenke. Seine Finger hinterlassen weiße Druckstellen auf der Haut.

Zwanzig vor neun schnellt er hoch. Die Lichter im Haus gehen aus, Vincennes zieht die Tür hinter sich zu und steigt in ein bordeauxrotes Auto. Erst will er gleich auf sie zugehen, ruft sich aber selbst zur Ordnung. Erst schauen, wo sie hin will, was sie vorhat. Das hätte O'Hara auch getan. Während er ihr so unauffällig wie möglich hinterherfährt, kontrolliert er die Patronen in seinem Revolver.

10. Juni

KEIN HENKER IST UNSCHULDIG.

Auge um Auge macht jeden blind!

Todesstrafe ist Mord.

Es sind allbekannte Losungen, die auf den Protestschildern zu lesen sind. Als Hanna ankommt, geht die Demonstration schon ihrem Ende zu. Ein Orchester beginnt zu spielen, Festteilnehmer und Demonstranten laufen durcheinander. Hanna ist allein gekommen, den Chief Inspector um Verstärkung zu bitten, hätte nur Verweise und Tadel zur Folge. Sie muss alles so weit wie möglich selbst in der Hand behalten. Es geht um ihren Mann, ihr Leben.

Sie bahnt sich einen Weg durch die Menge und bleibt mitten auf dem Jackson Square neben dem Bronzestandbild stehen, das schwarz gegen den dunkelblauen Himmel absticht. Mit gespanntem Blick mustert sie das Portal der etwas weiter oben stehenden St. Louis-Kathedrale, aber sie sieht nichts Auffälliges. Sie wirft einen Blick zur Seite, zu Präsident Andrew Jackson auf seinem sich aufbäumenden Pferd. Es ist ein Denkmal, das sie länger als die Hälfte ihres Lebens kennt, unzählige Male hat sie mit Chris auf einer der danebenstehenden Bänke gesessen. Urplötzlich stellt sich ihr die Frage, ob sie es noch jemals gemeinsam sehen werden.

Dann reißt sie sich zusammen und geht zur Kathedrale. Während sie sich durch die Menschenmasse schlängelt, schaut sie unentwegt von links nach rechts, in der Hoffnung, jemanden zu erkennen. Jetzt hat sie die Kathedrale fast erreicht. Sie öffnet ihre Jacke, sodass niemand das Blau ihrer Bluse übersehen kann.

Inzwischen huscht Aron hinter einem Grüppchen von Demonstranten vorbei. Er muss aufpassen, dass er keins von den Protestschildern an den Kopf kriegt. An der Seite des Platzes, beim Eingang zum *Café Pontalba*, hat er die beste Aussicht.

Vincennes, die vor der Kathedrale steht, schaut unablässig in alle Richtungen. Ihre Haltung lässt vermuten, dass sie auf jemanden wartet, eine Verabredung vielleicht. Will sie diesen Abend einfach so durchbringen, sorglos und frei, während das Schicksal seines Sohnes auf der Kippe steht?

Da bemerkt Aron, dass noch jemand nach ihr schaut. An der anderen Seite des Platzes, etwa fünfzig Meter von Aron entfernt und an eines der Absperrgitter gelehnt, steht eine jugendliche Gestalt. Anders als der Rest der Anwesenden macht er weder beim Rufen von Losungen mit noch mischt er sich in das Festgetümmel – er konzentriert sich einzig auf Hanna. Aron geht einen Schritt in seine Richtung. Sein Gesicht ist auf die Entfernung nicht deutlich zu erkennen. Dann schaut er plötzlich in Arons Richtung, und sofort wendet er sich um und läuft weg. Dafür muss es einen Grund geben, bestimmt weiß er etwas, was Aron nicht weiß. Über Vincennes, O'Hara, Nathalie, vielleicht ist er derjenige, den Aron die ganze Zeit gesucht hat. Er weiß nicht, wem er auf den Fersen bleiben soll: der Polizistin, die seine letzte Hoffnung am Leben erhält, oder dem Mann, der sie beobachtet.

Fünf nach neun. Hanna hat noch nichts Verdächtiges gesehen. Vielleicht wird der Mörder, wie er es angekündigt hat, überhaupt nicht auftauchen, vielleicht ist er, als er die blaue Bluse gesehen hat, gleich nach Hause gegangen, oder sollte sie ihn vielleicht verpasst haben?

Ihr Herz klopft. Als ein umherirrender Mann sie anstößt, zückt sie beinahe ihre Dienstwaffe. Sie schiebt den Mann zur Seite, und dann, etwa zehn Meter weiter, sieht sie ihn, Aron Mulder. Er zwängt sich durch die Menge, kommt auf sie zu. Und plötzlich versteht sie: Das »AM« in O'Haras Akte bedeutet nicht Alexander Mulder, sondern Aron Mulder. Sollte es möglich sein, dass er etwas mit der Entführung von Chris zu schaffen hat, mit der Ermordung O'Haras, dem Mord an Nathalie Underwood?

Hanna nimmt ihre Dienstmarke, hält sie so hoch es geht in die Luft, und rennt Aron hinterher.

Der Mann verlässt den Platz, überquert die Decatur Street und steigt in ein rotes Auto. Aron rennt zu seinem Ford, der etwas weiter oben parkt. Außer Atem drückt er aufs Gas. Mit Mühe findet er das rote Auto wieder, einen kleinen Nissan, der gerade um eine Ecke biegt. Aron öffnet sein Fenster, die hereindringende Luft reizt ihn zum Husten, die Verfolgung beginnt. Sie fahren aus dem French Quarter heraus auf die Schnellstraße. Ein kleines, rotes Auto, Aron hat einen Abstand von ein paar hundert Metern. Hinter ihm sieht er ein einsames Blaulicht auf einem Pkw.

Er tritt stärker aufs Gas. Siebzig Meilen pro Stunde, achtzig, neunzig. Jedes überholte Auto sorgt für einen Luftstoß durch das offene Fenster, die weißen Autobahnmarkierungen fließen zusammen in eine einzige endlose Linie. Dann biegt der rote Wagen auf einmal rechts ab in eine Landstrasse. Den Bruchteil einer Sekunde verliert Aron die Beherrschung über das Steuer, fast rammt er einen Strommasten, aber er rappelt sich gerade noch rechtzeitig auf.

Die Straßenbeleuchtung hört auf. Sie fahren in die Bayous. Aron wird langsamer, hält sorgfältig Ausschau. Da steht er, der Nissan, auf der Grenze zum Sumpfgebiet. Aron fährt hin und steigt aus. Erst umkreist er das rote Auto vorsichtig, aber es ist verlassen. Dann schreckt er auf. Nicht weit entfernt hört er Schritte. Natürlich kann Aron warten, bis das Polizeiauto kommt, aber jetzt ist noch die Gelegenheit, dass er den Mann selbst zu packen kriegt. Er zieht seinen Revolver aus dem Hosenbund und geht ins Dunkel.

Zehn Minuten, länger sollte es nicht dauern, bis die Verstärkung da ist. Hanna steckt ihr Handy zurück in die Jacke, nimmt eine Taschenlampe aus dem Kofferraum. Sie untersucht sowohl den Nissan als auch den Ford, die ordentlich nebeneinander geparkt sind. Kein Lebenszeichen – sie müssen in den Sumpf gegangen sein. Hanna folgt ihnen, Angst spürt sie kaum, sie will einfach nur Klarheit, eine Lösung, ein Ende.

Nach rund dreißig Metern beginnen ihre Füße einzusinken, der Morast riecht faulig. Sie ist keinen Kilometer von Lake Lery entfernt, ganz in der Nähe der Stelle, wo alles anfing, die Koordinaten kennt sie auswendig.

Das Metall der Taschenlampe in der Linken, das ihrer Dienstwaffe in der Rechten. Ab und zu knirscht etwas in ihrer Nähe. Sicher versteckt sich Aron. Vielleicht wartet er auf sie. Sie macht die Taschenlampe aus, um zu überprüfen, ob sie verfolgt wird.

Dann peitscht ein Pistolenschuss durch die Bäume, das Echo macht eine genaue Ortung unmöglich. Rechts, schätzt sie, tiefer im Morast. »Polizei«, ruft sie. »Stehen bleiben.« Sie rennt, bei jedem Schritt leistet der Boden weniger Widerstand.

Langsam zieht der Morast Aron nach unten, aber er verliert das Gleichgewicht nicht. Das Glitzern auf seiner linken Seite deutet auf Wasser hin. Nach rechts, befiehlt er sich selbst. Weiterrennen. Er hebt den Revolver und schießt noch einmal, ein Stück Rinde spritzt weg. Hinter ihm wird gerufen, eine Frauenstimme, die er nicht erkennt, aus der Ferne kommen Polizeisirenen näher.

Er hört es rascheln, ganz nahe. Ein Ast bricht, ein lautes Geräusch. Aron hastet weiter, dann rutscht er aus. Als er wieder hochkommt, wird er nach hinten gezogen, eine Männerhand verschließt seinen Mund; ein schneidender Schmerz in seinem Rücken, warme Blutstöße, Aron beißt in seine Hand, bevor er den Schmerz herausschreit. Dann wieder die Frauenstimme, zwei Pistolenschüsse in die Luft. Der Griff des Fremden wird lockerer, Aron sackt zusammen.

11. Juni

»Sie müssen nicht mehr auf die Wunde drücken«, sagt Hanna. Sie versucht, so sachlich wie möglich zu klingen, das Zittern in ihrer Stimme merkt hoffentlich nur sie selbst. Im Hintergrund klingelt der Frühstückswagen des Krankenpflegers. »Sie haben viel Glück gehabt. Das Messer ist an einer Rippe abgeprallt. Die Wunde ist sauber.«

Das ist er also, schießt es ihr durch den Kopf. Dieser dilettantische ältere Mann, der seine Wunde weiteruntersucht; der Vater, dessen Nachname nicht im neuen Pass seines Sohnes stehen durfte. Sie kann sich kaum vorstellen, dass sie es gestern noch, wenn auch nur kurz, für möglich gehalten hat, dass er die Erfindungsgabe eines Mörders besitzen würde. Sie legt seinen Revolver auf das Plastiktischchen, das zwischen ihnen steht, neben sein Telefon. Die Patronen hat sie in der Jackentasche. »Ich vermute, dass Sie dafür keine Lizenz haben?«

»Der stammt von O'Hara. Er hat mir bei den Ermittlungen geholfen.«

»Ihre Ermittlungen?«

Er nickt. Sein Kopf hinterlässt eine Kuhle im Kissen. »Der Mord an Nathalie Underwood. Mein Sohn kann es nicht getan haben. Wo bin ich eigentlich?«

»Im River Oaks Hospital. Hören Sie. Auf dem Platz – warum sind Sie vor mir weggerannt?«

Er zögert.

»Kommen Sie«, sagt sie, »wenn ich Sie hätte verhaften wollen, hätte ich das längst getan.«

»Ich habe Sie beobachtet«, sagt er mit etwas wie Scham in der Stimme. »Ich war bei Kemal Johnson. Er sagte, dass Sie als Einzige noch Zweifel an der Schuld meines Sohnes hätten. Und dann habe ich gesehen, dass noch jemand Sie beobachtet hat. Ich bin ihm hinterher. Ich bin nicht vor Ihnen geflüchtet.«

»Sie haben mit Johnson gesprochen?«

Aron wendet sein Gesicht ab. »Ich verstehe es nicht. Er muss es getan haben.«

»Glauben Sie mir, er war es nicht.« Am liebsten würde sie sagen, dass Alexander genauso unschuldig ist; das sind die Worte, nach denen es diesen Vater mehr als alles andere verlangt. Aber sie kann sie nicht aussprechen. Und sie muss sich auf Chris konzentrieren. Eben geht ihr der Gedanke durch den Kopf, dass sie ihn im Stich gelassen hat, weil sie den Jackson Square so schnell verlassen hat. Sie war Aron hinterhergelaufen; es ist möglich, dass derjenige, der sie im Auge behalten sollte, sie gar nicht bemerkt hat. In diesem Falle könnte er behaupten, dass sie sich nicht an die Absprache gehalten habe. Nein, so kann es nicht gehen. Sie stützt ihre Hände auf der Matratze ab, ihre feuchten Fingerkuppen drücken auf das Laken. »Wie sah der Mann aus, den Sie verfolgt haben?«

»Ich konnte ihn nicht erkennen.«

Sie schaut auf die Ärmel ihrer Bluse. Blau – das Leben als Ehefrau, ehrlos, aber vereint. »Mein Freund wurde entführt«, sagt sie. Sie beschließt, ihre professionelle Verschwiegenheit aufzugeben, es gibt eine Möglichkeit, dass er ihr helfen kann. »Wahrscheinlich von dem, den Sie verfolgt haben. Bitte: Wie sah er aus?«

»Es tut mir leid. Er hat doch sein Auto stehen lassen?«

»Das wird untersucht und ist seit voriger Woche als gestohlen gemeldet. Und es wurden noch keine brauchbaren Fingerabdrücke gefunden.« Sie steht auf und nimmt einen Plastikbeutel. Sie wirft das Kostüm und die Kette auf sein Bett. »Wie sind Sie da drangekommen? Wissen Sie, dass ich Monate danach gesucht habe?«

»O'Hara hat die Sachen gefunden. Auf dem Campus. Der Anzug wurde chemisch gereinigt. Hören Sie, ich bin mir sicher, dass Alexander es nicht getan hat. Bitte, Sie müssen mir helfen. Jetzt geht es noch. Es ist der Mörder von Nathalie und O'Hara gewesen, der mich niedergestochen hat.«

Höchstwahrscheinlich schon, ergänzt sie in Gedanken. Aber auf den Streichhölzern sind einfach keine brauchbaren Fingerabdrücke zu finden. Da sitzen sie nun endlich einander gegenüber. Aron schließ die Augen, Hanna sieht seine Nasenflügel vibrieren. »Es ist noch nicht bewiesen, dass ein Zusammenhang zwischen den beiden Morden besteht«, sagt sie. »Und die Messerstecherei wird untersucht.«

Sie schweigen. »Wissen Sie über meine Frau Bescheid?«, fragt er dann.

Sie nickt.

»Nun, dann wissen Sie, dass mein Sohn den Mord nicht begangen hat. Wenn er so etwas wirklich tun würde, hätte er alles daran gesetzt, dass es auf keinen Fall so aussehen würde wie …«

»Morgen werden die Plädoyers gehalten, und danach urteilen die Geschworenen«, unterbricht sie ihn. Was soll sie anderes sagen? Das ist es, was ein Polizist tun muss, sie darf den Hoffnungen des Vaters keine neue Nahrung geben. »Es tut mir leid. Haben Sie jemanden, der Ihnen im Gerichtssaal beistehen könnte?«

Er schüttelt seinen Kopf. Ein stechender Schmerz fährt

ihm in den Rücken. »Ich habe eine Freundin, aber die ist in den Niederlanden.«

»Rufen Sie sie in jedem Fall gleich nach dem Urteil an. Beziehen Sie sie ein.«

»Wann komme ich hier raus?«

»Heute Nachmittag. Der Arzt sagt, dass die Gefahr von Komplikationen minimal ist, aber Sie werden die Wunde noch eine Weile spüren. Ihr Wagen wurde abgeholt und steht auf dem Parkplatz. Ich werde Sie auf jeden Fall in Ruhe lassen. Hier, meine Telefonnummer. Für den Fall, dass noch etwas ist.«

»Der Sumpf … Waren wir in der Nähe, wo Nathalie ermordet wurde?«

»Ganz nah.«

»Wie haben Sie ihn entkommen lassen können?«

»Er kannte die Gegend besser als wir.« In Gedanken fügt sie hinzu: Deshalb ist er auch da hingefahren. Aber sie will keine direkte Verbindung zwischen dem Underwood- und dem O'Hara-Fall ziehen. Schweigend nimmt sie den Revolver und geht auf den Flur. Morgen ist alles vorbei, weiß sie. Morgen werden die Schlussplädoyers im Prozess gegen van Zandt gehalten. Und morgen wird sie, wenn der Mörder Wort hält, Chris wieder in die Arme schließen können.

11. Juni

Am frühen Nachmittag verlässt Aron das River Oaks Hospital, das von Wäldern und leeren Parkplätzen umgeben ist. Schwül-heiße Sonnenstrahlen fallen auf sein Gesicht. Er geht langsam, bei jedem Schritt spürt er einen Stich im Rücken. Die Schmerzmittel, die ihm angeboten wurden, hat er abgelehnt, sie scheinen ihm unangemessen.

Er trägt dieselben Jeans, mit denen er zum Jackson Square gefahren ist, und ein weißes, glattes T-Shirt, das ihm das Krankenhauspersonal mitgegeben hat – der Messerstich in seinem Hemd hätte zwar genäht werden können, aber Aron braucht keine Andenken.

Mühsam zwängt er sich in seinen Ford und schaltet das Telefon wieder an. Zwei Nachrichten. Die erste ist von Marie, die fragt, wie es geht und ob es Neuigkeiten gibt, ob er wieder mal von sich hören lassen könnte. Sie hat einem Bauunternehmer ihr Haus gezeigt, der sehe gute Möglichkeiten für einen Umbau. »Denn an schlechten Tagen stelle ich mir vor, dass du dich dort ganz zu Hause zu fühlen beginnst. Und ein neues Leben anfängst, als ein richtiger Amerikaner, ohne mich.«

Er will zurückrufen, aber die Vorstellung ihrer ungeduldigen Stimme hindert ihn; sobald er Marie hört, muss er deutlich sagen, dass nichts geklärt ist oder Bedeutung gewonnen hat. Dass es durch seine Anwesenheit in Amerika noch einen Toten gegeben hat. Dass er die letzten Tage, in denen er für Alexander das Steuer noch hätte herumreißen können, auf jemanden verwendet hat, der ebenso unschuldig ist wie er selbst. Und gerade, als er den Mörder ins Visier nahm, wurde er niedergestochen.

Du schläfst jetzt wahrscheinlich schon, schickt er ihr schließlich eine Nachricht, verschämt und zitternd. *Viel erlebt, morgen ist der entscheidende Tag, ich rufe dich sofort an. A.*

Die zweite Nachricht.

Ein Angestellter des Louisiana State Penitentiary teilt in ernstem Ton mit, dass Alexander van Zandt einem Besuch zugestimmt habe.

Aron weiß nicht, wie er sich fühlen soll, erleichtert, weil sein Sohn ihn doch noch sehen will, oder beschämt, weil er sich Alexander eigentlich nicht mehr unter die Augen traut: Ja, ich bin immer noch in Louisiana, aber es hat nichts gebracht.

Ohne zu überlegen, fährt er zum *Super 8*. Aber ehe er es erreicht, stellt sich etwas von seiner Willenskraft wieder ein. Vielleicht sorgt die drohende Verurteilung dafür, dass Alexander ihm endlich gerade in die Augen sehen kann. Ist es das, was er jetzt von seinem Kind erwartet – Vergebung?

Aron fährt auf den Highway 66, der sich scheinbar endlos vor ihm hinzieht. Es gibt kaum andere Autos. Hinter Aron verschwinden die Außenviertel der Stadt, Kirchen wechseln sich mit Autobahnraststätten ab, und schließlich bleiben nur ausgedehnte Wiesen, hier und da von Wasserflächen oder dichtem Bewuchs unterbrochen.

Da, in der Ferne, taucht das Gefängnis auf, eine Ansammlung von Gebäuden, die Wachtürme am Mississippi. Als Aron den Wagen geparkt hat, überfällt ihn eine plötzliche Übelkeit. Er läuft zu einem Wassergraben, beugt sich vor und öffnet den Mund. Er ist sich sicher, dass er sich übergeben muss. Aber es kommt nichts heraus. Er bleibt noch ein Weilchen stehen, wischt seinen Mund ab, spuckt auf den Boden und fährt weiter.

Er kennt das Procedere. Sich melden am Eingang, Namen nennen, weiter oben parken, durchsucht werden, warten, bis ein Wärter einen zum richtigen Gebäude bringt. Auch im Gefängnis ist alles wie beim letzten Mal: Aron wird durch lange, weiße Flure gebracht, entlang an Betonwänden zum Besucherraum. Während er dem Echo seiner Schritte hinterherlauscht, beschleicht ihn das Gefühl, dass es das ist, worauf alles hinausläuft. Die Abfahrt seines Sohnes, seine Reise nach New Orleans, seine Stunden mit O'Hara, seine Nächte im *Super 8*, seine Besuche auf dem Campus, der Schießstand, das *Heaven* – es mündet alles in diese letzte Begegnung mit Alexander.

Er setzt sich an die Glasscheibe. Andere Besucher beachtet er nicht, er konzentriert sich allein auf den leeren Stuhl ihm gegenüber.

Alexander kommt sofort, wieder mit gefesselten Händen, in den Raum. Er wirkt noch magerer als das letzte Mal. Sein T-Shirt schlabbert um seinen Körper, die Haut auf seinen Armen sieht aus, als wolle sie loslassen.

Aron nimmt das Gefängnistelefon, räuspert sich. Wie beginnt man ein Gespräch mit seinem Sohn, kurz bevor die Geschworenen über sein Leben entscheiden?

»Was machst du noch hier?«, fragt Alexander.

Aron will sagen: Ich habe mich mit dem Fall befasst, ich bin beschäftigt, aber er kommt nicht weiter als: »Ich, ich ...«

»Ich habe dir gesagt, dass du zurückgehen sollst nach Amstelveen. Warum muss es immer so kompliziert sein?«

Alexander weiß natürlich nicht, dass er schon lange nicht mehr in Amstelveen wohnt. Aber Aron verbessert seinen Sohn nicht. Aron versucht, das Tagebuch aus seinen Gedanken herauszuhalten, er muss konzentriert bleiben, sich der Gegenwart zuwenden. »Der Mörder muss jemand vom Campus gewesen sein. Da bin ich sicher. Jemand, der dich büßen lassen will. Hast du irgendeinen Hinweis, eine Vermutung, etwas, was den Fall noch herumreißen kann?«

»Morgen sind die Plädoyers. Es ist zu spät.«

Aron schiebt seinen Stuhl ein Stück nach vorn. Ein neuer Stich geht durch seinen Rücken. Der Schmerz bringt seine Stirn zum Glühen. »Ich weiß, dass du es nicht getan hast.«

Alexanders Kiefer verkrampfen sich. »Warum sitze ich dann noch hier?«

»Ich habe keinen Beweis.«

»Nein, natürlich nicht, keiner hat einen Beweis. Weißt du, warum? Letztlich kümmert es doch keinen. Sie wollen einen Täter, es ist egal, wen. Solange nur jemand gefasst wurde und die Leute das Gefühl haben, dass die Gefahr vorbei ist.«

Aron drückt seine Hand an das Glas. »Hör zu, ich weiß, wie du dich fühlst.«

»Wirklich, du hast keine Ahnung.« Seine Stimme klingt verbissen. So klang Nora auch, wenn sie anderer Meinung als Aron war.

»Doch, hab ich«, sagt Aron. »Wirklich. Ich habe das selbst auch mitgemacht. Denk nach. Bitte. Alles kann hilfreich sein. Übermorgen ist es zu spät.«

Alexander schüttelt seinen Kopf. »Ich will dich was fragen. Sei bitte ehrlich. Bist du wirklich hergekommen, um mir zu helfen?«

»Natürlich …« Er schluckt. Es ist, als ob jemand die Luft

aus dem Raum saugt. »Du bist mein Sohn, wir gehören zusammen, trotz allem.«

Alexanders Blick geht hin und her. »Ich glaube, du bist hierhergekommen, damit ich dir vergebe. Wenn es dir wirklich alles so wichtig ist, warum hast du in den letzten Jahren nicht versucht, mich zu finden?«

»Ich habe es versucht. Aber du hast doch gar nicht gewollt, dass ich Kontakt mit dir aufnehme?«

»Ich hätte gewollt, dass du dir meine Wünsche nicht zu Herzen genommen hättest.«

»Warum eigentlich New Orleans? Du hättest überall hingehen können.«

»Weil ich geglaubt habe, dass ich hier, weit weg von meiner bisherigen Welt, alles wirklich vergessen könnte.«

Das ist der Moment. Das Schweigen hat lange genug gedauert. »Du musst wissen«, sagt Aron leise. »Vor fünf Jahren … Wirklich, ich war es nicht.« Den Satz, so einfach er auch ist, hat er vor seinem Sohn noch nie ausgesprochen. Wann hätte er es auch tun sollen? Erst saß er in Untersuchungshaft, dann verschwand Alexander aus seinem Leben. In den folgenden Jahren hätte es Aron so oft sagen wollen, unzählige Male hat er in Gedanken seinem Sohn gegenübergestanden, um es herauszuschreien, er hätte es solange wiederholt, bis Alexander ihm geglaubt hätte.

Er hat Nora nicht umgebracht.

»Wie kannst du, selbst jetzt noch, nur an dich selbst denken?«

»Dein Tagebuch«, sagt Aron. »Ich habe es gelesen. Ich, ich … Ich verstehe es nicht. Warum hast du mir seinerzeit nicht geglaubt? Ich habe deine Mutter geliebt. Es gab doch keinen einzigen Grund, mich zu verdächtigen?«

»Du hast gelogen.«

»Ich hatte nichts zu schaffen mit dem blutigen Hemd. Wie hätte ich wissen sollen, wie ich mich verhalten sollte? Es gibt keine Handbücher für Leute, die durchmachen müssen, was ich durchgemacht habe, keine Vorbilder zum Nacheifern.«

Alexander zwinkert nervös. »Wir sind alle beide verdächtig gewesen, unsere Frauen umgebracht zu haben. Der Unterschied ist: Du bist schuldig und wurdest freigesprochen, während ich nichts getan habe und trotzdem verurteilt werde.«

»Nein, nein.« Ein Anfall von Wut kocht in Aron hoch. Der einzige Unterschied, geht es ihm durch den Kopf, ist, dass ich dir noch helfe und du mich längst im Stich gelassen hast. Aber er zwingt sich zur Ruhe, gerade noch eben. Und auf einmal weiß er es ganz sicher: Das ist das letzte Gespräch, das sie jemals führen werden. »Zusammen hätten wir es durchstehen können«, sagt Aron vor sich hin. »Weißt du noch, wie wir das Baumhaus gebaut haben? Die Vögel, das Zusammenzimmern? Es war nicht schlimm, dass wir nicht viel miteinander geredet haben. Zu zweit haben wir einiges hingekriegt. Das waren vielleicht die glücklichsten Momente meines Lebens.«

Das Telefon zittert in Arons Hand. Allerlei Erinnerungen drängen sich auf: der verregnete Mittwoch, der Tag, an dem sich das Leben endgültig verfinsterte, der Tag, nach dem sie nie wieder ein Baumhaus bauen, was auch immer zusammen unternehmen konnten. Und Aron ist sich sicher, dass sein Sohn in diesem Moment genau das Gleiche denkt.

*

Als am nächsten Morgen die Schlussplädoyers beginnen, läuft Aron nervös durch sein Hotelzimmer. Der Fernseher läuft schon seit zwei Stunden. Er setzt sich aufs Bett und hört aufs Neue alle Fakten, halbe Hinweise, Anschuldigungen und Widerlegungen, aber da das Urteil kurz bevorsteht, klingt alles noch bedrohlicher.

Eine Stunde später sind die Plädoyers vorbei. Alle Gelegenheiten, dass Aron die Zukunft seines Sohnes noch hätte beeinflussen können, sind Vergangenheit. Die Geschworenen beraten sich, die nächste Fernsehsendung beginnt.

16. Juni

Schräg hinter dem Stuhl des Richters befindet sich eine weiße Tür. Als diese aufgeht, wird Alexander van Zandt hereingeführt. Hanna steht hinten im Saal an der großen Holztür, durch die das Publikum den Saal betritt. Im Gemurmel auf der öffentlichen Tribüne sind keine einzelnen Sätze auszumachen. Etwa zwanzig Freunde und Freundinnen von Nathalie sitzen im Saal, Hanna erkennt viele Gesichter. Es ist das erste Mal seit dem Mord, dass sie Alexander leibhaftig zu sehen kriegen. Nathalies Familie ist nirgendwo auszumachen. Richter Maximum Bill ordnet seine Papiere und faltet die Hände.

Alexander van Zandt, gefesselt an Händen und Füßen, wird an seinen Platz gebracht. Er sitzt links vorn im Saal neben seinem Anwalt. Ein Wärter bleibt ein paar Meter hinter ihm stehen, er hat einen Elektroschocker in der Hand.

Im Saal sitzen die Jungs vom Campus, Hanna sieht Alexanders Kommilitonen und einige Jungs aus dem Fußballteam. Es bleibt unklar, ob sie hier sind, um Alexander zu unterstützen, oder ob sie sich seine Verurteilung wünschen.

Auch Aron Mulder ist da, sieht sie, in der ersten Reihe hinter Alexander. Er wirkt noch hilfloser als im Krankenhaus. Seine Haut ist fast durchsichtig. Er beugt sein müdes Haupt nicht nach vorn, um seinem Sohn etwas zuzuflüstern, legt seine Hand nicht auf Alexanders Schulter. Er sitzt nur da, reglos, allein.

The State of Louisiana gegen Alexander van Zandt.

Der Richter fragt die Geschworenen, zwölf Männer und Frauen, ob sie zu einem Urteil gekommen sind. Das sind sie. Der Richter ergreift ihr Papier und liest vor. »In der Anklage auf vorsätzlichen Mord an Nathalie Underwood in der Nacht vom 4. auf den 5. März befinden die Geschworenen den Verdächtigen Alexander van Zandt für schuldig.«

Es gibt keinen Zweifel, keinen *begründeten Zweifel.* Das herausragende Motiv: Eifersucht. So einfach, so kurzsichtig. Maximum Bill sieht zur Geschworenenbank und fragt, ob dieses Urteil von allen geteilt wird.

»Unser Urteil ist einstimmig, Euer Ehren. Zugleich plädieren wir für die *Todesstrafe durch Injektion.*«

Verhaltene Zustimmung auf der öffentlichen Tribüne, eine alte Frau schluchzt erleichtert. Der Beschluss ist gefallen. Die falsche Person soll büßen. Und das Schlimmste: Es war auch Hannas Entscheidung. Eine heftige Übelkeit steigt in ihr auf.

Weder Aron noch Alexander ist anzusehen, dass sie das Urteil gehört haben, eine seltsame Ähnlichkeit wird deutlich. Starre Gesichter, keine erkennbare Emotion. Zwei Männer, getroffen von Varianten desselben Schicksals.

Der Richter nennt ein Datum, an dem er das Strafmaß offiziell verkünden wird. In genau einem Monat soll Alexander die Strafe erhalten, die er nicht verdient. »Haben Sie noch etwas zu sagen?«, fragt der Richter.

Der Saal ist totenstill, als Alexander aufsteht und den Mund aufmacht. »Ich bin unschuldig, Euer Ehren«, sagt er äußerst beherrscht. Dann wird er aus dem Saal geführt.

Stundenlang sitzt sie auf dem Sofa vor dem Fernseher, sie zittert. Hin und wieder verfällt sie in einen Sekundenschlaf, um danach festzustellen, dass ihr Haus immer noch leer ist.

Was soll sie tun, wenn der Mörder nicht Wort hält? Noch einmal endlos auf dem Campus patrouillieren, und dann?

Sie legt sich einen Schal um und schaltet den Fernseher an – ein Lokalsender, Bilder von jubelnden Menschen vor dem Gerichtsgebäude. Die Stadt stachelt sich selbst zu einem Höhepunkt von Erleichterung an. Der Mardi Gras-Mörder, der Loup-Garou, das ist Alexander van Zandt. Er muss büßen, also ist er schuldig.

Die einzige Ausnahme in diesem Freudentaumel ist eine kleine Gruppe von übrig gebliebenen Herumstehenden, alle in Alexanders Alter. Hanna erkennt einige von ihnen; Ben Pulastra, rechts vorn, er ruft etwas, was sie nicht verstehen kann. Neben ihm steht Richard Sykes, der einen Mantel mit hoch gestelltem Kragen trägt, und daneben ist Jennifer, die mitten in dem Getümmel versucht, einem Journalisten ihre Meinung kundzutun. Sie hält ein Protestschild hoch: Ich kenne Alexander van Zandt. Unschuldig.

Es wird zu einer Pressekonferenz mit dem Staatsanwalt herübergeschaltet, der von einem großen Sieg des Rechts spricht. »Die Einwohner dieser großartigen Stadt können wieder aufatmen«, sagt er. »Eine schwarze Seite kann definitiv umgeblättert werden.«

Lange denkt Hanna über das Heuchlerische dieser Rede nach. Der Fall ist nur so bedeutsam geworden, weil sich die Medien daraufgestürzt haben, weil der Staatsanwalt und der Chief Inspector den Strom an Aufmerksamkeit und Berichterstattung nicht gestoppt haben – und nicht deshalb, weil Mordlust nun einmal immer Anziehungskraft hat und die Stadt fortan frei sein wird von Wahnsinn und Blut. Nächstes Jahr, nächsten Monat, morgen wird wieder eine Leiche aus den Sümpfen gefischt werden, vielleicht ist dann die Rede vom gleichen Mörder, vielleicht von einem anderen. Aber der Fall, der daraus gemacht wird, wird dann nicht von Hanna geleitet werden.

Sie schaltet den Fernseher aus, geht in die Küche und setzt Wasser auf.

Ein Weilchen ist das Pfeifen des Teekessels alles, was sie hört. Als sie die Flamme ausdreht und sich eine Tasse einschenkt, steht er da. Beinahe wäre ihr die Teetasse auf den Boden gefallen. Er schaut irritiert, sein Haar ist fettig, aber es ist Chris. Sie geht auf ihn zu, Tränen laufen über ihre Wangen. Er lächelt blass. Sie umarmen einander sanft und langsam. Seine Schweißausdünstung ist praktisch dieselbe, wie wenn er nach einem langen Schultag nach Hause kommt, etwas muffiger vielleicht.

Sie nimmt sein Gesicht zwischen die Hände. »Was ist passiert? Wer war es?«

»Bitte, ich bin fix und fertig, lass uns später darüber reden.«

Sie lässt nicht locker. Mühsam lässt er sich einige Worte abringen. Dass er, als er mit ihr telefonierte, bewusstlos geschlagen wurde. Dass er irgendwo gefesselt war mit einem Sack über dem Kopf.

»Hast du irgendeine Idee, wer es gewesen ist?«, fragt sie. »Hat er irgendwas verraten, einen Namen? Alles kann helfen.«

Er schiebt ihre Hände weg. »Ich hatte, verdammt noch mal, immer den Sack über dem Kopf. Ich habe nur seine Stimme gehört. Die war tief und energisch, sehr jung. Aber er hat geschworen, dass er mir irgendwas antut, wenn ich darüber etwas sagen sollte. Dass er uns etwas antun wird.«

»Kannst du dich wirklich nicht an etwas Besonderes erinnern? Ein Detail, eine Kleinigkeit?« Sie bettelt beinahe. Es ist ihre letzte Chance.

»Bitte Hanna, wir müssen es ruhen lassen.« Er streichelt über ihre Schultern. »Der Fall ist abgeschlossen, und ich will nur noch zurück in unser altes Leben.« Kopfschüttelnd und fröstelnd geht er unter die Dusche.

Sie geht ihm hinterher. Sie fragt nichts mehr.

17. Juni

Wohin Aron auch sieht, er hat immer den Richter vor Augen, und er hört ein Echo der Verurteilung. In den Niederlanden ist es zehn Uhr abends, Marie wird in einer halben Stunde Zähne putzen, in einer Dreiviertelstunde schlafen. Er nimmt sein Handy, tippt ihre Nummer ein.

Die Schmutzflecken und Löcher, alles, woran er sich in diesem *Super 8* gewöhnt hat, wird er schnell hinter sich lassen. Zähneklappernd zieht er noch eine weitere Decke über sich.

Gerade in dem Moment, als er auflegen will, nimmt Marie ab. Drei, vier Fragen nimmt er schweigend entgegen, ehe er sagt: »Ruhig. Eins nach dem anderen.«

»Ich habe im Internet gelesen, dass Alexander für schuldig befunden wurde.«

»Daran gibt's keinen Zweifel.«

»Glaubst du, dass er …«

»Ausgeschlossen.«

»Was jetzt?«

»Ich habe gedacht …« Die Trockenheit in seiner Kehle setzt sich fort bis in den Mund, Aron hustet. »Ich habe gedacht, dass ich das verhindern kann. Aber vielleicht muss ich einfach weitermachen, auch wenn das Urteil jetzt gesprochen ist. Ich weiß es nicht. Wenn ich einen Beweis für Alexanders Unschuld finde, einen wirklichen Beweis, müssen sie das doch zur Kenntnis nehmen, oder?«

»Du hast getan, was du tun konntest.«

»Aber das war nicht genug. Und das Schlimmste …« Er muss sich Mühe geben, seine Tränen zurückzuhalten. »Das Schlimmste ist, dass ich ausgerechnet jetzt, wo sich niemand mehr um den Fall kümmert, keine Kraft mehr habe.«

»Wie kommt denn das?«, fragt Marie.

Aron macht eine lange Pause.

»Vielleicht, und das meine ich nicht beleidigend, kommt es daher, dass jetzt, anders als vor fünf Jahren, wenigstens jemand verurteilt wurde.«

Wie kommt sie darauf? Aron weiß, dass er entrüstet darauf reagieren müsste, sogar böse, aber es reicht bei ihm nicht einmal mehr zu einem Wutanfall. »Vielleicht«, stammelt er. »Ich weiß es einfach nicht.«

»Du hast dein Bestes getan. Ich vermisse dich.«

»Und wie geht es mit Milo?«, fragt er.

»Das wollte ich grad erzählen. Seit du weg bist, hat er sich immer merkwürdiger aufgeführt. Manchmal knurrt er mich plötzlich an, und gestern hat er mich in den Arm gebissen. Einfach so, aus dem Nichts heraus, als wir an deinem Haus vorbeigelaufen sind. Der Arzt sagt, dass er richtig alt wird und immer verwirrter.« Sie seufzt. »Komm bitte zurück.«

Nachts im Bett schreckt er von einem Wolkenbruch auf. Blitze zucken durch sein Hotelzimmer, der grollende Donner lässt sein Bett vibrieren. Und es regnet, ein Regen, der nicht leise angefangen hat, sondern unvermittelt losgebrochen ist. Als ob die Stadt sauber gewaschen werden muss. Aron zieht die Decken fester über seinen verschwitzten Körper. Er schläft erst ein, als der Morgen dämmert.

18. Juni

Der Parkplatz des Magnolia Cemetery ist bis auf einen alten Milchwagen verlassen. Die Hitze versengt die Gräber, es herrscht eine fast übernatürliche Stille. Heute morgen im Bett konnte Hanna es Chris nur schwerlich erklären, warum es nötig ist, bei Nathalies Eltern vorbeizugehen. Sie kam nicht viel weiter als *das Richtige tun* und ein Versprechen, das sie gegeben hat.

Schwer vorstellbar, dass hier während der Beerdigung Dutzende trauernde Mitstudenten und die Familie gestanden hatten. Hanna legt zwei weiße Lilien auf das granitene Grab von Nathalie Underwood. Sie versucht, etwas zu sagen, aufrichtig und entschuldigend, bringt aber nur Seufzer hervor. Das kleine bisschen Gerechtigkeit, das Nathalie vielleicht noch gegönnt worden wäre, hat Hanna unmöglich gemacht. Der Chief Inspector findet nur lobende Worte über seine »spezielle Ermittlerin«, nachzulesen in den Zeitungen und zu hören im Radio, aber das lässt sie kalt. Morgen wird sie einen neuen Termin mit dem Chief machen und um Versetzung bitten. Einen *Bürojob* – nie wieder Überstunden, nie mehr unmögliche Alternativen zur Auswahl haben.

Es ist das letzte Haus der Straße. Genau wie beim letzten Mal begleiten Hanna streunende Hunde. Sie öffnet die knarrende Vorgartentür, geht zur Veranda, auf das matt glimmende Kreuz neben der Tür zu.

Sie klopft etwa viermal an, bevor sie irgendeine Reaktion

vernimmt. Wie erwartet, ist es die Mutter, die öffnet. »Da sind Sie«, sagt sie, als hätte sie vermutet, dass Hanna vorbeikommen würde. »Willkommen.«

Die Wohnzimmerfenster lassen noch weniger Licht hinein als das letzte Mal. Die Mutter bietet Hanna einen mattbraunen Sessel an. »Der Platz von Mick«, sagt sie. »Heute dürfen Sie da sitzen.«

Der Vater kommt ins Wohnzimmer, seine Schritte sind schwer, aber sein Blick ist offener als das letzte Mal. Er schlägt vor, Kaffee zu machen und wartet ihre Antwort nicht ab. Kurz danach stellt er drei dampfende Kaffeetassen auf den runden Tisch, direkt neben die Bibel.

»Also wirklich«, sagt der Vater, »ich hätte nicht erwartet, dass es klappt. Irgendwie habe ich geglaubt, dass er doch davonkommen würde.«

»Sie haben das Urteil gehört?« Hanna vernimmt Enttäuschung in ihrer Stimme. Gibt es Schlimmeres, als Dank für etwas zu empfangen, das man nicht getan hat?

»So etwas spricht sich doch herum«, sagt Mick. »Wir haben den Fall nicht verfolgt, haben aber von meiner Schwester gehört, dass das Urteil gestern gesprochen wurde. Als es dann so weit war, hat sie gleich angerufen und gesagt, dass er für schuldig befunden wurde.« Seine Bassstimme klingt kritisch. »Freuen Sie sich nicht?«

Hanna nimmt ihre Tasse, trinkt einen Schluck, was ihr ein paar Sekunden Bedenkzeit gibt. »Freude tut bei der Polizeiarbeit nichts zu Sache«, sagt sie starr. »Ich wollte Sie einfach noch mal sehen. Um es abzuschließen.« Für einen Moment steigt etwas wie Erleichterung in ihr auf. Wenn die Angehörigen beruhigt sind durch die Illusion, dass Recht geschehen ist, ist es dann nicht eigentlich genug?

Der Satz, den der Vater ausspricht, kommt mit Verzögerung bei ihr an. Sie lässt ihre Tasse fallen: ein pechschwarzer Fleck auf dem Teppich, der immer größer wird. Die Mutter erhebt sich und sucht einen Lappen. »Was haben Sie gesagt?«, fragt Hanna mit unsicherer Stimme.

»Ich sagte: Es ist gut, dass er sterben wird.«

»Nein, danach, was Sie danach gesagt haben.«

»Über das Streichholz?«

»Genau das.« Hanna macht ihm ungeduldig Zeichen, dass er weiterreden soll.

»Das eine Mal, als sie hier waren«, sagt er zögernd, »das letzte Mal, dass ich meine Tochter gesehen habe, wegen der Autopanne. Furchtbar, dass sie nur zu ihren Eltern kam, weil das Auto kaputt war. Und der Junge. Ich kann mich nicht erinnern, dass er uns auch nur eine Frage gestellt hätte. Oder, Mary? Er hat uns nicht einmal angesehen. Nahm unsere Bibel, schlug sie auf, sah sich an, welche Verse wir angestrichen hatten, schüttelte seinen Kopf. Ganz leicht nur, aber trotzdem. Es war die pure Missachtung. Als ob wir blöde Bauern wären.« Seine Frau legt ein Tuch auf den Boden und nickt. »Als sie gingen«, sagt er, »sind wir mit ihnen auf die Veranda gegangen. Der Junge hat ein Päckchen Zigaretten und ein Streichholz aus der Tasche geholt, das er betont langsam entzündete. Ohne weiter etwas zu sagen, warf er mir das Streichholz vor die Füße und fuhr los, mit meinem Mädchen.«

Hanna schnellt hoch. Soviel sie weiß, hat Alexander nie geraucht. »Das Foto auf dem Kühlschrank«, sagt sie außer Atem. »Den abgeschnittenen Teil, haben Sie den noch?«

»Natürlich nicht«, sagt die Mutter überrascht.

»Wirklich nicht?« Einen Moment lang sagt Hanna nichts. »Auch nicht das Negativ? Überlegen Sie noch einmal genau.«

»Das könnte sein.« Die Mutter verlässt das Zimmer. »Warten Sie.«

»Danach hat sie noch versucht, sich alles schönzureden«, sagt Mick vor sich hin. »Vielleicht hätten wir sie besser beschützen sollen. Aber was können Eltern schließlich tun, außer zuzusehen und zu hoffen, dass dein Kind die richtige Wahl getroffen hat?«

Nach ein paar Minuten kommt die Mutter ins Zimmer zurück, Hanna geht ihr entgegen. »Einfacher zu finden als gedacht«, sagt die Mutter. Sie übergibt Hanna die Filmrolle.

Fieberhaft rollt sie sie auf. Sie hält die Negative gegen das Licht, sofort wird ihre Aufmerksamkeit von dem einen Foto angezogen, dessen Hälfte sie schon kennt. Hanna hat Mühe, stehen zu bleiben. Sie weiß es sicher: Das sind die Augen des Mörders. Der Lichtbringer. Richard Sykes.

20. Juni

Auf dem Campus hat sich nichts verändert. Studenten schwatzen und lachen völlig unbeschwert. Das Desinteresse schlägt Aron schwer aufs Gemüt. Allmählich weiß jeder, wer er ist. Er ist der Vater, mit dem man nicht spricht. Sie gehen an ihm vorüber, und wenn er jemanden anspricht, schaut derjenige unverwandt zu Boden.

Heute Morgen ist Aron vom Hausmeister weggeschickt worden, seitdem steht er neben seinem Auto, auf einem Notizblock hält er fest, wer nachdrücklich seinem Blick ausweicht. Ab und zu setzt er sich hinters Steuer, um das Fotoalbum durchzublättern. Die Farben von damals, die Neunzigerjahresachen von Nora, die Latzhosen von Alexander – wie hat er alle die Augenblicke so einfach wegrutschen lassen können? In den letzten Tagen macht er nichts anderes als schlafen, fahren, herumschauen und dann alles wieder von vorn.

Gegen Mittag versucht er ein letztes Mal, in Alexanders Haus zu kommen, aber wieder schickt ihn der Hausmeister weg. Auch ins *Heaven* wird er nicht hereingelassen. Er tippt alle paar Stunden die Nummer, die er von Vincennes bekommen hat. Anfangs hat sie kurz und höflich mit ihm gesprochen, aber jetzt nimmt sie nicht mehr ab.

Fünf Minuten Fußweg vom *Heaven* entfernt gibt es ein *Diner*. Ein Mann fettet den Grill ein, das Öl in den Fritteusen blubbert. Aron setzt sich an den hintersten Tisch, den einzigen, der noch frei ist, bestellt Kaffee und Eier und extra

Toast. Das Geklapper von Messern erfüllt den Raum. Im Radio wird *Mardi Gras in New Orleans* von Professor Longhair angekündigt. Peitschende Klavierakkorde kommen aus schlappen Boxen, untermalt von Saxophonen und enthusiastischen Flötentönen. Danach erklingt eine schwüle Männerstimme.

Aron hört ohne eine Regung zu und starrt minutenlang auf die Risse in dem Plastiktablett. Dann legt sich ein Schatten über ihn. Aron schaut nicht hoch, er erwartet den Kellner. Aber die Person, die sich ihm gegenüber hinsetzt, ist Richard Sykes, den gleichen blauen Schal um wie beim letzten Mal. Aron nickt ihm zu, zu mehr ist er nicht in der Lage.

»Zuerst«, sagt Sykes, »denken Sie dran, dass das hier ein öffentlicher Raum ist, ein vollbesetztes Restaurant. Ich bin weg, ehe Sie was tun können.«

»Was meinen Sie?«

Ein Kaffee wird vor Aron hingestellt. Sykes bestellt dasselbe. Als der Kellner verschwunden ist, dreht er seinen Kopf zu Aron. »Ich bin derjenige, den Sie suchen. Ich bin es gewesen.«

Aron spürt, wie ihm die Stimme wegbleibt, wie das Blut in sein Gesicht schießt.

»Sie können nichts machen«, sagt Sykes. »Nicht einmal, wenn Sie mit diesem sogenannten Geständnis zur Polizei gehen. Ich werde alles abstreiten. Es gibt kein Motiv, das man mir vorhalten kann, keinen Beweis. Ihr Wort steht gegen meins. Ich denke, dass ich weiß, wem sie glauben werden.«

Ein Prickeln läuft über Arons Rückgrat, plötzlich ist der Schmerz wieder überall. Er nimmt zwei große Schlucke Kaffee. Seine Hände werden klamm.

»Ob ich Ihr Telefon mal sehen könnte?«, fragt Sykes.

Aron legt das Gerät auf den Tisch. Der Junge drückt auf *Ausschalten*, schiebt es zurück. Der Kellner fragt Aron, ob es ihm gut geht. Er murmelt: »Alles unter Kontrolle.«

»Wenn es wahr ist, was Sie sagen …«, keucht er in Sykes' Richtung. »Was machen Sie dann hier? Was wollen Sie von mir?«

»Es ist an der Zeit, dass Sie in die Niederlande zurückfahren. Es ist schön zu sehen, was ein Vater alles für seinen Sohn tut, aber ich denke, für die Wahrheit würde er noch viel weiter gehen. Stimmt's?«

Aron nickt vorsichtig. Er muss vernünftig bleiben, er kann nichts gegen den Jungen ausrichten.

Langsam wickelt der Junge seinen Schal ab. An seinem Hals, vom linken Kiefer aus, verläuft eine schmale, krakelige Narbe nach unten. »Mein Vater hielt mehr von Spielen als von Regeln, und wie Sie wissen, drehen sich viele Spiele um das Herausfinden der Wahrheit.«

»Was habe ich damit zu schaffen?«

»Ich biete Ihnen ein letztes Spiel an. Über die Strafe gibt es nichts mehr zu verhandeln, aber die Wahrheit gälte es noch zu gewinnen.«

»Was für ein Spiel? Was genau ist das Angebot?«

»Ich biete Ihnen die Möglichkeit, um die Sie vor fünf Jahren gebettelt haben. Die Möglichkeit zur Wahrheit.«

»Woher wissen Sie, worum ich gebettelt habe?«

Sykes trinkt von seinem Kaffee, tupft sich die Lippen sorgfältig ab. »Was meinen Sie denn? Man sieht es öfter bei schweigsamen Menschen. Wenn man einmal ihr Vertrauen errungen hat, können sie nicht anders, als über Sachen zu reden, über die sie jahrelang geschwiegen haben. Sie hören gar nicht mehr auf. Nach einigen Gläsern Whisky hat mir

Alexander alles erzählt. Von seiner Mutter, von seiner Machtlosigkeit, von seinem Vater als dem möglichen Täter, die Einzelheiten des Mordfalls, seine Flucht hierher, sein falscher Pass. Es wurde mir so einfach gemacht, dass ich mich fast schuldig gefühlt habe.«

»Ich …«

Vielleicht hören die Leute an einem Tisch etwas weiter weg Sykes' Geständnis. Ansonsten könnte Aron ihn jederzeit angreifen, was hält ihn zurück, den Jungen zu erschlagen?

»Immer ruhig«, sagt Sykes. »Ich gehe davon aus, dass Sie es nicht getan haben. Und eigentlich kann es mir auch egal sein.«

»Sie lassen meinen Sohn den Kopf hinhalten für …«

»Sie müssen mir nicht erzählen, was ich getan habe«, unterbricht Sykes. »Ich habe dem Sohn mehr oder minder die gleiche Perspektive geboten, die sein Vater irgendwann einmal hatte. Es hat mich enttäuscht, wie wenig Widerstand er dagegen aufbrachte. Er schien zu wissen, dass er eine Strafe verdiente. Er besaß alles, um glücklich und dankbar zu sein, aber er pfiff drauf. Nur Sie haben mich überrascht.« Sykes zwinkert. »Dass Sie auf einmal da waren. Dass Sie sich so verbissen haben. Dass Sie auf dem Platz aufgetaucht sind.«

»Und O'Hara musste sterben, weil er zu dicht drangekommen ist?«

»Ich konnte nicht anders. Lieber hätte ich es bei Nathalie belassen, aber er hat mich dazu gezwungen.« Er hebt seine Hand, der Kellner kommt: eine zweite Runde Kaffee. Sykes schaut auf seine Uhr und sagt: »Nur noch einen Augenblick, und dann bin aus Ihrem Leben verschwunden und Sie aus meinem.«

»Warum sie, warum Nathalie?«

»Ihr Sohn war verrückt nach ihr, aber ich auch.« Zum ersten Mal bemerkt Aron, dass sich Verdruss im Gesicht des Jungen breitmacht. »Ich war heimlich mit ihr befreundet. Wenn Alexander sich wieder mal in den einen oder anderen Präsidentenmord vertieft hatte, unternahmen wir Ausflüge durch Louisiana. Aber schließlich war Schluss damit. Nathalie meinte, dass ihre Beziehung mit Alexander eine zweite Chance verdient hätte. Sie war schwanger, wissen Sie.«

»Nathalie schwanger?« Er kann sich selbst nicht als Großvater vorstellen. Eigentlich gelingt es ihm auch nicht, sich als Vater zu sehen. Die Erinnerung an den sonnigen Nachmittag, an dem Nora ihm sagte, dass sie ein Kind haben würden, ist verblasst.

»Nicht von Alexander, sondern von mir. Sie hat es wegmachen lassen, ohne zu überlegen. Und dann, in einem Moment unglaublicher Erleuchtung, kam alles zusammen, und ich wusste, was ich zu tun hatte.«

»Ich sollte Sie umlegen.«

»Sie können es versuchen. Aber, wer weiß, vielleicht habe ich eine Waffe bei mir. Ich empfehle Ihnen, auf Ihr Leben zu achten. Es ist alles, was Sie noch haben.« Er schiebt seinen Kaffeebecher nach vorn und steht auf.

»Warum erzählen Sie mir das alles?«

»Ich habe Sie nicht ohne Grund am Leben gelassen, ich hätte mein Messer nur etwas mehr in Ihnen herumdrehen müssen, und Sie säßen jetzt nicht hier. Aber worin besteht der Nutzen eines Spiels, wenn niemand gewonnen hat? Sie sind mein Zeuge.« Und ohne weiter etwas zu sagen, verlässt der Junge das Restaurant.

Arons Kreuz dagegen ist zu keiner Bewegung fähig, er will etwas rufen, schweigt aber.

Draußen zündet sich der Junge eine Zigarette an, die Flamme erlischt, Rauch und Asche.

Die rote Sonne hängt schwer in der Luft, als wolle sie nicht untergehen, sondern herunterfallen. Auf dem Bürgersteig vor dem Restaurant streiten zwei Vögel um einen Donut. Aron sitzt noch immer auf demselben Stuhl, sein Körper bebt unaufhörlich, die Tischplatte klebt an seinen Handballen.

Es ist nun zwei Stunden her, dass Richard Sykes ihm gegenüber Platz genommen hat. Aron zweifelt mehr und mehr daran, dass das alles wirklich geschehen ist. Der Kellner fragt, ob er noch einen Kaffee nachgießen soll. Aron flüstert zustimmend, sprechen kann er nicht mehr.

Er kann die sogenannte Abmachung, die Sykes ihm in den Rachen geworfen hat, natürlich ignorieren und gleich zur Polizei gehen. Aber mit welchem Beweis? Selbst wenn er es bis zum Berufungsverfahren schaffen würde, wie groß wäre seine Chance, recht zu bekommen?

Der Kaffee rumort in Arons Gedärm, sein Magen grummelt, und Aron spürt plötzlich, dass da, in einem Zeitraum von einigen Sekunden, sich etwas in ihm verändert hat. Er hat schon länger daran gezweifelt, aber jetzt ist er sich sicher: Hakan hat mit diesem Fall nichts zu tun gehabt, vielleicht lebt er nicht einmal mehr. Arons Erinnerungen an den früheren Mord haben ihm keinen Vorteil beschert, seine Sicht auf die Dinge wurde gerade dadurch getrübt. Noras Tod wird bleiben, was er ist: unaufgelöst und nicht zu verschmerzen.

Muss er seinen Sohn noch einmal besuchen, jetzt, im Besitz der Wahrheit? Würde dieses Wissen Alexanders Leidensweg nicht nur noch verschlimmern? Aron kann zum Campus gehen und Sykes erschießen.

Die ultimative Möglichkeit, die ultimative Rache.

Aber als der Kaffee – schwarz und doch durchsichtig – vor ihn hingestellt wird, weiß er, dass er das nicht tun wird. Aron Mulder ist kein Mörder. Selbst nicht, wenn er es wollte.

*

Am nächsten Morgen fährt Aron in aller Frühe zum Gerichtsgebäude, wo sein Sohn verurteilt wurde. Anwälte und Journalisten kommen herein und heraus, jeder ist mit neuen Fällen beschäftigt, neuen Opfern, neuen Verdächtigen. Die Ermittlungen im O'Hara-Mord haben noch nicht zu einer nennenswerten Medienaufmerksamkeit geführt, Aron vermutet, dass die Polizei alle Hebel in Bewegung gesetzt hat, den O'Hara-Fall nicht so groß werden zu lassen wie den Fall Underwood.

Er versucht, ins Zimmer des Richters zu kommen, aber dreimal wird ihm der Zutritt verwehrt. Erst als ein Wächter droht, die Polizei zu rufen, kehrt Aron zu seinem Ford zurück.

Er fährt zum Büro auf dem Dwyer Road. Ein Schalterbeamter sagt ihm, dass der Fall abgeschlossen sei und dass die verantwortliche Ermittlerin Vincennes zu Hause ist.

Als Aron sagt, dass er weiß, wer Nathalie Underwood ermordet hat, antwortet der Mann, dass er auch Fernsehen guckt. Aron versucht ihm zu erklären, wie es sich in Wirklichkeit verhält, er lässt sich nicht mit Gleichgültigkeit abspeisen. Schließlich landet er in einem kleinen Raum gegenüber einem Inspector, der Connor heißt und aussieht, als sei er gerade befördert worden. Aron erklärt, wie der Fall wirklich liegt. Er erzählt von Sykes, von seinen Besuchen auf dem Campus, von O'Hara, vom Kostüm des Mörders, von der Einmischung Vincennes', von der Verfolgung auf dem Jackson Square, von dem Geständnis.

»Stimmt es, dass Sie der Vater von Alexander van Zandt sind?«, fragt Connor dann, mitten in einen Satz hinein.

Aron nickt, fürchtet die Worte, die nun folgen werden.

»Es tut mir leid«, sagt der Inspektor. »Für Sie und Ihren Sohn. Aber er ist gerade verurteilt worden, und ich habe noch keinen einzigen Beweis gehört, der Ihre Geschichte bestätigt.«

»Sykes hat es selbst alles zugegeben.«

»Haben Sie davon eine Aufnahme? Gibt es Zeugen? Um es kurz und bündig zu machen: Was soll ich mit diesen Informationen anfangen?«

»Der Falsche sitzt im Gefängnis, das müssen Sie mir glauben.«

»Ich glaube, dass Sie ein Vater sind, der möchte, dass sein Sohn unschuldig ist. Aber juristisch gesehen gibt es wirklich keinen einzigen Grund, das Urteil der Richter in Zweifel zu ziehen. Vielleicht ist es an der Zeit, der Wahrheit ins Auge zu blicken.«

Eine Stunde später steht er vor dem Haus von Vincennes. Er denkt an den Revolver, der in seinem Besitz war. Vor der Haustür bleibt er stehen. Er greift sich einen Backstein, hebt den Arm. Dann sieht er sie, Vincennes und ihren Mann. Sie liegen auf dem Sofa, mit offenen Augen eng aneinandergeschmiegt, aber sie reden nicht miteinander. Er bringt es nicht übers Herz, das Bild zu zerstören. Er lässt den Arm sinken. Stattdessen schreibt er etwas auf einen Zettel, den er aus seiner Hosentasche geholt hat. Es ist … Er schreibt den Namen, den er niemals vergessen wird in krakeligen Großbuchstaben auf einen Zettel. Richard Sykes. Den schiebt er in Vincennes' Briefkasten.

23. Juni

Seit Kurzem kocht sie. Chris' Handgelenke zeigen die Abschürfungen von den Fesseln, und er kann sich auf nichts konzentrieren. Über die Entführung redet er noch immer nicht, aber nachts murmelt er lange im Schlaf und schreckt bei jedem Geräusch hoch. Hanna legt dann ihre Hand auf seine glühende Stirn, flüstert ihm beruhigende Worte zu. Tagsüber liegt er auf dem Sofa und hört klassische Musik, etwas, was er früher nie getan hat. Von der Schule hat er Urlaub bekommen, für unbestimmte Zeit.

Sorgfältig streut Hanna, die nächste Woche versetzt wird, Gewürze über das Huhn, das sie in den Ofen schiebt. Der Chief Inspector schien erleichtert über ihr Versetzungsgesuch, das sie eingereicht hat. Nach all den Jahren.

Sie hat die wahre Geschichte zu spät erkannt. Es ist eine klassische Geschichte, sagt sie zu sich selbst. Kein Mythos, kein Loup-Garou, einfach nur ein Mädchen, das ungewollt schwanger wird, und ein Junge, der das nicht aushält und die Wirklichkeit zunehmend als Spiel ansieht.

Ihr Telefon vibriert. Es ist Aron Mulder, wie so oft in den vergangenen Tagen. Die ersten paar Male hat sie noch abgenommen, aber bald ist ihr klar geworden, dass er sich immer wiederholt. Er verlangte etwas von ihr, das ihm niemand geben konnte – eine Wiederaufnahme der Untersuchung, die Verhaftung von Sykes. Hätte er die Spur eines Beweises gehabt, hätte sie ihm vielleicht noch helfen können, aber eine Tatsache, die von nichts und niemand bestätigt werden kann, ist im Gerichtssaal noch weniger wert als ein Gerücht.

Langsam wandelte sich ihr Mitleid mit Aron in Ärger, bis sie entschied, nicht mehr abzunehmen. Das Leben als Polizistin ist nicht mehr das ihre. Sie schaltet das Telefon aus und legt es in eine Schublade.

»Wer war das?«, fragt Chris.

»Niemand«, sagt Hanna.

Sie holt einen Zettel aus ihrer Gesäßtasche, der gestern auf ihrer Türmatte lag. Sie ist froh, dass sie und nicht Chris ihn gefunden hat. Jetzt streicht sie das Papier glatt und starrt zum soundsovielten Male auf die Buchstaben *Es ist Richard Sykes*. Sie braucht das Papier nicht, um die Erinnerung wachzuhalten. Sie zerreißt es in kleine Schnipsel, die sie in den Mülleimer streut. Danach presst sie den Müll zusammen, zuerst mit der Hand, dann mit dem Fuß.

Auf Chris' Entführungsvideo hat der Mörder von Wahlmöglichkeiten gesprochen. Jede Wahl zerstört ihre Alternative. Angebote machen. Sie hat ihre Wahl getroffen. Zurückzukehren in die Zeit vor dem Urteil ist unmöglich. Sie hat die Lügen stehen lassen. Sie lebt damit. Sie wird für den Rest ihres Lebens wissen, dass der Falsche verurteilt wurde, aber sie hat zumindest Chris an ihrer Seite, sie können weiter zusammen sein.

Am Abend geht sie, bevor Chris und sie sich schlafen legen, an die Schublade im Schlafzimmer. Sie schiebt Sachen zur Seite, Socken und Unterhosen. Die DVD. Das letzte konkrete Andenken an den tatsächlichen Mörder von Nathalie. Sie bricht sie in der Mitte durch.

IV

Wie immer lässt er die anderen reden. Harry, Ben und Jennifer suchen noch nach Worten; sie wirken noch immer so verstört wie vor drei Stunden, als sie zu viert in das Café kamen. Ihr Tisch steht inzwischen voller leerer Gläser. »Vielleicht hat es an uns gelegen«, sagt Harry nach einer langen Stille. »Vielleicht war Alexander einfach nicht der, von dem wir gedacht haben, dass er es war.«

»Ist«, verbessert Jennifer. »Er lebt noch.«

Jennifer steht auf, um nach Hause zu gehen, er erhebt sich ebenfalls. Sie umarmen einander auf dem Bürgersteig. Er geht zurück zum Campus. Es ist ein warmer Abend, Sterne lassen sich kaum blicken.

Vielleicht wird es Wochen dauern, vielleicht Monate, aber schließlich werden die Gespräche verstummen, und Alexander wird ein für alle Mal als Mörder von Nathalie Underwood betrachtet. Die Wahrheit, die er geschaffen hat, wird als Einziges zurückbleiben. *Die Natur betrügt uns nicht*, ruft er sich aus einer entfernten Ecke seines Gedächtnisses zurück. Rousseau, über den er seine Abschlussarbeit geschrieben hat. *Wir sind es immer selbst, die uns betrügen.*

Nur sein Vater weigerte sich, das Urteil zu akzeptieren. Er wirkte verzweifelt, wie er über den Campus streifte und schien nicht aufhören zu wollen, ehe er die Wahrheit gehört hatte. Es blieb nichts anderes übrig, als ihm die zu sagen, er kann ja doch nichts damit ausrichten. Ab diesem Moment nahm der Vater die wichtigste Rolle im Spiel ein. Er war der

Außenstehende, der wusste, wie es wirklich gewesen war, der Zeuge.

In seinem Zimmer steht er vor dem Spiegel und betrachtet seinen Hals. Als Kind hat er manchmal Abdeckcreme aufgetragen, was seinen Vater aber nur umso wütender machte. Es hat lange gedauert, bis er irgendwie akzeptierte, wer er war.

Und noch nie war er so stolz wie in den vergangenen Monaten, als er endlich den Mut hatte, ein echtes Spiel zu spielen, mit echten Mitspielern und echten Folgen. Die Einflüsterungen, die er als Kind gehört hat, die kurz vor dem Mord an Nathalie am lautesten gewesen sind, wird er vielleicht niemals loswerden.

Er nimmt Nathalies Brief zur Hand, betrachtet die Handschrift, zündet ein Streichholz an und verbrennt das Papier. Nächste Woche wird ein neuer Mieter Alexanders Zimmer beziehen.

24. Juni

Obwohl sein Flug erst in vier Stunden geht, läuft Aron jetzt schon durch die Ankunftshalle des Louis Armstrong International Airport. Er hat gerade ein Kreuzworträtselbuch gekauft und schlendert an der Gepäckabfertigung entlang, betrachtet teure Uhren und Schnapsflaschen im Angebot, betritt einen Laden. In einer Zeitschrift über *style* und *decoration* sieht er Küchen und Schlafzimmer, vielleicht findet er irgendwo ein Foto so eines Hauses, wie Marie es für sie bauen will. Er wendet den Blick ab, als er einen Zeitungsständer voller schreiender Headlines entdeckt.

In einer Bäckerei kauft er zwei Sandwiches mit Hühnchen. Das ist sein Frühstück. Heute Morgen hat er nervös in seinem Motelbett gesessen, hat auf den schwarzen Fernsehschirm gestarrt. Er hat die Hand auf das Tagebuch seines Sohnes gelegt, ließ die Sätze auf sich wirken, als ob es kein Tagebuch, sondern eher ein Testament wäre. Die letzten Tage haben ihn völlig ausgepumpt. Bei allem, was er unternommen hatte, war die Einsicht gewachsen: Alexanders Schicksal ist nicht zu beeinflussen. Je näher Aron der Wahrheit kam, desto unerträglicher war die Gewissheit, dass mit der Wahrheit nichts anzufangen war.

Die *sentencing hearing*, die in drei Wochen stattfinden wird, die seinem Sohn lebenslang oder die Todesstrafe bringen wird, wird mehr und mehr zur Nebensache. Die Hauptsache: Sein Sohn wurde für schuldig befunden. Sein Sohn ist ein Mörder.

Aron hätte noch einmal zum Gefängnis gehen können. Wenn er lange genug warten würde, würde er seinen Sohn sogar berühren dürfen – ist das Strafmaß erst verkündet, wird körperlicher Kontakt mit einem Gefangenen wieder zugestanden. Aron kann sich nicht mehr vorstellen, wie Alexander riecht oder sich anfühlt. Er wird es auch nicht herausbekommen. Er wagt es nicht; dem Gedanken, seinem verurteilten Sohn gegenüberzutreten, ist er einfach nicht gewachsen.

Das Huhn war schwer, Arons Magen zieht sich zusammen. Er setzt sich auf eine Bank und blättert sein Kreuzworträtselbuch durch, aber ihm fällt kein einziges amerikanisches Wort ein.

Vor Aron bilden sich zwei Menschenreihen: die ins Land kommen und die es verlassen wollen.

Der Tag, an dem er zur ersten Gruppe gehörte, kommt ihm unwirklich vor, er ist so weit weg wie die Jahre in Amstelveen.

Mühsam erhebt er sich und reiht sich bei der Passkontrolle ein. Immer, wenn in seiner Nähe ein verirrter Niederländer vorbeikommt, schreckt er auf. Überall sieht er dasselbe: gebräunte Gesichter und prall gefüllte Koffer, zufriedene Blicke von Menschen, die in Urlaubsgegenden gewesen sind. Bourbon Street, Canal Street, mit einem Reiseführer durch die Sümpfe in einem Airboot, das das Wasser wegbläst.

Aron schlägt die Augen nieder und sieht auf sein Passfoto. Er versucht sich an den Tag zu erinnern, an dem es aufgenommen wurde. Das war in jedem Falle vor 2009. Sein Blick von damals, auf eine stumpfe Art hoffnungsvoll, fordernd vielleicht, kommt ihm fremd vor.

»Sie sind lange fortgewesen.« Der Zöllner schiebt Arons Pass über den Schalter.

Aron nickt. »Zu lange.«

Noch eine halbe Stunde, bis das Boarding beginnt. Er setzt sich wieder auf eine Bank, jetzt am Gate. Dann kommt ein Junge in seine Nähe, der mit einem Tennisball spielt. Dumpf dotzt er den Ball auf den Boden. Aron sieht zur Seite, schaut auf große Fernsehschirme, die flimmernde Wetterberichte senden. Dann, plötzlich, als habe sein Blick den Kanal umgeschaltet: eine Nachricht. Eine missglückte Exekution in Oklahoma. Der Junge wirft und fängt, das Gedotz dringt bis in Arons Kopf. Eine geplatzte Ader, das Gift strömte nicht weiter. Die Exekution wurde abgebrochen, erklärt der Gefängnisdirektor auf dem Bild. Was sollte er auch anderes tun? Minuten verstreichen. Der Ball springt weg, der Junge rennt hinterher, ein Vater ruft. Anscheinend hat der Gefangene seine Arme und Beine bewegt, seinen Kopf geschüttelt, als er zu sprechen versuchte. Das Sterben dauerte insgesamt fast eine Stunde. Menschen um Aron herum erheben sich, die Bänke werden leerer, der Vater hat seinen Sohn fast zu packen bekommen. Aron starrt unverwandt auf den Fernsehschirm.

Es wird etwas durchgesagt. Aron meint, dass es sein Name war, aber er ist sich nicht sicher. Er legt seine Hände auf die Lehnen. Er kann seine Füße kaum noch bewegen, er starrt auf den Fernsehschirm. Ein Augenzeuge kommt vor die Kamera. Der Gefangene hat Blut gehustet, sein linkes Auge war gesprungen. Vorhänge wurden zugezogen, um den spuckenden Halbtoten abzuschirmen. Der Vater setzt den Jungen auf seine Schultern und sagt: Wir müssen jetzt aber zusammenbleiben, hörst du?

Thomas Heerma van Voss

Stern geht

Roman

Aus dem Niederländischen von Ulrich Faure

272 Seiten. Gebunden. Lesebändchen.

ISBN 978-3-89561-207-7

Seit dem Tag, an dem Hugo Stern in den Vorruhestand geschickt wird, ist nichts mehr, wie es war. Unaufhaltsam entgleitet ihm sein bisher so idyllisches Leben als Grundschullehrer in Amsterdam. Stern denkt zurück an seine Kindheit in dörflicher Enge, an seine Jugend im London der Swinging Sixties, die ihm auch nicht die erhoffte Freiheit gebracht hat, und an die Liebe zu seiner Frau Merel, die sich ihm mehr und mehr entfremdet. Sterns letzter Halt ist der unter großen Mühen im Ausland adoptierte Sohn, und auch dieser droht ihm zu entwachsen. Die Veränderungen in seiner Familie und die gesellschaftlichen Umbrüche stellen Stern auf eine harte Probe. Doch auch er verblüfft seine Umgebung mit seinem kompromisslosen Wesen und bringt sich dabei selbst in Schwierigkeiten. Mit *Stern geht* ist dem jungen Autor Thomas Heerma van Voss eine berührende Vater-Sohn-Geschichte und das Porträt eines eigenwilligen Träumers gelungen.

»Heerma van Voss hat ein großes Familiendrama geschrieben, das in Erzählton und Struktur beeindruckt.«
Katharina Borchardt, *SWR 2*

»Heerma van Voss erzählt von einem, der einst auszog, das Leben in all seiner Fülle zu schmecken.«
Sylvia Staude, *Frankfurter Rundschau*

»Das Porträt eines Sonderlings.«
Holger Heimann, *Deutschlandradio Kultur*

»Eine beeindruckende Familiengeschichte.«
Barbara Renno, *Saarländischer Rundfunk*

»Eine anrührende Vater-Sohn-Beziehung.«
Sabine Schmidt, *Börsenblatt*